U0097388

古典詩歌研究彙刊

第二輯

龔鵬程 主編

第11冊

蘇軾辭賦理論及其創作之研究（下）

廖志超 著

國家圖書館出版品預行編目資料

蘇軾辭賦理論及其創作之研究（下）／廖志超 著 — 初版 —
台北縣永和市：花木蘭文化出版社，2007〔民 96〕

目 8+232 面；17×24 公分（古典詩歌研究彙刊 第二輯；第 11 冊）

ISBN-13：978-986-6831-24-9（全套：精裝）
ISBN-13：978-986-6831-35-5（精裝）
1.（宋）蘇軾 2. 辭賦 3. 文學理論 4. 文學評論

845.16 96016208

古典詩歌研究彙刊
第二輯 第十一冊 ISBN：978-986-6831-35-5

蘇軾辭賦理論及其創作之研究（下）

作　者　廖志超
主　編　龔鵬程
出　版　花木蘭文化出版社
發行所　花木蘭文化出版社
發行人　高小娟
聯絡地址　台北縣永和市中正路五九五號七樓之三
電話：02-2923-1455 ／傳眞：02-2923-1452
電子信箱　sut81518@ms59.hinet.net
初　版　2007 年 9 月
定　價　第二輯 20 冊（精裝）新台幣 28,000 元

版權所有・請勿翻印

蘇軾辭賦理論及其創作之研究（下）

廖志超 著

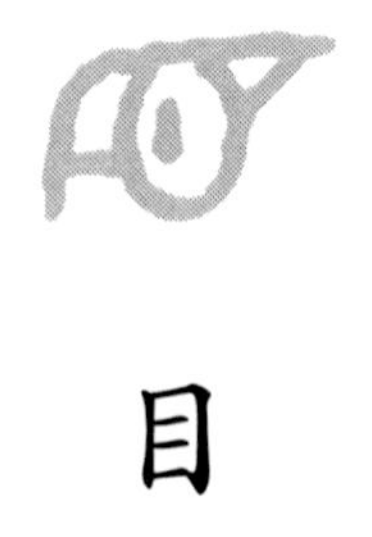

目錄

上冊

下　冊

書　影

第六章　蘇軾辭賦分體析論

在文學體類中，辭賦可以說是構成最為複雜、變化也最多端的一種文體。清人王芑孫《讀賦卮言・審體》云：「詩莫盛於唐，賦亦莫盛於唐」，同書〈謀篇〉又云：「至唐而百變俱興，無體不備」。不僅唐賦各體兼備，其實宋賦各體的發展也相當成熟，騷體辭賦、駢賦、律賦均備，文賦亦在宋代發展完成之高峰，並為宋代辭賦之代表。蘇軾辭賦創作之體式豐富而多樣，騷體辭賦、駢賦、律賦、文賦，各體兼備。包世臣云：「至於兼備眾體，古人所難，上下百世，唯有子瞻。」〔註 1〕其說雖是從蘇軾的整體文學創作而發，然用來評蘇軾辭賦創作的「兼備眾體」亦妥貼洽當。

關於辭賦的分體，歷來有諸多不同的異見〔註 2〕，蘇軾辭賦之分體研究，乃參考前賢的研究成果，再依宋代辭賦發展情況及蘇軾的辭賦創作體製的基本形式特點，將蘇軾現存二十九篇辭賦分為騷體（含辭及騷賦）八篇〔註 3〕、駢賦五篇、律賦八篇、文賦八篇等四類探討

〔註 1〕見包世臣，《藝舟雙楫・敘》，台北：華正書局，頁 1。

〔註 2〕有各種不同的分法，或依時代，或依體製形式，或三分、四分法，或五分、六分法，相關文章可參考辭賦學專書或辭賦史。

〔註 3〕騷賦由屈原的〈離騷〉等作品發展而來，其體制與風格跟〈楚辭〉作品基本相同，區別只在於騷賦是以賦名篇，所以後代也常將騷賦視為「紹騷」之作或〈楚辭〉作品，以此將蘇軾的辭與騷賦併為騷體一類。

〔註4〕。本章依不同的體裁，分就其內容特點、篇章結構、句式、押韻、用典等體式特點，來檢驗其賦學理論在實際創作上的實踐。

第一節　騷　體

蘇軾的騷體作品依創作先後有：〈屈原廟賦〉、〈上清詞〉、〈服胡麻賦〉、〈黃泥坂詞〉、〈清溪詞〉、〈中山松醪賦〉、〈和陶歸去來兮辭〉、〈酒子賦〉等八篇。

一般騷體辭賦的內容特色以抒情見長，多抒發憂愁、哀怨之情感。形式特色則是採用直接陳述的表達方式，通篇押韻，使用騷句，並且大多有亂詞理篇。這一特色由《楚辭》所立而延續下來，歷經漢代至宋代，久傳不衰。本節茲分內容、體式、句式、用韻等五小節，來析論蘇軾騷體辭賦的承繼與開創。

一、內　容

曹明綱《賦學概論》云：「騷賦在內容給人最突出的印象是抒情。……抒寫失意之情、落拓之志，便成了騷賦的創作主題。在漢代騷賦中，十有八九是抒情之什。……騷賦完全繼承和發揚了〈離騷〉的抒情傳統，從而在內容上形成了自己的鮮明特色。……騷賦在漢代以後久傳不衰，其重抒情的特色如一。」〔註5〕

蘇軾的騷體辭賦不僅能「學古」，更値得一提的是他還能「開新」。蘇軾的騷體辭賦承繼了〈離騷〉的抒情言志傳統，〈屈原廟賦〉抒發了對屈原在政治上的不幸遭遇，寄于滿腔的同情。〈黃泥坂詞〉抒發了他失意於仕途，放浪於山水風月，在自然界中尋求慰藉的心情。〈中山松醪賦〉藉寫燃松枝照明來抒發自己仕途上大材小用的心情。然而蘇軾的騷體並不止於抒情，雖然他的騷體以抒情爲主，但是，它實際上包含了敘事、描寫、議論的成分。〈屈原廟賦〉開篇即說明作賦之

〔註4〕事實上，這種分類是相對的，在一定意義上只是出於論述的方便。
〔註5〕見曹明綱，《賦學概論》，頁89～90。

由：「浮扁舟以適楚兮，過屈原之遺宮」，這是敘述；接著是想像屈原放逐南遷的心情與情景，其中既有敘述者，如「伊昔放逐兮，渡江濤而南遷」；亦有議論者，如「悲夫人固有一死兮，處死之爲難」；以及描寫，如「徘徊江上欲去而未決兮，俯千仞之驚湍」。賦中還有景色的描繪：「峽山高兮崔嵬，故居廢兮行人哀」。最後一段則是抒情化的議論，抒發了自己對屈原的同情與感慨。在此賦中蘇軾融敘事、描寫、議論、抒情於一爐，而以抒情貫穿全文，將描寫、議論、敘事都抒情化了。〈黃泥坂詞〉、〈中山松醪賦〉、〈酒子賦〉亦是融敘事、描寫、抒情於一爐之佳作。〈服胡麻賦〉、〈和陶歸去來兮辭〉則通篇以敘事、議論爲勝。

要言之，蘇軾的騷體辭賦延續了抒情傳統，又能融敘事、描寫、議論於一爐，有所開創。特別是議論說理，乃時代風尚的具體呈現，賦入唐、宋，議論化的傾向隨著古文運動的興起與學術界好辯尚的風尚而逐漸增強，因此在文學內容方面最顯著的特點，便是議論成份的增加。蘇軾是以議論見長之佼佼者，他的好議論成分亦滲入到騷體之中，此爲其騷體辭賦內容的拓展。

賦意由悲轉達，亦是蘇軾騷體內容的特色。騷體多爲抒情言志之作，格調以哀怨感傷爲主。敘寫懷才不遇與牢騷，抒發自己卓爾不群的志向，成爲騷體辭賦的創作主題。蘇軾的騷賦一改前人以悲哀爲主的賦意而轉爲超然曠達。楚騷幽懮憤悱之情，自漢迄唐，綿延不絕，而蘇軾仿騷，則絕少危苦之語、憔悴之情。蘇軾洞達悲哀、轉移悲哀的心理能力，不僅在文賦中表現明確，於騷體創作亦善達其意，他的騷體改變了楚騷複沓回旋的體制和深悲幽怨的情緒，而以更自由的形式抒發自我超拔的心靈世界。在〈服胡麻賦〉中，蘇軾以爲「是身如雲」，要排除無窮的物慾，才能超然物外，擺脫一切得失的桎梏，能夠體認此一道理，就不用遠求「山苗野草」以致「槁死空山」；只要心靈自由、不物於物，則天地間的精氣孕育的草木，即便是近在身邊的「胡麻」，一樣能「捕填骨髓，流髮膚兮」，取用來滋補生命。貶謫黃州期間所作的〈黃泥坂詞〉，極力鋪寫他與魚鳥相樂，與樵夫相戲，朝則縱目於白雲，暮則注意於炊煙，醉則行歌，臥則放杖，以草爲褥，以土爲枕，不怕夜露濕衣，也不怕牛羊踐踏。這裡，蘇軾超脫曠達的形象栩栩如生，躍然紙上。蘇軾作〈和陶歸去來兮辭〉，正值身老困病、流徙海南窮壤之際，面對困厄命運，他並不心困意頹，他要學習淵明的曠達悠然、隨遇而安的態度，以「無何有之鄉爲家」、「均南海與漠北，挈往來而無憂」的超曠心態來消解思鄉情結，在夢想中回歸自己的精神家園。蘇軾曾云：「吾於詩人無所甚好，獨好淵明之詩」，可見和陶不僅是蘇軾私好，而且與他的曠達性格相投契。倘若堪進一層，陶淵明〈歸去來兮辭〉之所以受到宋人的極度推賞，以及蘇軾和作一出應和者不絕如縷〔註6〕，則無疑應從宋人的審美心理去考察，蘇軾辭賦創作的「自達」意趣，正是一個鮮明例證〔註7〕。雖然，在賦中還是可見其身世之感傷，然而每篇騷體辭賦的精神意趣，都能化艱難於淡遠，顯其曠達自適之心。可見，騷體的悲傷哀怨之意緒，在蘇軾的作品中已轉化爲超然曠達。

此外，騷體辭賦想像力強，富於浪漫氣息，構思詭幻之筆亦爲蘇軾所承繼，他的〈上清詞〉先寫「得道神君」憑虛御風，遨遊宇宙，造境杳邈，構思靈幻；繼寫人間妖精肆虐，神君銜命除患，運筆神奇，寄意飄逸，全篇變化詭譎，神幻迷離，深得屈騷之遺緒。而〈清溪詞〉乃一題畫詞，蘇軾依畫而生想像，池陽清溪之風月變態，草木呈露，山川秀遠之狀，委曲纏綿，盡在蘇軾想像之中。又〈酒子賦〉運筆神奇，發揮極度想像，「吾觀櫂酒之初泫兮，若嬰兒之未孩。及其溢流而走空兮，

〔註 6〕宋代出現的蘇軾首倡，蘇轍、秦觀、晁補之、王十朋、楊萬里等十數家繼起的〈和陶歸去來兮辭〉系列創作現象。晁說之〈答李持國先輩書〉：「建中靖國間，東坡〈和歸去來〉，初至京師，其門下賓客又從而和之者數人，皆謂自得意也。陶淵明紛然一日滿人目前矣。參寥忽以所和篇視予，率同賦。」見宋・晁說之，《嵩山文集》，上海：上海書店，1984 年，卷十五，頁 13。

〔註 7〕參許結著，《中國賦學歷史與批評》，頁 540～541。

又若時女之方笄。割玉脾於蠭室兮，氄鸝鵝之毰毸。味盎盎其春融兮，氣凜冽而秋凄。」酒之色澤、酒之氣味亦盡其奇思妙想之中。

二、體　式

鈴木虎雄《賦史大要》云：「賦之結構，凡自成三部。於始有序，次位於中間者，有賦之本部，於終有亂、系、重、歌、訊等。序，述作賦之主旨次第，亂、系等，簡約全篇之意。賦之完全者，雖備具此三部，然於實際，序與亂不必備，有有序而無亂，有有亂而無序，或二者皆無之。大抵襲敘情的騷體者，有亂，賦體則少。又有序與本部直相接續難爲區分者。」〔註8〕

在歷代騷體辭賦中，有序者并不多見。事實上，序只是賦體之外的一種附加文字，既不普遍，也不固定。在蘇軾的騷體中，有序的有〈服胡麻賦〉、〈和陶歸去來兮辭〉、〈酒子賦〉，其中〈屈原廟賦〉、〈上清詞〉、〈黃泥坂詞〉、〈清溪詞〉、〈中山松醪賦〉則屬於序與本部直相接續而難爲區分者。可見蘇軾的騷體大多都具有說明作賦之主旨與次第的說明文字。宋詞之有小序，起自於蘇軾，喜歡在創作主體之前加敘述說明文字，是蘇軾文學創作的一個特點，而這樣的特點亦體現在騷體的創作上。

與序相反，在相當數量的騷體末尾都有一種「亂」詞，此乃騷體本諸〈離騷〉等楚辭作品的一個重要標志，它是〈離騷〉末章「亂曰」形式在騷體中的遺存和沿用。騷體辭賦作品大都有亂詞或者類似於亂詞的文字形式，其主要作用根據歷代注家的解釋，是總結、歸納或重申全文的內容，從而形成騷賦體式中一個重要特徵〔註9〕。在蘇軾的騷體中，有亂詞或者類似於亂詞的文字形式者有〈屈原廟賦〉：「嗚呼！君子之道，豈必全兮。全身遠害，亦或然兮。嗟子區區，獨爲其難兮。雖不適中，要以爲賢兮。夫我何悲，子所安兮。」；〈服胡麻賦〉：「嗟

〔註8〕見鈴木虎雄，《賦史大要》，台北：正中書局，1992年，頁45。
〔註9〕曹明綱，《賦學概論》，頁94～96。

此區區，何與於其間兮。譬之膏油，火之所傳而已耶？」；〈黃泥坂詞〉歌曰：「明月兮星稀，迎余往兮餞余歸。歲既宴兮草木腓，歸來歸來兮，黃泥不可以久嬉。」；〈和陶歸去來兮辭〉：「已矣乎，吾生有命歸有時，我初無行亦無留。駕言隨子聽所之，豈以師南華而廢從安期。謂湯稼之終枯，遂不溉而不耔。師淵明之雅放，和百篇之新詩。賦〈歸來〉之清引，我其後身蓋無疑。」雖然亂詞是騷體重要的特徵之一，在具體的作品中，有無亂詞又不那麼絕對，蘇軾騷體像〈上清詞〉、〈清溪詞〉、〈中山松醪賦〉、〈酒子賦〉就沒有亂詞。

要之，蘇軾騷體辭賦的結構大體是承繼歷來的結構傳統，其騷體或有序而無亂，或有亂而無序，或二者皆無之。相形之下，蘇軾在騷體作品前加上序或說明文字的寫法較多，此為其特色。

此外，騷體辭賦的體式特點，亦在於它的表述方式不借助問答而直接陳述。蘇軾的騷體亦承繼了這樣的直陳表述方式，〈上清詞〉、〈服胡麻賦〉、〈黃泥坂詞〉、〈清溪詞〉、〈中山松醪賦〉、〈和陶歸去來兮辭〉、〈酒子賦〉等皆不用人物的問對引起、轉換和總結全文，而是採用騷體的直陳表述方式；然而要說明的是，辭賦發展至宋代，其內部的各種體式皆有互相影響，彼此滲透的現象，蘇軾的〈屈原廟賦〉便是一例，這篇騷賦借用了散賦設辭問答的表述方式，體式取騷，內容卻借蘇軾與屈原靈魂的問對展開，可以看作是散賦表述方式與騷賦形體句式的一種結合。其中蘇子與屈魂的對話，栩栩如生，躍然紙上，這樣的問答，遠勝於傳統子虛、烏有僵硬的體式，可見蘇軾對於歷代的辭賦體式均能承繼其特色，並且將各種體式的優點作一種更新的結合，而這樣的嘗試是成功的。

三、句　式

相較於散賦多用散句的特色，騷體句式的特色便是棄散用整。而且騷體的基本句式多取自楚辭的成例，少有創新和變化。丘瓊蓀《詩賦詞曲概論》第二編之部，曾將楚辭作品的主要句式歸納為三大類：

1. 以六言句爲主，奇句句末必綴「兮」字，爲〈離騷〉、〈九章〉（〈涉江〉、〈橘頌〉除外）、〈遠游〉……等所取。
2. 以五言及六言爲主，每句中必有「兮」字，爲〈九歌〉、〈遠游〉之重所取。
3. 以四言爲主，偶句句末以「兮」字湊足，去「兮」字實爲四三句型；或實爲四言，奇句或偶句句末因綴「兮」字（或「些」、「只」）而成五言，爲〈橘頌〉及〈涉江〉、〈抽思〉、〈懷沙〉等三章之「亂」所取。

騷體的基本句式，大致不外乎這三種。蘇軾的騷體作品有專取某類句式而一以貫之者，亦有同時交替使用各種句式者。專取一類句式者如〈服胡麻賦〉：「我夢羽人，頎而長兮。惠而告我，藥之良兮」，篇大都以「四，三兮」句式構篇，頗類〈橘頌〉之四言句式。宋・朱熹素不喜蘇軾之學，編《楚辭後語》，蘇軾諸賦皆不取，惟收〈服胡麻賦〉一篇，以其近於〈橘頌〉，故錄其篇〔註 10〕。〈清溪詞〉：「大江南兮九華西，泛秋浦兮亂清溪。水渺渺兮山無蹊，路重複兮居者迷」，則全篇大都以「三兮三，三兮三」的句式構篇。而〈黃泥坂詞〉：「出臨皋而東騖兮，並叢祠而北轉。走雪堂之陂陀兮，歷黃泥之長坂」，全篇大都以「六兮，六」句式構篇。〈中山松醪賦〉：「燧松明而識淺，散星宿於亭皋。鬱風中之香霧，若訴予以不遭。」則是用「六兮，六」的句法，而棄「兮」字不用，此乃蘇軾採用離騷句法而略加改造者，頗像張衡〈歸田賦〉：「游都邑以永久，無明略以佐時。徒臨川以羨魚，俟河清其未期」之句法。〈和陶歸去來兮辭〉則亦以棄「兮」字不用的「六兮，六」句法作爲構篇的骨架。

除了上述專取一種句法之作品外，亦有綜合使用各種句式者，如〈屈原廟賦〉同時採用了「六兮，六」句式，如「浮扁舟以適楚兮，

〔註 10〕羅大經《鶴林玉露》甲編卷二：「文公每言與其徒言，蘇氏之學，壞人心術，學校尤宜禁絕。編《楚辭後語》，坡公諸賦皆不取，惟收《胡麻賦》，以其文類《橘頌》。編《名臣言行錄》，於坡公議論，所取甚少。」見曾棗莊、曾濤編，《蘇文彙評》，頁 267。

過屈原之遺宮」;「三兮二，三兮二」句式者，如「子孫散兮安在，況復見兮高臺」;「四，三兮」句式者，如「君子之道，豈必全兮。全身遠害，亦或然兮」等各種句式。大體上，賦的主體部分以六言句式構成，亂詞部分則使用四言句式。〈上清宮詞〉亦綜合使用了「四，三兮」句式，如「南山之幽，雲冥冥兮」;「三兮二，三兮二」句式，如「朝發軫兮帝庭，夕弭節兮山宮」;「六兮，六」句式，如「澤充塞于四海兮，獨澹然其無功」等句式。

特別說明的是，蘇軾的騷體無論是專取某類句式而一以貫之者，亦或同時交替使用各種句式者，皆有一相同的特色，即是其作品在採用騷體句式的同時，還靈活地夾入一些散文化的句式。上述在通篇皆專取一類句式而一以貫之者，蘇軾都會有意在賦末畫龍點睛地夾入散句，在工整流麗之中，又見靈活生動。如〈服胡麻賦〉末以「嗟此區區，何與於其間兮。譬之膏油，火之所傳而已耶」結束全篇；〈中山松醪賦〉末以「漱松風於齒牙，猶足以賦〈遠遊〉而續〈離騷〉也」用異於構造全篇的句式作結，這靈動的句式，倍覺有意外之趣。而蘇軾雜用各種句式之騷體辭賦，則更可見句子長短的變化，〈屈原廟賦〉有二字句、四字句、五字句、六字句、七字句、八字句、九字句、十字句等句式，長短參差，變化無方。尤其〈酒子賦〉中「米爲母，麴其父。烝羔豚，出髓乳。憐二子，自節口。餉滑甘，輔衰朽。先生醉，二子舞。」連續以十句散文三字句法作爲全賦之開篇，令人印象深刻。〈上清詞〉更出現了棄整用散「時游目以下覽兮，五岳爲豆，四溟爲杯」的特殊散句。這些作品雖非文賦，仍屬騷體，可是，蘇軾已在不同程度上御以散文的氣勢，它那突破傳統句式而任意短長善用其它句式，靈活變化與意到筆隨的風格正是蘇軾散文的典型風格，從中亦可以看出古文運動對於騷體辭賦發展的影響。

要而言之，蘇軾善於學習承繼，且勇於創新，他的騷體突破「棄散用整」刻板的凝固格局，散文句式的切入，不僅打破了整齊的句式，更鬆活了板重的句式結構，使得他的作品既整齊而又參差錯落，同時兼有詩歌的抒情之美和散文的自由流暢之美，讀起來別有一種頓挫跌宕的味道。而這樣隨意短長，極其自由的句式，讓他的騷體作品更能緊扣著主題隨物賦形，信筆揮灑。清・李調元《賦話》引宋・朱熹語云：「『宋朝文章之盛，前世莫不推歐陽文忠公，南豐曾公與眉山蘇公相繼迭起，各以文擅名一世，獨于楚人之賦未有數數然者。』蓋以文爲賦，則去風、雅日遠也。」〔註11〕朱熹的說法，雖不爲吾人所認同，然其中「以文爲賦」說，卻道出了蘇軾騷體作品的特色。

四、用　韻

曹明綱《賦學概論》云；「從用韻情況來看，騷賦比較規律，與辭賦大多隨意者迥別。其規律表現在用韻多兩句一韻，一般不論「兮」字在奇句還是在偶句句末，都在偶句句末押腳韻。」〔註12〕

以下茲將蘇軾八篇騷體辭賦之韻譜依寫作先後之序，分析如下：〔註13〕

（一）〈屈原廟賦〉

1. 〔○宮○鄉〕：平聲東、陽通韻〔註14〕
　　東　陽
2. 〔○遷○墳○○難○湍〕：平聲先、眞、寒通韻〔註15〕
　　先　眞　　寒　寒

〔註11〕見清・李調元撰，詹杭倫、沈時蓉校證，《雨村賦話校證》，頁77。

〔註12〕見曹明綱，《賦學概論》，頁93。

〔註13〕下文之韻部分析，以《詩韻集成》各韻題下註明之通轉韻爲則。詳見陳仕華，《詩韻集成》，台北：學海出版社，1993年。

〔註14〕上平一東：古通冬轉江，韻略通冬江；下平七陽：古通江轉庚。按：「東」、「陽」本不相通，此乃蘇公學古之誤。《詩經・周頌・烈文》以邦、攻韻皇。《楚辭・卜居》以長、明韻通，皆屬古韻東陽合韻之例。蘇公因不識古韻，見古人用韻之文，有東陽相通之例，故蘇公乃效其用韻而致誤也。

〔註15〕下平一先：古通鹽轉寒刪；上平十一眞：古通庚青蒸韻轉文元，韻略通文元寒刪先韻；上平十四寒：古轉先。

3. 〔○心○吟〕：平聲侵韻
   侵 侵

4. 〔○居○疏〕：平聲魚韻
   魚 魚

5. 〔○行○生〕：平聲庚韻
   庚 庚

6. 〔○訴○救○浦〕：去聲遇、宥，上聲麌通韻〔註16〕
   遇 宥 麌

7. 〔嵬哀在臺〕：平聲灰，上聲賄通韻
   灰 灰 賄 灰

8. 〔○存○圓〕：平聲元、先通韻〔註17〕
   元 先

9. 〔○佐○智○與○世〕：去聲箇、寘、御、霽通韻〔註18〕
   箇 寘 御 霽

〔註16〕去聲七遇：古通御；去聲二十六宥：古獨用；上聲七麌：古通語。按：「遇」、「宥」、「麌」本不相通。「尤」韻脣音字中古後期多讀[u]，與「魚」、「模」韻讀音相混，古詩人有以尤韻脣音字與魚模相協者。例如：馮延巳〈鵲踏枝〉詞：「幾日行雲何處去。忘卻歸來，不道春將暮。百草千花寒食路。香車繫在誰家數。　淚眼倚樓頻獨語。雙燕來時，陌上相逢否。撩亂春愁如柳絮。悠悠夢裡無尋處。」語、否、絮、處爲韻，否乃「有」韻字，而語、絮、處則「御」韻字，是「尤」、「模」通用之證。但古人「尤」與「魚」、「模」通者限脣音字，而蘇公不識此理，見「尤」有與「魚」、「模」協之例，故亦效古人用韻以「宥」與「遇」、「麌」協，亦學古之誤也。

〔註17〕上平十三元：古轉眞韻；上平十一眞：古通庚青蒸韻轉文元，韻略通文元寒刪先韻；下平一先：古通鹽轉寒刪。

〔註18〕去聲二十一箇：古通禡；去聲四寘：古通未霽隊轉泰，韻略通卦；去聲六御：古通遇；去聲八霽：古通寘。按：此以「佐、智、與、世」四字爲韻，佐，箇韻；智，寘韻；與，御韻；世，霽韻。寘、霽通韻，自無問題，惟箇韻之佐與御韻之與，亦東坡學古之誤。蘇公見古籍中有歌、支合韻者，亦有歌、魚合韻者，故效古人以歌、支，歌、魚相押也。

10. 〔○○全○然○難○賢○安〕：平聲先、寒通韻〔註 19〕
　　先　先　寒　先　寒

〈屈原廟賦〉全篇乃屬「轉韻」之例，全篇共用十個韻，轉韻九次。全篇以「兩句一韻」爲最常見，其中「三句一韻」者兩見，乃因使用「悲夫」、「嗚呼」嘆詞之故，亦有「一句一韻」者，如第 7 小段。在各段之中，亦有「通韻」、「獨韻」的情況，例如第 2 小段，乃平聲先、眞、寒通韻；第 3 小段，乃侵韻獨用。各小段之「通韻」的情況有平聲韻之間的通韻四見，如段 1、2、8、10；去聲韻之間的通韻一見，如段 9；亦有上聲去聲通韻者一見，如段 6；平聲上聲通韻者一見，如段 7。

（二）〈上清詞〉

1. 〔○冥○君〕：平聲青、文通韻〔註 20〕
　　青　文

2. 〔幽 留〕：平聲尤韻
　　尤 尤

3. 〔○人○訊〕：平聲眞，去聲震通韻〔註 21〕
　　眞　震

4. 〔空 龍○隆○宮○虹○蟲○融○鋒○蹤○公○蒙○礱○容
　　東 冬　東　東　東　東　東　冬　冬　東　東　東　冬
　　○恭○功〕：平聲東、冬通韻〔註 22〕
　　冬　東

5. 〔開 臺○陪○頹○哀○隊○魁○回○垓○○杯○埃○悲○
　　灰 灰　灰　灰　灰　灰　灰　灰　灰　　灰　灰　支

〔註 19〕下平一先：古通鹽轉寒刪；上平十四寒：古轉先。

〔註 20〕下平九青：古通眞；上平十二文：古轉眞韻；上平十一眞：古通庚青蒸韻轉文元，韻略通文元寒刪先韻。

〔註 21〕上平十一眞：古通庚青蒸韻轉文元，韻略通文元寒刪先韻；去聲十二震：古通敬徑沁，略通問願。

〔註 22〕上平一東：古通冬轉江，韻略通冬江；上平二冬：古通東。

違○馳○辭○知〕：平聲灰、支、微通韻〔註 23〕
微　支　支　支

〈上清詞〉全篇乃屬「轉韻」之例，全篇共用五個韻，轉韻四次。全篇亦以「兩句一韻」爲最常見，其中「三句一韻」者一見，「一句一韻」者，三見。在各段之中，亦有「通韻」、「獨韻」的情況，「通韻」的情況較特殊的乃段 3，屬於平聲去聲通韻之例。

（三）〈服胡麻賦〉

1. 〔○長○良○僵○藏○量○嘗○方○臧○相〕：平聲陽韻
　陽　陽　陽　陽　陽　陽　陽　陽　陽

2. 〔書 符○腴○膚○居○餘○廬○劬○迂○所〕平聲魚虞，上聲語通韻〔註 24〕
　魚　虞　虞　虞　魚　魚　魚　虞　虞　語

3. 〔○坤○乾○淵○燔○天○間○傳〕：平聲元、先、刪通韻〔註 25〕
　元　先　先　元　先　刪　先

〈服胡麻賦〉全篇乃屬「轉韻」之例，全篇共用三個韻，轉韻兩次。全篇亦以「兩句一韻」爲最常見，「一句一韻」者，僅一見。在各段之中，皆屬「通韻」的情況，「通韻」的情況較特殊的乃段 2，屬於平聲上聲通韻之例。

（四）〈黃泥坂詞〉

1. 〔○轉○坂○卷○蒨○桓○畹○幻○患○辨○年○反○烟○嫚○偃○宴○團○踐〕：上聲銑、阮，去聲諫、霰，平聲寒、先
　銑　阮　銑　諫　寒　霰　諫　諫　銑　先　阮　先　諫　阮　霰　寒　銑

〔註 23〕上平十灰：古通支；上平四支：古通微齊灰轉佳；上平五微：古通支。

〔註 24〕上平六魚：古通虞，韻略同；上平七虞：古通魚。

〔註 25〕上平十三元：古轉眞韻；上平十一眞：古通庚青蒸韻轉文元，韻略通文元寒刪先韻；下平一先：古通鹽轉寒刪；上平十五刪：古通覃咸轉先。

通韻〔註 26〕

2. 〔○○稀歸腓來嬉〕：平聲微、灰、支通韻〔註 27〕
微 微 微 灰 支

〈黃泥坂詞〉全篇乃屬「轉韻」之例，全篇共用兩個韻，轉韻一次。第 1 段以「兩句一韻」爲主，第 2 段以「一句一韻」爲主。在各段之中，皆屬「通韻」的情況，「通韻」的情況較特殊的乃段 1，屬於平聲上聲去聲三聲通韻之例。

（五）〈清溪詞〉

1. 〔西溪蹊迷低畦躋淒泥鷖堤雞齊枅嘶璃
齊 齊 齊 齊 齊 齊 齊 齊 齊 齊 齊 齊 齊 齊 齊 支
鯢犁攜霓提梯棲閨妻鼙藜嵇〕：齊、支通韻
齊 齊 齊 齊 齊 齊 齊 齊 齊 齊 齊 齊〔註 28〕

〈清溪詞〉全篇乃屬「獨韻」之例，全篇以「齊、支通韻」通押到底。全篇皆採「一句一韻」之韻例，在蘇軾騷體中屬於較特殊之一篇。

（六）〈中山松醪賦〉

1. 〔○號○皋○遭○毛○蒿○膏○曹○醪○勞○敖○嘈○高○萄
豪 豪 豪 豪 豪 豪 豪 豪 豪 豪 豪 豪 豪
○羔○螯○逃○搔○遨○猱○濤○豪○操○袍○糟○騷〕：
豪 豪 豪 豪 豪 豪 豪 豪 豪 豪 豪 豪
平聲豪韻

〈中山松醪賦〉全篇乃屬「獨韻」之例，全篇以豪韻一韻到底。全篇皆採「兩句一韻」之韻例。

〔註 26〕上聲十六銑：古通琰豏阮旱感；上聲十三阮：古通銑；去聲十六諫：古通陷轉震；去聲十七霰：古通願豔轉諫；上平十四寒：古轉先；下平一先：古通鹽轉寒刪。

〔註 27〕上平五微：古通支；上平十灰：古通支；上平四支：古通微齊灰轉佳。

〔註 28〕上平八齊：古通支；上平四支：古通微齊灰轉佳。

（七）〈和陶歸去來兮辭〉

1. 〔來 歸○悲○追○非○衣○微〕：平聲灰、微、支通韻〔註29〕
   灰 微 支 支 微 微 微

2. 〔○奔○門○存○尊〕：平聲元韻
   元 元 元 元

3. 〔○顏○安○關○觀○還○桓〕：平聲删、寒通韻〔註30〕
   删 寒 删 寒 删 寒

4. 〔○游○求○憂○疇○舟○丘○流○休○○留〕：平聲尤韻
   尤 尤 尤 尤 尤 尤 尤 尤 尤

5. 〔○期○耔○詩○疑〕：平聲支韻
   支 支 支 支

〈和陶歸去來兮辭〉全篇乃屬「轉韻」之例，全篇共用五個韻，轉韻四次。全篇亦以「兩句一韻」爲最常見，「三句一韻者」僅一見，「一句一韻」者，亦一見。

（八）〈酒子賦〉

1. 〔母 父○乳〕：上聲麌韻
   麌 麌 麌

2. 〔○口○朽○○友〕：上聲有韻
   有 有 有

3. 〔○○○孩○笄○醅○凄○盃○畦○齊○開○瑰○妻○雷〕
   灰 齊 灰 齊 灰 齊 齊 灰 灰 齊 灰
   ：平聲灰、齊通韻〔註31〕

〈服胡麻賦〉全篇乃屬「轉韻」之例，全篇共用三個韻，轉韻兩次。全篇亦以「兩句一韻」爲最常見，「一句一韻」、「三句一韻」、「四

〔註29〕上平十灰：古通支；上平五微：古通支；上平四支：古通微齊灰轉佳。
〔註30〕上平十五删：古通覃咸轉先；上平十四寒：古轉先。
〔註31〕上平八齊：古通支；上平十灰：古通支。

句一韻」者，皆僅一見。

從以上韻譜及分析文字可見，蘇軾的騷體作品大體承繼「兩句一韻」的用韻規則，「兩句一韻」是其騷體中最常見的韻例。蘇軾騷體亦有「一句一韻」，連續押韻到底者，〈清溪詞〉即爲蘇軾騷賦中的特例，錄其詞如下：

> 大江南兮九華西，泛秋浦兮亂清溪。水渺渺兮山無蹊，路重複兮居者迷。爛青紅兮粲高低，松十里兮稻千畦。山無人兮朝雲躋，靄濛濛兮淬凄凄。嘯林谷兮號水泥，走鼪鼯兮下梟鷖。忽孤壘兮隱重堤，杳冥茫兮聞犬雞。鬱萬瓦兮鳥翼齊，浮軒楹兮飛棋枅。雁南歸兮寒蜩嘶，弄秋水兮抱玻璃。朝市合兮雜髦齯，挾簞瓢兮佩鋤犁。鳥獸散兮相扶攜，隱驚雷兮鶩長霓。望翠微兮古招提，掛木杪兮翔雲梯。若有人兮悵幽棲，石爲門兮雲爲閨。塊虛堂兮法喜妻，呼猿狙兮子鹿麑？我欲往兮奉杖藜，獨長嘯兮謝阮嵇。

全篇句式整齊，又句句用韻，一韻到底，一氣讀下，暢快淋漓。除了「兩句一韻」、「一句一韻」的韻例，亦有「三句一韻」及「四句一韻」者數例，從中亦可以看出散文句式夾入騷句之中，造成用韻規則改變之例。

要而言之，蘇軾騷體辭賦的內容不專主抒情，亦融寫景、議論於賦中，賦意亦不主悲情，而是擺脫悲情見曠達。結構方面，承繼歷來的結構傳統，其騷賦或有序而無亂，或有亂而無序，或二者皆無之。表達方式方面，承繼了傳統騷賦直陳的表述方式，然亦有吸收散賦設辭問答的表述方式，可以說是學古而開新。句式方面，蘇軾能靈活運用各種騷體句式，再夾入散文句式，隨意短長，自由靈動。在用韻方面，大體以「兩句一韻」爲則。總之，蘇軾把「以文爲賦」的創造精神帶入騷體領域，用寫散文的手法寫騷體，使源遠流長的騷體辭賦嬗變出新的格局，放射出新的光彩，眞乃「足以賦〈遠遊〉而續〈離騷〉也」（〈中山松醪賦〉）。

第二節　駢　賦

蘇軾的駢賦作品依創作先後有：〈昆陽城賦〉、〈酒隱賦〉、〈洞庭春色賦〉、〈菜羹賦〉、〈老饕賦〉等五篇。

曹明綱《賦學概論》云：「姜書閣《駢文史論》把駢文的特徵概括爲『同樣結構的詞句之兩兩并列』、『詞句講求對偶』、『音韻協調』和『用典使事，雕飾藻采』四點，不言而喻，這四點同樣也是駢賦的體式特徵。需要略予補充的是：駢賦在用韻方面與其他韻文一樣，押句末腳韻，與駢文僅注重句內的聲調有別；在表述方式上則繼承了騷賦不借助問答的直陳式，與辭賦不同；但它在層次轉遞時常用辭賦的『於是』、『爾乃』等連詞，并棄用帶『兮』字的騷體句式等，又與騷賦相異。」〔註32〕本節茲分句式、對偶、音韻、用典四小節，來析論蘇軾駢賦的承繼與開創。

一、句　式

駢賦又稱俳賦，名曰「駢」或「俳」，其主要著眼點在於駢賦多用儷詞偶句成之，句式基本上兩兩相對，句駢而意偶。駢賦的句法，係以四字句與六字句爲基本句法，劉勰《文心雕龍．章句》：「若夫筆句無常，而字有條數，四字密有不促，六字格而非緩，或變之以三五，蓋應機之權節也。」劉氏此說，亦足以說明駢賦係以駢四儷六爲基本句法。其所取方式，一般常見的是四字句兩兩相對，或六字句兩兩相對，這兩種句式的結合使用，是駢賦在長期發展中所採用的最基本的形式。後來更出現了四、六言配合交錯爲對的隔句對，其組織皆是上四字下六字相聯成對，稱爲「輕隔對」；另有一種形式是上六而下四字的句形，這種形式，亦四六隔對的句子，稱爲「重隔對」。

張仁青《中國駢文發展史》論及宋代四六之特色，喜用長聯云：「《四六談塵》云：『四六施於制誥表奏文檄，本以便於宣讀，多以四字六字爲句，宣和間，多用全文長句爲對，習尚久之，至今未能全變，

〔註32〕見曹明綱，《賦學概論》，頁124。

前輩無此體也。』」〔註 33〕古文運動以來，宋代駢文漸趨散文化，作家習爲長句，以至四六隔對、長隔對之運用極爲普遍。然而蘇軾駢賦的句式卻非如此，其句法多以「六，六」爲主，偶輔之以「四，四」句法。〈昆陽城賦〉、〈洞庭春色賦〉、〈菜羹賦〉大抵以「六，六」句法構篇；〈老饕賦〉開篇以「庖丁鼓刀，易牙烹熬」，之後全採「六，六」句法構篇；〈酒隱賦〉則「四，四」句法，「六，六」句法交錯使用。整體看起來規則而整齊，工麗絕倫，宋人常用之四六隔對、長隔對竟無一使用，甚是獨特。

駢賦由於通篇用駢偶句，在寫作中很容易出現繁縟、堆垛、板滯的缺點。蘇軾駢賦大體看來極爲工麗，其句法的使用雖然變化不多，然而在每一作品中，都可看到他突破四六偶對的寫法，注入散文氣勢，因而矯正了板滯的缺點。如〈昆陽城賦〉：「嗟夫，昆陽之戰，屠百萬於斯須，曠千古而一快。……紛紛籍籍死於溝壑者，不知其何人，或金章而玉佩。」；〈酒隱賦〉賦末云：「使其推虛破夢，則擾擾萬緒起矣，烏足以名世而稱賢者耶？」；〈洞庭春色賦〉開篇：「吾聞橘中之樂，不減商山。豈霜餘之不食，而四老人者遊戲於其間？」結尾：「覺而賦之，以授公子曰：『嗚呼噫嘻，吾言夸矣，公子其爲我刪之。』」；〈老饕賦〉：「美人告去已而雲散，先生方兀然而禪逃。」這種句式上的不囿一體，正反映了蘇軾駢賦的運轉自如，頓挫有致的特色，而與上述騷賦一樣，蘇軾總喜歡在結束全篇之時，加上看似有意的破體的點睛之筆，使板滯的句式頓覺風生靈動。

二、對　偶

魏晉駢賦對句的對法，不論單對、短隔對、長隔對，皆主修辭工麗，講究字面、字義的相對。南北朝的對句，因聲律學運動及四六文體風行的影響，故其對句之作法，則偏重於平仄相對，謀音調之諧和，

〔註 33〕見張仁青，《中國駢文發展史》，台北：台灣中華書局，1970 年，頁 504。

並求修辭的工整。以下分別從句型、字義及聲韻三個角度來考查蘇軾的駢賦的對偶。

句型者，乃指駢賦的句式對仗，是一種比較外在的形式對仗，如單句對、偶句對、長偶對、當句對等。字義者，乃指駢賦之用字及其意義，其所用之字或爲數字，或爲方位、或爲色彩、或爲疊字，或用成語典故，或用同類之物，或用異類之物，凡此表現之對仗依序爲數字對、方位對、彩色對、疊字對、事類對、同類對、異類對等。聲韻者，乃就其運用聲韻之情況而分類者，如雙聲對、疊韻對及雙聲疊韻對等。〔註34〕黃水雲在《六朝駢賦研究》用上述十四種來分析六朝駢賦之對偶情況，今借用其方法來考察蘇軾駢賦運用對偶的情況。

關於蘇軾駢賦的句式對偶，只有運用基本的單句對及當句對兩種，在五篇駢賦中並無隔句對及長隔對的使用，誠爲特殊。單句對如：「從使秦帝，橫令楚王」(〈酒隱賦〉)；當句對如：「翠勺銀罌，紫絡青綸」(〈洞庭春色賦〉)。蘇軾駢賦的字義對偶，上述所列大體均能嫻熟使用，屬對精切，數字對如：「封侯萬里，賜璧一雙」(〈酒隱賦〉)；方位對如：「嘗項上之一臠，嚼霜前之兩螯」(〈老饕賦〉)；彩色對如：「吹洞庭之白浪，漲北渚之蒼灣」(〈洞庭春色賦〉)；事類對如：「鄙易牙之效技，超傅說而策勳」(〈菜羹賦〉)；同類對如：「彈湘妃之玉瑟，鼓帝子之雲璈」(〈老饕賦〉)；異類對如：「水初耗而釜泣，火增壯而力均」(〈菜羹賦〉)。蘇軾駢賦的聲韻對偶，據筆者考查並沒有符合所謂雙聲對、疊韻對及雙聲疊韻對者，可見蘇軾並非斤斤計較於聲韻之間者，至於其句式的平仄相對，容待下文音韻一節析論。

蘇軾從小就習作律賦，練就一手抽黃對白、協律調聲的本領。蘇軾駢賦固然不乏屬對精切，對偶工整者。但整體觀之，他的駢賦僅僅使用極爲基本的單句對和當句對，不曾刻意去驅遣較爲複雜變化的隔句對和長隔對；此外，更運用散文流動的風格於對偶之中，蘇軾不肯

〔註34〕見黃水雲著，《六朝駢賦研究》，台北：文津出版社，1999年，頁266。

屈就繩尺，以文害意，所以其作品並不恪守前人矩矱，而是經常損規則以就文氣，行文以氣勢盛，一脈流貫而下，並不刻意去遷就規矩，但並非棄絕駢體，而是以古文之氣勢行於駢偶之句子，故其對偶看似「率然對爾」，無牽強勞苦之態，讓人讀來頗覺流轉自然而無駢賦之板滯凝重。誠如清・孫梅《四六法海》評：「東坡四六，工麗絕倫中，有意擺脫隋唐至五代蹊徑。以四六觀之，則獨闢異境；以古文觀之，則故是本色，所以奇也。」而這樣的風格正是蘇軾「文理自然」、「非勉強所爲之文」、「自出新意，不踐古人」這些理論主張的具體實踐。

三、音　韻

駢賦除句法整齊，對仗工穩外，尤須注意音韻和諧，齊梁以後聲律之說興起，駢賦受到聲韻學的啓發，除了原有的「同聲相應」即諧韻之外，更強調「異音相從」要求平仄對仗。

駢賦用韻，以偶句用韻即隔句押韻爲普遍之韻例，一般分兩種情況：一是根據行文便利隨時換韻；另一種比較常見的情況是按內容遞進的層次作爲用韻的轉換機會。駢賦這種用韻規律，既使作品有一種音樂的流轉美，同時也爲後人理解文章的層次結構提供了方便。

關於駢賦的平仄對仗，可從沈約〈宋書謝靈運傳論〉略知梗概，其言：「前有浮聲，後須切響，一簡之內，音韻盡殊，兩句之中，輕重悉異。」〔註35〕即是一句之中，必須平仄相間，讀來音調才美；而兩句構成一聯，出聯與對聯除虛詞（連詞）外，平仄要兩兩相對，讀來聲勢才順。以下茲由此二點來析論蘇軾駢賦的音韻。

蘇軾駢賦的用韻大抵採用「隔句押」之韻例，全篇賦文的押韻主要可分爲三類，一獨韻。二通韻。三轉韻。茲標示其韻譜，並說明如下：

〔註35〕見梁・蕭統編、唐・李善注，《文選》，台北：藝文印書館，1991年，頁715。

（一）〈昆陽城賦〉

1. 〔靄 塊○在○改○菜○○○快○海○潰○再○悔○艾○械
泰 隊 隊 賄 隊 隊 賄 隊 隊 隊 泰 卦
○○佩○敗○賴○怪○浼○待○慨〕：去聲泰、隊、卦，上
隊 隊 泰 卦 蟹 賄 隊
聲蟹、賄通韻〔註 36〕

〈昆陽城賦〉的韻例屬「通韻」一類。其中去聲韻「泰」、「隊」、「卦」三韻古通「寘」韻，故此三韻屬「通韻」；上聲韻「蟹」、「賄」兩韻古通「紙」韻，故此二韻屬「通韻」一類。又去聲韻「泰」、「隊」、「卦」與上聲韻「蟹」、「賄」，上去通韻，故此賦屬「通韻」一類。全篇以「兩句一韻」為最常見，亦有「一句一韻」、「四句一韻」、「三句一韻」者，皆一見。

（二）〈酒隱賦〉

1. 〔悠 漚○丘○遊〕：平聲尤韻
尤 尤 尤 尤

2. 〔○地○世○醉〕：去聲寘、霽通韻〔註 37〕
寘 霽 寘

3. 〔○雙○王○藏○亡○陽○殭○羊〕：平聲江、陽通韻〔註 38〕
江 陽 陽 陽 陽 陽 陽

4. 〔○粕○樂○爵○酌〕：入聲藥韻
藥 藥 藥 藥

5. 〔○眠○錢○涎○然○○賢〕：平聲先韻
先 先 先 先 先

〈酒隱賦〉的韻例屬於「轉韻」一類。由「尤」韻轉「寘、霽」

〔註 36〕去聲九泰：古通寘；去聲十一隊：古通寘；去聲十卦：古通寘。上聲九蟹：古通紙；上聲十賄：古通紙。

〔註 37〕去聲四寘：古通未霽隊轉泰，韻略通卦；去聲八霽：古通寘。

〔註 38〕下平七陽：古通江轉庚；上平三江：古通陽。

韻，三轉「江、陽」韻，四轉「藥」韻，五轉「先」韻。全篇共用五個韻，轉韻四次。全篇以「兩句一韻」爲最常見，亦有「一句一韻」者一見，「三句一韻」者亦一見。

（三）〈洞庭春色賦〉

1. 〔○山○間○斑○艱○寰○閒○灣○鬟○還○菅○潸○綸○鐶
刪　刪　刪　刪　刪　刪　刪　刪　刪　刪　刪　刪　刪
○慳○頑○姦○蠻○關○潺○鰥○顏○彎○○○○刪〕：平聲刪韻
刪　刪　刪　刪　刪　刪　刪　刪　刪　　　　刪

〈洞庭春色賦〉的韻例屬於「獨韻」一類。此賦全篇用「刪韻」一韻到底。

（四）〈菜羹賦〉

1. 〔○因○陳○分○根○津○勻○勤○辛○均○分○飧○珍○
眞　眞　文　元　眞　眞　文　眞　眞　文　元　眞
勳○嗔○人○胖○貧○仁○民〕：平聲眞、文、元、寒通韻
文　眞　眞　寒　眞　眞　眞〔註 39〕

〈菜羹賦〉的韻例屬於「通韻」一類。此賦押「眞」、「文」、「元」、「寒」四韻，此四韻互爲通轉，故此賦屬「通韻」一類。全篇以「兩句一韻」爲韻例，無出此例者。

（五）〈老饕賦〉

1. 〔刀 敖○勞○鏖○螯○羔○糟○饕○桃○璈○袍○萄○髦
豪 豪　豪　豪　豪　豪　豪　豪　豪　豪　豪　豪　豪
○槽○繅○膏○艘○醪○逃○毫○高〕：豪韻獨用
豪　豪　豪　豪　豪　豪　豪　豪

〈老饕賦〉全篇押「豪」韻，屬於「獨韻」一類。全篇以「兩句

〔註 39〕上平十一眞：古通庚青蒸韻轉文元，韻略通文元寒刪先韻；上平十二文：古轉眞韻；上平十三元：古轉眞韻。上平十四寒：古轉先。

一韻」為主，僅賦首「一句一韻」一見。

綜上以言，蘇軾駢賦押韻之以「兩句一韻」佔大部分，然亦有連續押、隔三、四句押的情形。其用韻有「獨韻」即獨用一韻者，有「通韻」即通用數韻者；亦有「轉韻」轉四、五韻者，大抵依內容遞進的層次作為用韻的轉換。最值得一提的是，蘇軾五篇駢賦其中有二篇是「一韻到底」，〈洞庭春色賦〉獨用「刪」韻、〈老饕賦〉獨用「豪」韻到底，殊為奇特。李調元《賦話》云：「古人作賦，未有一韻到底，創之自坡公始。〈老饕賦〉題涉于游戲，而篇幅不長，偶然弄筆成趣耳。」〔註 40〕事實上，一韻到底非創自蘇軾，王芑孫《讀賦卮言》載：「賦有一韻而止者。漢路僑如〈鶴賦〉，魏曹植〈槐樹賦〉，晉桓元〈鳳凰賦〉，宋傅亮〈登龍岡賦〉，齊謝朓〈野鶩賦〉，……宋黃庭堅〈放目亭賦〉，明胡居仁〈瑞梅賦〉，皆是短篇。有長篇而一韻者，晉傅咸之〈儀鳳賦〉、明唐寅之〈惜梅賦〉。」〔註 41〕賦自漢魏早有一韻而止者，然而在宋代像蘇軾這麼多一韻到底的作品，卻不常見，蘇軾除了這兩篇駢賦外，其騷賦〈中山松醪賦〉、〈清溪詞〉亦然。

至於駢賦的平仄對仗，蘇軾只求音韻舒暢，不斤斤於一字一句，茲舉青年時期所作的〈昆陽城賦〉為例：

淡平野之靄靄，忽孤城之如塊。
●○●○●●　●○○○○●

風吹沙以蒼莽，悵樓櫓之安在。
○○○●○●　●○●○○●

橫門豁以四達，故道宛其未改。
○○●●●●　●●○○●●

彼野人之何知，方傴僂而畦菜。
●●○○○○　○○●○○●

〔註 40〕見詹杭倫、沈時蓉校證，《雨村賦話校證》，頁 77。
〔註 41〕見清・王芑孫，《讀賦卮言》，何沛雄編，《賦話六種》，頁 18。

再舉晚年在海南所作之〈老饕賦〉爲例：

庖丁鼓刀，易牙烹熬。
○○●○　●○○○

水欲新而釜欲潔，火惡陳而薪惡勞。
●●○○●●●　●●○○○●○

九蒸暴而日燥，百上下而湯鏖。
●○●○●●　●●●○○○

嘗項上之一臠，嚼霜前之兩螯。
○●●○●○　●○○○●○

從其早年及晚年的作品來考察，發現這兩篇各八句四聯的句子中，並無一例符合前後兩句「平仄相對」者，可見蘇軾行文不斤斤於平仄對仗之間，但求文氣流暢，是以他的駢賦揮灑出之，全不見用力對仗之跡。

四、用　典

駢賦的另一大特徵便是用典繁巧。《文心雕龍・事類》云：「夫經典沈深，載籍浩瀚，實群言之奧區，而才思之神皋也。」典故的運用使賦顯才學，內蘊豐富，含蓄委宛；同時，大量用典又往往帶來古奧晦澀之弊。

蘇軾繼歐陽修，在四六文寫作實踐上，以述事委曲暢達爲宗旨，不以廣引博徵相衒異，實變革文體三十年來所未有，故歐氏特加贊揚，給予很高的評價。歐陽修〈蘇氏四六〉云：「往時作四六者，多用古人語及廣引故事，以衒博學，而不思述事不暢。近時文章變體，如蘇軾父子以四六敘述，委曲精盡，不減古人。自學者變格爲文，迨今三十年，始得斯人。不惟遲久而後獲，實恐此後未有能繼者爾。自古異人間出，前後參差不相待。余老矣，乃及見之，豈不爲幸哉？」〔註 42〕向來駢賦多好用典使事、捃摭經史，看似莊肅典雅，讀起來卻

〔註 42〕見宋・歐陽修撰，《歐陽文忠公集・試筆・蘇氏四六》，台北：台灣商

不明不白，艱澀生僻。蘇軾駢賦一改舊格，不用典事而白戰成文，偶有徵引，亦皆人所熟知，不逞博識。〈昆陽城賦〉一篇即屬此類，全篇敘事顯白，情理兼至，不多塞歷史典故，讀來無奧塞艱難之感。

蘇軾不喜以廣引博徵相衒異，然非不能用典者，在他的駢賦中亦有繁用成語以入文者，然其手法高妙者，能食古而化，推陳出新，絕不露一絲痕跡，遂為駢賦開拓另一新境界。〈酒隱賦〉詳舉了一系列求隱、飲酒的著名典故，如伯夷、叔齊、尾生、阮籍、劉伶……等，皆是大家耳熟能詳的故事，甚至有些明知其用典，然而即使不了解典故的來歷，亦無妨領會賦作的含意。〈洞庭春色賦〉亦善使事，賦首云：「吾聞橘中之樂，不減商山。豈霜餘之不食，而四老人者遊戲於其間？」此典語出牛僧儒《玄怪錄・巴邛人》。故事大意是，巴邛人家有橘園，霜降之後，橘子收盡，只留兩個大的。此人怪這兩橘之大，便叫人剖開。結果每個橘子都有兩個白髮紅顏的老人，在橘中相對戲談。其中一人說：「橘中之樂，不減商山，但不得深根固蒂，為愚人摘下耳。」於是從袖中抽出一草根，食之不盡。最後草莖經水噴之，化為一龍，四老人共乘而去。關於此典，宋・胡仔《苕溪漁隱叢話後集》卷三十三云：

> 《詩說雋永》云：「秦湛處度為韓膺胄作〈枝巢詩〉。建炎間在會稽，一日語伋云：『先得兩句：大勝商山老，同居一木奴。杌隉危中壘，高聳垛中雛。』未知後成篇否？」苕溪漁隱曰：《玄怪錄》云：「巴邛人家有橘園，霜後諸橘盡收，餘二大橘如三、四斗盎，巴人異之，即令攀摘，輕重亦如常橘。剖開，每橘有二老人，相對象戲，談笑自若。一叟曰：「橘中之樂，不減商山，但不得深根固蒂，為人摘耳。」處度此詩，殊不善用事，此但言橘中之樂，不減商山，烏得便謂商山老？每橘有二老人，亦烏得謂之同居也？若東坡〈洞庭春色賦〉云：「吾聞橘中之樂，不減商山，豈

務印書館，1967年，冊一，頁133。

霜餘之不食，而四老人者游戲於其間。」謝無逸〈詠橘詩〉云:「巴邛清霜後，獨餘兩大橘。一朝剖而食，四老欣然出。乃知避世士，退藏務深密。」皆善用事，無疵病可指摘也。〔註43〕

〈洞庭春色賦〉這篇文章的特點是用典多——用很多典故把「柑橘」、「洞庭春色」、「酒」三層意思穿連起來，構成幻想，和題目相呼應。雖然大量用典，但表現得恰切靈活。賦中典故的運用，使作品既形式簡潔又內容豐富、含蓄。蘇軾是駕御文學語言的巨匠，他學識淵博，才思敏銳，善于以意使事，即以要表達的題旨和情感的需要來組織和運用典故。葛立方曾引述東坡論作文之法曰:「天下之事，散在經子史中，不可徒使，必得一物以攝之，然後爲己用。所謂一物者，意也。不得錢，不可以取物；不得意，不可以用事，此作文之要也。」〔註44〕蘇軾善於用己意來統攝典故，故其能做到事爲我用。由于蘇軾對典故能博觀約取，厚積薄發，精選與要表現的事物有更多內在聯繫或相似點的典實，經過剪裁熔鑄，點化入賦，因而使人感到貼切、恰當、得體。其駢賦之善用事，大抵如胡仔所云:「無疵病可指摘也」。

綜觀蘇軾的駢賦作品，在句式方面，多以駢賦基本的「六，六」句法爲主，偶輔以「四，四」句法；至若宋人常用之四六隔對、長隔對無一使用。其句法的使用雖然變化不多，大體看來極爲工麗，然而在每一作品中，都可看到他突破四六偶對的寫法，注入散文氣勢，矯正駢賦板滯缺點的用心。在對偶方面，蘇軾的句式對偶只有基本的單句對及當句對兩種，而且經常以古文之氣勢行於駢偶之句子，故其對偶看似「率然對爾」；至於字義的對偶則能嫻熟地使用數字對、方位對、彩色對、事類對、同類對、異類對等；而其聲韻的對偶並無符合所謂雙聲對、疊韻對及雙聲疊韻對者，可見蘇軾並非斤斤計較於聲韻

〔註43〕見宋・胡仔，《苕溪漁隱叢話後集》，台北：中華書局，1965年，卷三十三，頁2～3。

〔註44〕見宋・葛立方，《韻語陽秋》，北京：北京中華書局，1985年，卷三，頁25。

之間者。在音韻方面，蘇軾押韻大抵採兩句一韻隔句押的方式，較為特殊的是五篇駢賦之中，竟有兩篇採「一韻到底」者；至於駢賦「異音相從」要求句子平仄相間的作法，則不存於蘇軾心中。用典方面，蘇軾駢賦以述事委曲為創作宗旨，辭多白描，不廣引故事，以衒才學，然其作亦不減古人；即為用事使典，亦能食古而化，推陳出新，做到事為我用。要而言之，其駢賦眞能如清孫梅《四六法海》所評：「東坡四六，工麗絕倫中，有意擺脫隋唐至五代蹊徑。以四六觀之，則獨闢異境。」

第三節　律　賦

蘇軾的律賦作品依創作先後有：〈快哉此風賦〉、〈復改科賦〉、〈通其變使民不倦賦〉、〈明君可與為忠言賦〉、〈三法求民情賦〉、〈六事廉為本賦〉、〈延和殿奏新樂賦〉、〈濁醪有妙理賦〉等八首。

關於律賦的研究，歷來不受重視，因為律賦在篇章、聲韻、偶對等方面有諸多之限制，而有帶著鐐銬的舞蹈之譏。馬積高《賦史》論及宋代的律賦云：「這時律賦好的更少，也不作專門論述了。」〔註45〕馬先生也許是因為篇幅或取捨的問題，而不作專門論述。事實上，有宋一代，以詩賦取士，宋人為入仕計，不得不從小練習詩賦，因此由童蒙到數十年寒窗的歲月，練習寫作律賦，是他們的必備功課，在此深厚基實之上而創作出來之律賦，亦有不少佳作，是不容完全否定的。況且律賦並非全是試院倉卒所為，宋人文集所存律賦，既有試前習作，也有為官後所作。再者，文學創作如果帶著枷鎖跳舞，限制越嚴，就越能表現作者的才華〔註46〕。正如律詩限制嚴謹，但仍出現大

〔註45〕見馬積高，《賦史》，頁386。

〔註46〕把律賦諸多的限制，用戴著「手銬腳鐐」跳舞似不妥貼；不如用套著「冰鞋」跳舞來得貼切。這格律就像冰鞋，不熟悉的人穿上它就像套上了腳鐐，動彈不得；受過訓練，經常練習，便能在冰上舞出漫妙的舞姿，而令人驚艷。

量的名作一樣，律賦限制雖嚴，但也不乏情辭並茂的名篇，爲何律賦就該受到忽視或摒棄的命運？因此，律賦的存在價值是不容忽視的。正如清・孫梅《四六叢話》卷五引〈寓簡〉中記宋太宗淳化三年（992）舉進士甲科的孫何對於以詩賦取士的看法：

> 惟詩賦之制，非學優才高不能當也。破巨題期於百中，壓強韻示有餘地，驅駕典故，渾然無跡；引用經籍，若已有之。……觀其命句，可以見學植之淺深；即其搆思，可以覘器業之大小。窮體物之妙，極緣情之旨，識春秋之富豔，洞詩人之麗則。能從事於斯者，始可以言賦家流也。〔註 47〕

律賦取士，命題以外，限韻與平仄的嚴格要求，的確很能見出士子知識、技能等文化素養和文學功底。用心研讀律賦，其可取處亦多，如構篇章法、對偶精切、聲律之妙等。文藝全才者如蘇軾，文風以如行雲，似流水著稱，其涉筆於限制嚴格之律賦體裁，將是何種風貌？此乃本文欲以探究一二者。

蘇軾反對進士考試廢詩賦，以此，在元祐初年他有意以律賦的創作來推展自己的試賦主張，所以留下了不少作品。李調元《雨村賦話》卷五云：「宋人律賦篇什最富者，王元之、田表聖、及文、范、歐陽三公。他如宋景文、陳述古、孔常父、毅父、蘇子容之流，集中不過一二首。蘇文忠較多於諸公，山谷、太虛，僅有存者。靖康、建炎之際，則李忠定一人而已。南遷江表，不改舊章。賦中佳句，尚有一二聯散見別集者，而試帖皆湮沒無聞矣。」〔註 48〕在同一時期的作家中，蘇軾的律賦作品數量是比較多的一位。

關於律賦的種種嚴格限制，清・孫梅《四六叢話・賦三之一・序》云：「自唐迄宋，以賦造士，創爲律賦，用便程式。新巧以製題，險難以立韻，課以四聲之切，幅以八韻之凡，栫以重棘之圍，刻以

〔註 47〕見清・孫梅，《四六叢話》，卷五，賦三之二，頁 99～101。

〔註 48〕見清・李調元撰，詹杭倫、沈時蓉校證，《雨村賦話校證》，頁 78～79。

三條之燭，然後銖量寸度，與帖括同科；夏課秋卷，將揣摹其術矣。」〔註 49〕蘇軾在〈復改科賦〉中亦略有提及律賦的體式要求：「殊不知採摭英華也簇之如錦繡，較量輕重也等之如錙銖。韻韻合璧，聯聯貫珠。……莫不吟詠五字之章，鋪陳八韻之旨。字應周天之日兮，運而無積；句合一歲之月兮，終而復始。」上述略及律賦程式之命題、限韻、聲律、字數等限制，以此，下文將分命題、音韻、句式、篇章四小節來析論蘇軾律賦的承繼與開拓。

一、命　題

律賦是一種考試文體，又稱「試賦」或「進士賦」。作爲考試文體，律賦與以往各類形式的賦作不同，首先在於它是命題之作。命題之方式，在一般的情況下，皆由主考官擬定；在特定情況下，才由天子命題。然而，律賦不僅僅是一種考試文體，同時也是一種文學體裁，有著自身獨立的文學特質，從而與科舉考試產生偏離的現象。換句話說，有的作家寫作律賦主要是爲了言志抒情或詠物的需要，不一定與科舉考試有著直接的關係。這種情況在唐代已經開始。作家寫作律賦也可以不是爲了考試的需要，而只是把律賦作爲一種言志抒情詠物的文學體裁〔註 50〕。

蘇軾現存的律賦皆非應試之作，而是用以抒發個人情感、議論時政或應酬奉答之作。如〈快哉此風賦〉乃在徐州任與文士登樓燕集，

〔註 49〕見清・孫梅，《四六叢話》，卷四，賦三之一，序，頁 61。

〔註 50〕參詹杭倫著，《清代賦論研究》，台北：台灣學生書局，2002 年，頁 251。
關於律賦的寫作偏離科舉，鄺健行〈唐代律賦對科舉考試的黏附與偏離〉一文，從三方面作說明分析：第一方面，律賦用來抒寫情懷，或者跟藝術生活發生聯繫，從而脱離科舉的牢籠。第二方面，作者對句式和對偶力求變化，超越了試賦的常規要求，而只就文體本身的發展或藝術加工上用心。第三方面，作品在若干程度上加重了文學性質，和試賦向來要求的格套很不相同。蘇軾的律賦正反映了上述三大方面。見《新亞學術集刊》賦學專輯，1994 年，第十三期，頁 409～414。

同僚屬四人聯賦所作，蘇軾分得第一韻及第五韻，有四分之一的著作權；此外〈復改科賦〉、〈通其變使民不倦賦〉、〈明君可與爲忠言賦〉、〈三法求民情賦〉、〈六事廉爲本賦〉、〈延和殿奏新樂賦〉乃在京議論時政、侍君講讀之作；〈濁醪有妙理賦〉則是在海南時抒情言志議論之作。以上作品皆蘇軾自己命題，其題材與其生活或政治密切相關，具有強烈的現實政治針對性。因爲脫離了科舉考場命題的束縛，思想格調和形式技巧比皆較自由活潑。

蘇軾掌握命題的主導權，此與考試律賦由主考官或天子命題的方式不同。本小節之焦點將聚焦於蘇軾在自己命題的情況下，其律賦之內容及手法有何特出表現？首先，蘇軾的律賦內容有強烈的現實針對性。〈通其變使民不倦賦〉、〈明君可與爲忠言賦〉、〈三法求民情賦〉、〈六事廉爲本賦〉韻腳分別是：「通物之變民用無倦」、「明則知遠能受忠告」、「王用三法斷民得中」、「先聖之貴廉也如此」，這些賦的篇名和韻腳，都有相同的針對性，就是力圖闡明爲君得民、長有天下之道，應該是當時蘇軾對哲宗講讀之內容。這些賦文皆敢於直言極諫，以求匡正時弊，從考試、治國、法制、官制等方面，爲朝廷獻策納計，提出精勵圖治的政治主張。〈明君可與爲忠言賦〉闡述「臣不難諫，君先自明」的道理；〈通其變使民不倦賦〉闡述「欲民生而無倦，在世變以能通」的道理；〈三法求民情賦〉旨在闡述「刑德濟而陰陽合，生殺當而天地參」；〈六事廉爲本賦〉則揭示「功廢於貪，行成於廉」的古今成敗興亡的規律。他據理直諫，往往擊中社會癥結，對宋哲宗來說這些作品有如五穀藥石，能起療饑伐病的功效。這幾篇律賦以論說國家大政方略的內容爲主體，視野宏闊，博通古今，引譬連類，雄辭豪辯，有政論之雄風。〈通其變使民不倦賦〉、〈三法求民情賦〉、〈六事廉爲本賦〉均「以策論手段施之帖括，縱橫排奡，仍以議論勝人」〔註 51〕，而〈明君可與爲忠言賦〉「橫說豎說，透快絕倫，抵一篇史

〔註 51〕李調元《賦話》評蘇軾〈通其變使民不倦賦〉、〈三法求民情賦〉、〈六事廉爲本賦〉云：「以策論手段施以帖括，縱橫排奡，仍以議論勝人，

論」〔註 52〕，皆以議論勝人之作。此外，蘇軾作〈濁醪有妙理賦〉，正值流徙南荒窮壤之際，面對困厄命運而採取隨遇而安的態度，此賦化解杜甫「濁醪有妙理，庶用慰浮沉」詩意，寫飲酒之妙用，以抒寫性靈，表現個性，亦「通篇豪爽，而有雋致」〔註 53〕。要之，蘇軾才氣縱橫，用策論的手段，施之於賦中，橫說直說，論理滔滔，筆力雄肆，氣勢盛於前賢，乃是律賦的一大革新。

二、音　韻

吳訥《文章辨體序說》:「律賦起於六朝，而盛於唐宋。凡取士之命題，每篇限以八韻而成，要在音律協諧、對偶精切爲工。」〔註 54〕律賦承繼了駢賦音律諧協、偶對精切的傳統，在體式上又受到命題、用韻、聲律和結構等方面的限制，命題前已提及，結構容待後述，本節茲分限韻、平仄聲律來分析蘇軾律賦作品。

（一）限　韻

作賦限韻，是律賦與其他類型賦作的基本區別。而限韻的目的，則全在於試賦的需要。賦的限韻，主要在於用韻類數的多寡、平仄、次序。大體上來說，唐代限韻寬泛，宋代則甚爲嚴格〔註 55〕。曹明綱

然才氣豪上，而率易處亦多，鮮有通篇完善者。（略）寓議論于排偶之中，亦是坡公一派。」見詹杭倫、沈時蓉校證，《雨村賦話校證》，頁 78。

〔註 52〕李調元《賦話》評蘇軾〈明君可與爲忠言賦〉云:「橫說豎說，透快絕倫，作一篇史論讀，所謂偶語而有單行之勢者，律賦之創調也。」見詹杭倫、沈時蓉校證，《雨村賦話校證》，頁 78。

〔註 53〕李調元《賦話》評蘇軾〈濁醪有妙理賦〉:「窮達皆宜，纔是妙理。通篇豪爽，而有雋致，眞率而能細入，前無古人，後無來者。」見詹杭倫、沈時蓉校證，《雨村賦話校證》，頁 46。

〔註 54〕見明・吳訥，《文章辨體序說》，台北：大安出版社，1998，頁 30。

〔註 55〕宋・洪邁《容齋續筆・詩賦用韻》條下云:「唐以賦取士，而韻數多寡，平側（仄）次敘，元無定格，故有三韻者，……有四韻者，……有五韻者，……有六韻者，……有七韻者，……八韻有二平六側（仄）者，……有三平五側（仄）者，……有五平三側（仄）者，有六平二側（仄）者，……自太和以後，始以八韻爲常。」見宋・洪邁《容

《賦學概論》:「據洪氏《容齋隨筆》及彭氏《宋四六話》等書記載，宋代試賦於限韻甚爲嚴格，不僅韻數不能增簡、次序不能顛倒，而且禮部有專門供考試之用的《韻略》頒行，於律賦所押字韻的平上去入四聲都有極嚴格的規定。」〔註56〕

關於押韻的韻數，蘇軾的律賦全部都是押八韻，其韻腳尚可見的有〈通其變使民不倦賦〉以「通物之變民用無倦」爲韻、〈明君可與爲忠言賦〉以「明則知遠能受忠告」爲韻、〈三法求民情賦〉以「王用三法斷民得中」爲韻、〈六事廉爲本賦〉以「先聖之貴廉也如此」爲韻、〈延和殿奏新樂賦〉以「成德之老來奏新樂」爲韻、〈濁醪有妙理賦〉以「神聖功用無捷於酒」爲韻。這些韻腳全題在蘇軾律賦題下，這八字既是全篇的綱目，又是該賦的限韻，全文即以這八字爲韻腳，表現了用韻的熟練技巧。

關於押韻的平仄比例，其平仄比例，原無定則，後漸漸演變至以四平韻四仄韻爲定格。據《宋朝燕翼貽謀錄・詞賦依平側（仄）用韻》條下記載：宋初「進士詞賦押韻不拘平仄次序。太平興國三年九月始詔進士平仄次第用韻，而考官所出官韻，必用四平四仄。詞賦自此整齊，讀之鏗鏘可聽矣。」〔註57〕又爲求音節之諧暢，以一平一仄相間而出。李調元《賦話》云：「晚唐作者，取音節之諧暢，往往以一平一仄相間而出。宋人則篇篇順敘，鮮有顛倒錯綜者矣。」〔註58〕蘇軾律賦押韻平仄的比例及順序，從他擁有全部著作權的七篇律賦來看，其平仄比例皆爲「四平四仄」，而且是採用「一平一仄」相間使用的順序來押韻；而僅佔四分之一著作權的〈快哉此風賦〉，從他所分得的第一韻、第五韻皆爲平聲韻，亦可看出當是「四平四仄」用「一平

齋隨筆・容齋續筆》，台北：新興書局，1984 年，卷十三，頁 1016～11017。

〔註56〕見曹明綱，《賦學概論》，頁 191。

〔註57〕見宋・王詠撰，《宋朝燕翼詒謀錄》，台北：新興書局，1988 年，卷五，頁 725。

〔註58〕見詹杭倫、沈時蓉校證，《雨村賦話校證》，頁 33。

一仄」相間使用的韻例。

關於韻腳順序，有「順序押韻法」，即依照所限的韻腳字的同樣順序而押用也，又稱「依次押韻法」；又有「任意押韻法」，即不必依照題韻所限的韻字順序押用，而是由作者的自由，就所限的韻字，前後顛倒，錯雜運用成篇。蘇軾律賦韻腳順序，大多採用「順序押韻法」，如〈通其變使民不倦賦〉、〈明君可與爲忠言賦〉、〈六事廉爲本賦〉、〈延和殿奏新樂賦〉、〈濁醪有妙理賦〉皆是；而〈三法求民情賦〉則採「任意押韻法」，其原韻腳爲「王用三法斷民得中」，其押韻的順序則爲「中、斷、民、得、王、用、三、法」。

爲說明蘇軾律賦押韻之韻例，茲依寫作先後列出蘇軾律賦之韻譜如下：

（一）〈快哉此風賦〉

1. 〔○[風] ○[同] ○○○[雄]〕：平聲東韻
　　東　東　東

5. 〔○[湄] ○○○[維]○[卑] [吹] ○○[差]〕：平聲支韻
　　支　支　支　支　支

〈快哉此風賦〉乃蘇軾與另外三位僚屬同賦之作，蘇軾分得第1韻及第5韻。此篇之八字韻腳已佚，然以蘇軾分得1、5韻皆爲平聲韻，此篇押韻之韻例亦當屬四平四仄，而以一平間一仄之韻例成篇。

（二）〈復改科賦〉

1. 〔○[乾]○[先]○[賢]○○○[然]〕：平聲先韻
　　先　先　先　先

2. 〔○○○[世]○[裔]○○○[制]○[替]○○○[弊]〕：去聲霽韻
　　霽　霽　霽　霽　霽

3. 〔○[儒]○[夫]○[銖]○[珠]○[乎]○○○[都]〕：平聲虞韻
　　虞　虞　虞　虞　虞　虞

4. 〔○旨○○○始○毀○美○○○史〕：上聲紙韻
　　紙　　　紙　紙　紙　　　紙

5. 〔○非○○○歸○違○機○○○微〕：平聲微韻
　　微　　　微　微　微　　　微

6. 〔○○作○○○籥○略○○○鶚〕：入聲藥韻
　　　藥　　　藥　藥　　　藥

7. 〔○深○○○金○心○○○林〕：平聲侵韻
　　侵　　　侵　侵　　　侵

8. 〔○齒○止○子○起〕：上聲紙韻
　　紙　紙　紙　紙

〈復改科賦〉之八字韻腳文集不載，依上述韻譜之分析，其韻腳平仄比例爲「四平四仄」，採「平仄相間」之順序押韻。此賦均押句末韻，以隔句押、四句押爲多。大抵來說，單句對採隔句押；隔句對則採四句押。

（三）〈通其變使民不倦賦〉以「通物之變民用無倦」為韻

1. 〔○窮○通○○○風〕：平聲東韻
　　東　東　　　東

2. 〔○屈○物○○○鬱〕：入聲物韻
　　物　物　　　物

3. 〔○羲○疲○宜○○○之○○○遺○○○爲〕：平聲支韻
　　支　支　支　　　支　　　支　　　支

4. 〔○○○見○○○變○○○抃〕：去聲霰韻
　　　　霰　　　霰　　　霰

5. 〔○神○新○○○循○○○民〕：平聲眞韻
　　眞　眞　　　眞　　　眞

6. 〔○踵○閧○綜○○○共〕：上聲腫，去聲宋通韻
　　腫　宋　宋　　　宋

7. 〔○儒○無○區○○○拘〕：平聲虞韻
　　虞　虞　虞　　　虞

8. 〔○便○擅○○倦〕：去聲霰韻
　　霰　霰　　霰

〈通其變使民不倦賦〉以「通物之變民用無倦」八字爲韻，韻腳平仄比例爲「四平四仄」，採「平仄相間」之順序，依次押韻。此賦均押句末韻，以隔句押、四句押爲多。大抵來說，單句對採隔句押；隔句對則採四句押。只有最後一韻例外，蘇軾刻意在賦末打破規矩程式，在騷賦、駢賦均有類此手法。此外，律賦各段之押韻多採「獨韻」之韻例，與騷體、駢體之多採「通韻」之韻例，顯然，律賦之押韻嚴謹許多。

（四）〈明君可與為忠言賦〉以「明則知遠能受忠告」為韻

1. 〔○明○誠○○○衡〕：平聲庚韻
　　庚　庚　　　庚

2. 〔○則○○○國○○○惑○○○測〕：入聲職韻
　　職　　　職　　　職　　　職

3. 〔○詞○知○之○○○疑〕：平聲支韻
　　支　支　支　　　支

4. 〔○○○遠○損○本○○○反〕：上聲阮韻
　　　　阮　阮　阮　　　阮

5. 〔○○○○興○憎○能○○○朋〕：平聲蒸韻
　　　　　蒸　蒸　蒸　　　蒸

6. 〔○受○厚○走○○○口〕：上聲有韻
　　有　有　有　　　有

7. 〔○忠○功○○○公〕：平聲東韻
　　東　東　　　東

8. 〔○報○道○○告〕：去聲號，上聲浩通韻
　　號　皓　　號

〈明君可與爲忠言賦〉以「明則知遠能受忠告」八字爲韻，韻腳平仄比例爲「四平四仄」，採「平仄相間」之順序，依次押韻。此賦均押句末韻，以隔句押、四句押爲多。大抵來說，單句對採隔句押；隔句對則採四句押。只有段 5 及段 8 之最後一韻例外，段 5 乃「噫」嘆詞之使用，段 8 亦同於上一篇律賦，乃刻意在賦末打破規矩程式者。

（五）〈三法求民情賦〉以「王用三法斷民得中」為韻

1. 〔○公○通○○○中〕：平聲東韻
　　東　東　　　東

2. 〔○犴○○○亂○斷○○○歎〕：去聲翰韻
　　翰　　　翰　翰　　　翰

3. 〔○人○倫○伸○○○仁○眞○○○民〕：平聲眞韻
　　眞　眞　眞　　　眞　眞　　　眞

4. 〔○○○直○○○得○職○○○惑〕：入聲職韻
　　　　職　　　職　職　　　職

5. 〔○良○詳○臧○傷○章○○○綱○○○王〕：平聲陽韻
　　陽　陽　陽　陽　陽　　　陽　　　陽

6. 〔○共○○○縱○○○用○○○訟〕：去聲宋韻
　　宋　　　宋　　　宋　　　宋

7. 〔○○參○堪○○○三○○○慚〕：平聲覃韻
　　　覃　覃　　　覃　　　覃

8. 〔○○法○押○洽〕：入聲洽韻
　　　洽　洽　洽

〈三法求民情賦〉以「王用三法斷民得中」八字爲韻，韻腳平仄比例爲「四平四仄」，採「平仄相間」之順序，「不」依次押韻。蘇軾之律賦多採依次押韻，此篇乃唯一可見的「不依次押韻」者。均押句末韻，以隔句押、四句押爲多。大抵來說，單句對採隔句押；

隔句對則採四句押。只有段 7 及段 8 之最後一韻例外，段 5 乃「噫」嘆詞之使用而造成，段 8 亦同於上一篇律賦，乃刻意在賦末打破規矩程式者。

（六）〈六事廉為本賦〉以「先聖之貴廉也如此」為韻

1. 〔○焉○全○○○先〕：平聲先韻
   先　先　　先

2. 〔○聖○○○行○○○政〕：去聲敬韻
   敬　　敬　　敬

3. 〔○宜○隨○疑○○○之○○○基〕：平聲支韻
   支　支　支　　支　　支

4. 〔○○○曁○○○緯○○○貴〕：去聲未韻
   未　　未　　未

5. 〔○廉○厭○儉○賢○○○兼〕：平聲鹽、先通韻〔註 59〕
   鹽　鹽　鹽　先　　鹽

6. 〔○者○捨○○○也〕：上聲馬韻
   馬　馬　　馬

7. 〔○餘○初○如○○○書〕：平聲魚韻
   魚　魚　魚　　魚

8. 〔○○美○理○○此〕：上聲紙韻
   紙　紙　　紙

〈六事廉爲本賦〉以「先聖之貴廉也如此」八字爲韻，韻腳平仄比例爲「四平四仄」，採「平仄相間」之順序，依次押韻。全篇均押句末韻，以隔句押、四句押爲多。大抵來說，單句對採隔句押；隔句對則採四句押。只有最後一段例外，亦同於上述之律賦，乃蘇軾刻意在賦末打破規矩程式者。

〔註 59〕下平十四鹽：古通先；下平一先：古通鹽轉寒刪。

（七）〈延和殿奏新樂賦〉以「成德之老來奏新樂」為韻

1. 〔○○成○聲○○○平〕：平聲庚韻
　　庚　庚　　庚

2. 〔○職○息○則○德○力○○○得〕：入聲職韻
　職　職　職　職　職　　職

3. 〔○時○之○宜○○○斯○釐○○○師〕：平聲四支
　四　四　四　　四　四　　四

4. 〔○老○討○好○○○考〕：上聲皓韻
　皓　皓　皓　　皓

5. 〔○○○陪○回○○○來〕：平聲灰韻
　　灰　灰　　灰

6. 〔○壽○奏○○○搆〕：去聲宥韻
　宥　宥　　宥

7. 〔○新○倫○隣○○○臣〕：平聲眞韻
　眞　眞　眞　　眞

8. 〔○○濁○博○樂〕：入聲覺、藥通韻〔註60〕
　　覺　藥　藥

〈延和殿奏新樂賦〉以「成德之老來奏新樂」八字爲韻，韻腳平仄比例爲「四平四仄」，採「平仄相間」之順序，依次押韻。全篇均押句末韻，以隔句押、四句押爲多。大抵來說，單句對採隔句押；隔句對則採四句押。只有最後一段例外，亦同於上述之律賦，乃蘇軾刻意在賦末打破規矩程式者。

（八）〈濁醪有妙理賦〉以「神聖功用無捷於酒」為韻

1. 〔○醇○神○○○眞〕：平聲眞韻
　眞　眞　　眞

〔註60〕入聲三覺：古通藥轉屋；入聲十藥：古通覺。

2. 〔○命○正○○○性○並○○○聖〕：去聲敬韻
　　敬　敬　　　敬　敬　　　敬

3. 〔○風○紅○空○○○功〕：平聲東韻
　　東　東　東　　　東

4. 〔○縱○用○○○重〕：去聲宋韻
　　宋　宋　　　宋

5. 〔○糯○餔○娛○無○○○腴〕：平聲虞韻
　　虞　虞　虞　虞　　　虞

6. 〔○○○妾○○○捷○○○狹○○○接〕：入聲葉、洽通韻〔註61〕
　　　　葉　　　葉　　　洽　　　葉

7. 〔○如○於○○○歟○○○疎〕：平聲魚韻
　　魚　魚　　　魚　　　魚

8. 〔○酒○友○○○口〕：上聲有韻
　　有　有　　　有

〈濁醪有妙理賦〉以「神聖功用無捷於酒」八字爲韻，韻腳平仄比例爲「四平四仄」，採「平仄相間」之順序，依次押韻。全篇均押句末韻，以隔句押、四句押爲多。大抵來說，單句對採隔句押；隔句對則採四句押。全篇不出此韻例。

由上述韻譜之分析，可見蘇軾律賦押韻之韻例，皆以八字爲韻，韻腳平仄比例爲「四平四仄」，採「平仄相間」之順序，大多以依次押韻爲例，然亦有不依次押韻者。各段之間的用韻相較於騷體、駢賦以「通韻」、「獨韻」相互爲用的韻例，律賦顯然嚴謹許多，各段幾乎均採「獨韻」的韻例，僅有少數幾處例外。上述律賦各篇均押句末韻，以隔句押、四句押爲多。大抵單句對採隔句押；隔句對採四句押。通常蘇軾會刻意在賦末打破規矩程式，在騷賦、駢賦均有類此手法，可

〔註61〕入聲十六葉：古通月；入聲十七洽：古獨用；入聲十四緝：古通質，略通合葉洽。

見蘇軾非偶一爲之，本章析論至此，已發現數例，足以證明蘇軾有意如此，此亦當爲蘇軾辭賦的特色之一。

（二）平　仄

唐宋以來圍繞在應試律賦出現的《賦譜》、《賦格》類似供士子考試所需的作賦手冊。據《宋史・藝文志》著錄即有白行簡《賦要》、浩虛舟《賦門》、范傳正《賦訣》、紇千俞《賦格》、和凝《賦格》、張仲素《賦樞》、馬稱《賦門魚鑰》、吳處厚《賦評》，惜皆散佚。今存同類著述，僅有唐無名氏《賦譜》和宋鄭起潛《聲律關鍵・賦訣》兩種。

遺憾的是，《賦譜》只論句式、對偶、段落、修辭、用韻、審題和用事，偏偏不涉及聲律。所以想了解唐人怎樣論律賦的聲律安排，仍然大有困難。宋代鄭起潛的《聲律關鍵》是繼唐抄本《賦譜》之後一部專門討論律賦格法的著作。該書爲鄭起潛任職吉州州學教官時所作，後經尚書省批準，作爲國子監教材。全書的結構是「總以五訣，分爲八韻」，即首列作賦五訣，一認題，二命意，三擇事，四琢句，五押韻；然後分爲八韻，詳細舉例說明律賦各段作法。鄭起潛雖然強調律賦聲律，但並未具體論及如何掌握賦句聲律。幸好清人徐光斗在《賦學仙丹・律賦秘訣》中論及把握律賦平仄的關鍵在於：「凡律賦中所論平仄，則可於歇斷讀處調度。」所謂「歇斷讀處」，即賦句音步節奏點重音所在之處。詹杭倫《清代賦論研究》以此爲根據，提出「律賦之調平仄與駢文乃至律詩之調平仄原則上是一致的，仍然遵循著一句之中，平仄相間；兩句之內，平仄相對之常規。把握的要點在於認識賦句的『可歇斷讀處』，乃是賦句的節奏點；如四字句的第二字第四字，五字句的上二下三式或上三下二式，六字句的兩截式或三停式等，都是協調平仄的關鍵之處，不得背反。徐光斗所指出的律賦句法節奏點，與律詩又是有所不同的。如五言律詩二二一句式，節奏點在二四五字之上，而律賦的五字句，則只有上二下三或上三下二兩種句式，節奏點在二五字或三五字上。掌握這一點，便可以根據句子的平仄聲調來區分何為詩句，何為賦句。」〔註 62〕詹杭倫拿此來分析清代律賦的平仄，頗有收獲。茲以此為依據，來檢驗蘇軾律賦的平仄聲律。茲舉〈通其變使民不倦賦〉前兩韻為例：

物不可久，勢將自窮。
●●　○○

此句為兩截二二句式，二字四字為節奏點。
（「●」圖示為仄聲；「○」圖示為平聲。）

欲民生而無倦，在世變以能通。
○　●　●　○

此句為兩截三三句式，三字六字為節奏點。

器當極弊之時，因而改作；
○●○　○●

眾得日新之用，樂以移風。
●○●　●○

此為六四隔句對。上為三停二二二句式，下為兩截二二句式。上以二四六字為節奏點，下以二四字為節奏點。

昔者　世朴未分，民愚多屈，
●○　○●

「昔者」兩字不計平仄。其下為兩截二二句式，二字四字為節奏點。

有大人卓爾以運智，使天下群然而勝物。
○●　●　●○　●

此為三停三二三句式，三字五字八字為節奏點。

凡　可養生之具，莫不便安；
○●　●○

然　亦有時而窮，使之弗鬱。
●○　○●

〔註 62〕見詹杭倫著，《清代賦論研究》，頁 312。以上主要參見詹氏《清代賦論研究》外，亦參考了廖國棟、詹杭倫，《宋代辭賦研究．秦觀的賦論與賦作初探》，國立成功大學延攬大陸地區專業人士來臺研究成果報告，2002 年 7 月，頁 7～8。

「凡」，「然」提引語不拘平仄。其下爲五四隔句對。上爲兩截三二句式，下爲兩截二二句式。

要之，用清人揭示的於賦句「歇斷讀處調度」平仄規律的檢驗，蘇軾的律賦是基本符合平仄聲律規範的。上文所列舉的四個單句對、兩個隔句對，總共有十九對節奏點，其中有十七個節奏點是符合平仄相對的，所以蘇軾律賦的平仄聲律是眞能做到「較量輕重也等之如錙銖」、「此聲律切當也，有所指歸」（〈復改科賦〉）。當然蘇軾亦偶有跳脫平仄規律之時，然而他的律賦和駢賦相較起來，要顯得「音律諧協、對偶精切」許多。蘇軾反對科舉廢詩賦，元祐初年尚未恢復詩賦取士，所以這些律賦作品除了是他議論時政的載體之外；當時他已繼歐陽修而成爲當時之文宗，他或許有意藉寫作律賦來帶動律賦的寫作風氣，並作爲重新以詩賦取士的暖身示範。雖然蘇軾寫作不喜受格律音韻之包縛，此乃眾所皆知；然而值得一提的是，即使像律賦嚴格講求限韻、聲律之限制，亦無法包縛蘇軾之文思，他能使聲韻格律爲我用而不爲我累，而創作出爲數不少的優秀律賦作品。

三、句　式

曹明綱《賦學概論》云：「盡管律賦在題目、音韻、字數、布局等方面都有很嚴格的限制和很高的要求，其句式也以四六爲主，但它集各類句式於一身，便於調節變化，從而呈現出爲辭賦、騷賦和駢賦多不具備的靈活性，這一點也使它在命題、限韻等限制下得到了一種補償。」〔註 63〕

律賦的句式不拘一格，兼文、騷、駢三體而有之，但以駢體句式爲主，有時也以散句或騷句加以補助和調節。散句，多在賦篇中起開篇和連接作用，或在駢句後，用單句收束。而騷句則在律賦中往往起一種調節節奏、變化句式的作用。茲分析〈復改科賦〉之句式結構如下：

〔註 63〕見曹明綱，《賦學概論》，頁 204。

新天子兮，繼體承乾。———— 騷句
老相國兮，更張孰先？———— 四四隔對
憫科場之積弊，復詩賦以求賢。———— 六六單對
探經義之淵源，是非紛若；
考辭章之聲律，去取昭然。———— 六四隔對
原夫　詩之作也，始於虞舜之朝；
　　　賦之興也，本自兩京之世。———— 四六隔對
　　　迤邐陳、齊之代，綿邈隋、唐之裔。—— 六六單對
故　遒人徇路，爲察治之本；
　　歷代用之，爲取士之制。———— 四五隔對
　　近古不易，高風未替。———— 四四單對
　　祖宗百年而用此，號曰得人；
　　朝廷一旦而革之，不勝其弊。———— 七四隔對
　　謂專門足以造聖域，謂變古足以爲大儒。八八單對
　　事吟哦者爲童子，爲彫篆者非壯夫。—— 七七單對
殊不知　採摭英華也簇之如錦繡，較量輕重也等之如錙
　　　　銖。———— 十十單對
　　　　韻韻合璧，聯聯貫珠。———— 四四單對
　　　　稽諸古其來尚矣，考諸舊不亦宜乎？— 七七單對
　　　　特令可畏之後生，心潛六義；
　　　　佇見大成之君子，名振三都。———— 七四隔對
莫不　吟詠五字之章，鋪陳八韻之旨。———— 六六單對
　　　字應周天之日兮，運而無積；
　　　句合一歲之月兮，終而復始。———— 七四隔對
　　　過之者成疣贅之患，不及者貽缺折之毀。八八單對
　　　曲盡古人之意，乃全天下之美。———— 六六單對
遭逢日月，忻歡者諸子百家；
抖擻歷圖，快活者九經三史。———— 四七隔對
議夫　賦咼可已，義何足非。———— 四四單對

彼文辭泛濫也，無所統紀；
此聲律切當也，有所指歸。———————— 六四隔對
巧拙由一字之可見，美惡混千人而莫違。——— 八八單對
正方圓者必藉於繩墨，定檃括者必在於樞機。— 九九單對
所以　不用孔門，惜揚雄之未達；
其逢漢帝，嘉司馬之知微。———————— 四六隔對
噫，昔　元豐之新經未頒，臨川之字說不作。— 七七單對
止戈爲武兮，曾試於京國。
通天爲王兮，必舒於禁籥。———————— 五五隔對
孰不能成始成終，誰不道或詳或略。———— 七七單對
秋闈較藝，終期李廣之雙鵰；
紫殿唱名，果中禰衡之一鶚。———————— 四七隔對
大凡　法既久而必弊，士貽患而益深。———— 六六單對
謂　罷於開封，則遠方之隘者空自韞玉；
取諸太學，則不肖之富者私於懷金。———— 四十隔對
雖負凌雲之志，未酬題柱之心。———————— 六六單對
三舍既興，賄賂公行於庠序；
一年爲限，孤寒半老於山林。———————— 四七隔對
自是　憒愧者莫不顰眉，公正者爲之切齒。—— 七七單對
思罷者而未免，欲改之而未止。———————— 六六單對
羽翼成商山之父，謳歌歸吾君之子。———— 七七單對
諫必行言必聽焉，此道飄飄而復起。————— 散句

在這篇律賦的句式中，可以發現蘇軾律賦的句式亦兼有散句、騷句、駢句。各種連接詞，如原夫、故、議夫、所以、大凡、自是……等，也都靈活運用，並不避免。主要以駢句爲主，各種句法靈活運用，氣勢奔放自由，運筆遣辭極富散文氣息。其使用的句式雖以四六爲主，卻又不局限於四六，其句子字數、形式都有很多變化。除了使用駢體常用的四四單對、六六單對、四六輕隔對、六四重隔對的句法外，蘇軾律賦還有四五隔句對、四七隔句、四十隔句對、五五隔句對、七

七單句對、七四隔句對、八八單句對、九九單句對、十十單句對等。蘇軾律賦異於其駢賦最大的特色乃在於隔句對的使用，幾乎所有隔句對如輕隔、重隔、疏隔、密隔、平隔、雜隔都用上了〔註64〕，除了各種隔句對交互運用外，他更搭配短單句對及長單句對的使用，句法組織靈活多變，給人一種整而不板、駢而不滯的感覺。此外蘇軾更以策論方式，運用於排偶的句法中，氣勝於辭而有單行之勢。李調元評蘇軾〈明君可與爲忠言賦〉云：

> 「非開懷用善，若轉丸之易從；則投人以言，有按劍之莫測。」又「有漢宣之賢，充國得盡破羌之計；有魏明之察，許允獲伸選吏之公。」橫說豎說，透快絕倫，抵一篇史論讀，所謂偶語而有單行之勢者，律賦之創調也。〔註65〕

上文所列之〈通其變使民不倦賦〉及〈復改科賦〉亦可見這種「偶語而有單行之勢者」，蘇軾以散御駢，這種句式分開來看如散文氣勢流走，合而觀之則又偶對精切，他以散文手法來創作律賦，爲呆板劃一的程式注入了一種新的活力，增添了作品的氣勢，眞所謂「律賦之創調也」。

四、篇　章

（一）篇　幅

科舉考試之律賦除有限韻之外，又有限字。李調元《賦話》：「唐時律賦，字有定限，鮮有過四百者。」一般來說，試賦篇幅通常在三百五十字至四百字之間。但這不是絕對的，宋初作者大多步武前賢，於唐人的規矩恪守不移，以後則好爲恢廓，爭事冗長。蘇軾在〈賦改科賦〉論及律賦的字數亦云：「字應周天之日兮」，律賦的字

〔註64〕隔句對有下列幾種分法，1. 輕隔：上四字，下六字；2. 重隔：上六字，下四字；3. 疏隔：上三字，下句不限字數；4. 密隔：上五字，下六字；5. 平隔：上下句都是四字或五字；6 雜隔：上句四字，下句五、七、八字；或下句四字，上句五、七、八字。

〔註65〕詹杭倫、沈時蓉校證，《雨村賦話校證》，頁78。

數大約以一年的天數三百六十五字為主。然而，據筆者統計他的作品來看，〈復改科賦〉六百零六字、〈通其變使民不倦賦〉四百七十四字、〈明君可與為忠言賦〉四百七十六字、〈三法求民情賦〉五百六十六字、〈六事廉為本賦〉四百二十九字、〈延和殿奏新樂賦〉四百七十九字、〈濁醪有妙理賦〉四百七十字，顯然要高出於四百字之限。這大概與他以策論的手段，施之於賦中，議論縱橫，橫說直說，以致篇幅加長的原因。

（二）章　法

律賦在篇章結構方面，特別注重起承轉合、分層遞進、首尾呼應等結構技巧，以其在有限的篇幅內層次井然地顯示應試者的學問和才華，題名金榜。

所謂破題，是指賦的起法，它最能集中體現出作者對有關題意的審視、理解程度，以及由此發端的整篇運思、布局，乃至文字的工拙。唐人律賦首重破題。他們往往根據一篇作品的破題來比較優劣，甚至據此決定舉子的進黜，此風宋代亦然。蘇軾的這幾篇律賦都能在賦作的開始幾句，就把題意揭露出來，如〈復改科賦〉一開頭便點出題旨：「新天子兮，繼體承乾。老相國兮，更張孰先？憫科場之積弊，復詩賦以求賢」；〈通其變使民不倦賦〉揭題云：「物不可久，勢將自窮。欲民生而無倦，在世變以能通」；〈明君可與為忠言賦〉以「臣不難諫，君先自明。智既審乎情偽，言可竭其忠誠」破題，均能作到出落明白，冠冕涵蓋地對題目作出簡明扼要的解釋，以及對內容有一種包舉領挈的作用。破題之外，蘇軾的律賦亦講究作品的層次結構，常見的布局是就題意分層，或利用換韻來安排層次、謀篇立意，如〈復改科賦〉一文起承轉合、脈絡分明，先是起以「復詩賦以求賢」破題；承以闡揚以賦取士的優點，說明試賦不可廢；轉云新法太學三舍法的弊病，說明新法當廢；最後則寫改革的呼聲，並希望哲宗皇帝能採納忠言，恢復辭賦取士作結。賦意的分合承接不僅能靈活運用各種連接詞，如原夫、莫不、議夫、噫、大凡、自是……等，還能利用韻腳一平一仄的轉換來安排層次、轉換賦意。至於賦的結尾，乃全篇的精神，必須與起始呼應，一氣貫串，方稱佳妙。蘇軾的律賦大都能做到與賦首相呼應，〈復改科賦〉一賦以：「諫必行言必聽焉，此道飄飄而復起」作結；〈通其變使民不倦賦〉以「是知作法何常，視民所便。苟新令之可復，雖舊章而必擅。神而化之，使民宜之，夫何懈倦」總結；〈明君可與爲忠言賦〉以「大哉事君之難，非忠何報。雖曰伸於知己，而無自辱於善道。詩不云乎，哲人順德之行，可以受話言之告」收束，均能與賦首遙相呼應，再次點明賦旨，達到畫龍點睛的效用。

綜上所論，蘇軾的律賦作品，在命題及內容方面，以其現存的律賦皆非應試之作，所以這些題目都是他自己命題，用以抒發個人情感、議論時政或應酬奉答之作。他的律賦內容有強烈的現實針對性，並且以議論勝人。他擅用策論的手段，施之於賦中，論理滔滔，筆力雄肆，氣勢盛於前賢，是對律賦的一大革新。在音韻方面，蘇軾的賦作都以八個韻爲主，其平仄比例皆爲「四平四仄」，而且是採用「一平一仄」相間使用的順序來押韻；其韻腳順序大多採用「順序押韻法」，然亦有一篇採「任意押韻法」者。此外，其押韻均押句末韻，以隔句押、四句押爲多。大抵來說，單句對採隔句押；隔句對則採四句押。至於平仄聲律，蘇軾的律賦大抵符合「歇斷處調度」的平仄聲律規範，與他的駢賦相較起來，要顯得「音律諧協、對偶精切」許多。句法方面，蘇軾律賦的句式亦兼有散句、騷句、駢句。主要以駢句爲主，兼含短單對、長單對、各種隔句對等，句法靈活運用，氣勢奔放自由，造辭極富散文氣息。在篇章方面，蘇軾律賦的篇幅顯然要比一般四百字之內的篇幅長得多，當然這又和他的議論縱橫互爲因果。在構篇方面，特別注重破題發端、布局分層遞進並強調首尾呼應等結構技巧。總而言之，他的律賦如李調元云：「寓議論於排偶之中，亦是坡公一派」，更爲「律賦之創調也」。

第四節　文　賦

蘇軾的文賦作品依寫作先後有：〈灩澦堆賦〉、〈杞菊賦〉、〈赤壁賦〉、〈後赤壁賦〉、〈黠鼠賦〉、〈秋陽賦〉、〈沉香山子賦〉、〈天慶觀乳泉賦〉等八篇。

上述三節，可見蘇軾對舊樣式的改造之功，然而，蘇賦的最大貢獻在於「文賦」體裁的確立和運用。關於「文賦」的形成、體式特點、名稱，前賢的研究成果，已相當詳備，茲不再費文贅論，本文直接取其研究成果以爲本節之研究基礎。事實上，以「文」作爲賦的一種類型特點的標誌，始見於元・祝堯的《古賦辨體》。他在論述宋代的賦體時說：「宋之古賦往往以文爲體。」到了明・吳訥《文章辨體序說》又引祝堯之說，謂「宋人作賦，其體有二：曰俳體，曰文體」。明・徐師曾則在《文體明辨》中據此直接提出了「文賦」這一名稱，並把它與古賦、俳賦和律賦並列，作爲賦體的四大類型之一。以後清・陸棻評選《歷朝賦格》，以「文賦」爲其中三格之一，置於卷首。後人論賦，即多沿其說，把「文賦」作爲賦體在唐宋之後形成的一種新體式〔註 66〕。本文爲行文方便之故，稱唐宋以前賦之韻散間出，而散文意味重者爲「散賦」；而唐宋以來駢體賦盛行後，賦之具有古文氣勢、內容議論化、形式自由化者爲「文賦」。〔註 67〕並採曹明綱《賦學概論》對文賦的界定：「文賦是賦體在長期發展過程中，於唐宋時期才形成的一種新類型。它在吸取以往辭賦、駢賦和律賦創作經驗和形體特點的基礎上，更融入了當時古文創作講求實效、靈活多變的特色，從而在形體方面形成了韻散配合、駢散兼施、用韻寬泛和結構靈活的

〔註 66〕見曹明綱，《賦學概論》，頁 212。

〔註 67〕關於漢「散賦」與宋「文賦」的關係、異同，請參見曹明綱，《賦學概論》，頁 215～216。該文分別從廣義及狹義的兩個角度，指出「這兩種賦體不僅僅有隔代嗣響的『同』，而且更有發展過程中時過境遷的『異』。」許結〈論宋賦的歷史承變與文化品格〉一文亦從思想內涵、形式結構、運用辭藻三方面，來析論漢、宋「以文爲賦」的巨大差異。見《社會科學戰線》，1995 年，第三期，頁 174。

新格局。它的篇幅長短皆宜，句式駢散多變，創作不拘一格，題材無往不適，用途寬廣無礙，是以前任何一種形式的賦體所不能同時具備的。」〔註68〕依此，本節將分題材內容、問對、句式、用韻四小節，來析論蘇軾文賦對賦體的改造之功。

一、題材內容

異於漢散賦的題材狹小，以山川宮殿、京城遊獵等以詠物爲主；蘇軾文賦的創作題材離開了宮廷、政治，進而轉向日常生活的觀察與描述，他擅長在極廣泛而又極細微的題材中，抒情寄慨、闡發心靈。他的創作題材有紀行、紀遊者，如〈灩澦堆賦〉、前後〈赤壁賦〉；亦有天象地理者，如〈秋陽賦〉和〈天慶觀乳泉賦〉；亦有藥草、動植物者，如〈杞菊賦〉、〈黠鼠賦〉、〈沉香山子賦〉。這些題材，都與他的行跡生活息息相關，皆是日常生活之觀察與描述，只是這些題材都不是文章的主體，而是蘇軾藉題興發議論的線索與材料。

異於漢散賦的內容以體物諷諭爲主，蘇軾文賦則一派任情率性，再少觸及傳統賦作最重視的諷喻之旨，代之以對個體生命與自然宇宙之關係的思索，並漸重及人情物理的觀察，生活情趣的體會。蘇軾的文賦內容往往融敘事、狀物、抒情、寫景、論理於一爐，構思靈活，並以議論說理爲主，顯出追求理趣的特徵。

〈灩澦堆賦〉是現存蘇軾最早的一篇作品，是他二十四歲青年時期的作品。這一篇早期的作品，已能融敘事、寫景、抒懷、說理於一文。文章敘述他泊舟於瞿塘峽口，目擊江流與灩澦堆相激，白浪滔天的景象，驚駭而作此賦。他以生動的形象，淋漓酣暢的筆墨，寫出了灩澦堆壯觀澎湃之勢，寫江水用「蜀江遠來兮，浩漫漫之平沙。行千里而未嘗齟齬兮，其意驕逞而不可摧」；寫峽谷用「忽峽口之逼窄兮，納萬頃於一盃」；寫灩澦之石用「孤城當道」、「城堅不可取」。他描寫自然景物，善於攝取事物的鮮明特徵，以形象化的語言刻劃出事物的

〔註68〕見曹明綱，《賦學概論》，頁215～216。

特有狀態，具有生動性和眞切感。除了敘事、寫景之外，〈灩澦堆賦〉亦長於議論，蘇軾從自然現象中，體察到人生物理中一個重要哲理，即安與危的關係：「物固有以安而生變兮，亦有以用危而求安。得吾說而推之兮，亦足以知物理之固然。」賦文的最後幾句，是作者的議論，也是文章的題旨所在。如上文所言，蘇軾的題材、敘事、體物，都是藉以興發議論之線索與材料，賦中形象化摹景，爲的是深切地述理，作者將「不自爲形」、「因物賦形」的自然哲理通過心靈的轉換和議論的抒發，轉換爲「安而生變」、「危而求安」的人生哲理。蘇軾的議論，並非枯燥的說教，而是借助雄闊的氣勢和俊逸的語調予以表現，所以渾淪自然，韻致流溢〔註69〕。

代表蘇軾文賦最高成就的〈赤壁賦〉一篇，亦融詩情、畫意、哲理、賦韻四者於一爐，如詩如畫，意象絕美，理趣高妙。《唐宋八家鈔》卷七高嵣評：「有摹景處，有寄情處，有感慨處，有灑脫處，此賦仙也。」並非過譽。就寫景而言，有江山風月。就抒情而言，有悲歡喜樂。作品寫景抒情，情因景生，做到了情景交融；由情入理，理因情起，做到了情理相彰。時而泛舟秋江，時而飄飄欲舉，時而暢言哲理，逐步深入到作品的中心意旨。賦入唐宋，議論化、散文化的傾向隨著古文運動的興起而逐漸增強，因此文賦在內容方面最顯著的特點，便是議論成份的增加，有時往往占了整篇作品的主導地位，〈赤壁賦〉便是這類作品的代表作。這篇文賦中雖有極爲人稱道的月夜泛舟描寫，然全文的主旨在於議論對人生的看法，此賦之寫景、記事、體物和抒情，完全圍繞議論發展，爲議論服務。此外，其它文賦作品亦是以議論說理爲主，〈黠鼠賦〉寓言體的方式構篇，前半段記黠鼠佯死求逃，懸疑緊湊，後半段大暢說理，論及「不一」之患，理趣盎然，發人深省。〈秋陽賦〉一文諧妙有趣，深蘊哲理，末段提出「吾儕小人，輕慍易喜，彼冬夏之畏愛，乃群狙之三四」的觀點，善於從

〔註69〕參許結，《中國賦學歷史與批評》，頁542。

不同的方面體察物理，可見蘇軾筆力在勁健諧趣之外，且有妙理精湛，不可羈勒。至於〈天慶觀乳泉賦〉則三分之二篇幅，全在議論中寓鋪陳，大發其「九鹹一甘」的水論，析理入微，詞意高妙，李耆卿《文意精義》評云：「《天慶乳泉賦》，理到。」

要之，蘇軾文賦的題材取資廣泛，側重日常生活中極細微之事物，而據之以闡發心靈、議論說理，其內容以議論爲主，兼及體物、記事和抒情。其文賦對於賦體題材的擴大深化以及內容的豐富多姿，均有顯著之功。

二、問　對

主客問答爲先秦以來流傳已久的文學形式，漢散賦繼承此一傳統形式，並發揚光大，而時時以虛構人物對話作爲賦之開端。祝堯《古賦辯體》卷三〈子虛賦〉下注云：「賦之問答體，其原自卜居、漁父篇來，厥後宋玉輩述之，至漢此體遂盛。」〔註 70〕以設辭問答而言，現存漢散賦作品幾乎篇篇如此，這些作品都用人物的問對引起、轉換和總結全文，體式非常相似。

漢散賦多以設辭問答展開內容，發表議論，形式比較固定；蘇軾的文賦卻不拘泥於此，而是直接議論與人物對話兩種方式兼而用之，形式較之散賦千篇一律的「虛設問答」模式更加靈活。蘇軾的文賦不拘泥於傳統散賦的問對體式，或有不用問對而直接議論者；或有遠紹漢賦之設辭問答體式，而能學古開新者。蘇軾文賦中，不用問對體式的作品有〈灩澦堆賦〉、〈沉香山子賦〉、〈天慶觀乳泉賦〉三篇。這三篇用直接議論的方式構篇，雖不再拘泥於傳統問對的體式，然亦篇篇是佳作，其中〈天慶觀乳泉賦〉更被蘇軾甥柳展如評爲遷謫嶺南之後的最佳第一作品，蘇軾亦歎息以爲知言〔註 71〕。可見蘇軾突破舊體展

〔註 70〕見元・祝堯撰，《古賦辯體》，影印文淵閣四庫全書，台北：台灣商務印書館，集部三百零五，總集類一千九百八十三，冊一千三百六十六，1983，頁 749。

〔註 71〕宋・費袞《梁谿漫志・卷四・柳展如論東坡文》載：「東坡歸自海南，

現出來的作品，無損賦意之表現，相較於問對成篇者絲毫不遜色。蘇軾文賦中採用問答體式成篇者有：〈後杞菊賦〉、前後〈赤壁賦〉、〈黠鼠賦〉、〈秋陽賦〉等五篇。這些作品均能對傳統賦呆板的主客問答體加以改造和發展，在體式上變化趨於簡淨靈活，而且能透顯出問答雙方之情韻。異於傳統賦中問答的板重、千篇一律，蘇軾在〈黠鼠賦〉中，使問對形式對謀篇佈局之靈動，產生積極意義。李耆卿《文章精義》：「班固賦設問答最弱，如西都責東都之類。至子瞻《後杞菊賦》起句云：『吁嗟先生，誰使汝坐堂上稱太守。』便是風采百倍。」〔註72〕可謂知言。宋・洪邁《容齋五筆・卷七・東坡不隨人後》更道出此賦學古而開新的問答體式：

> 自屈原詞賦假爲漁父、日者問答之後，後人作者悉相規倣。司馬相如〈子虛〉、〈上林賦〉以子虛、烏有先生、亡是公，揚子雲〈長楊賦〉以翰林主人、子墨客卿，班孟堅〈兩都賦〉以西都賓、東都主人，張平子〈兩都賦〉以憑虛公子、安處先生，左太冲〈三都賦〉以西蜀公子、東吳王孫、魏國先生，皆改名換字，蹈襲一律，無復超然新意稍出于法度規矩者。晉人成公綏〈嘯賦〉，無所賓主，必假逸群父子，乃能遣詞。枚乘〈七發〉，本只以楚太子、吳客爲言，而曹子建〈七啓〉，遂有玄微子、鏡機子。張景陽〈七命〉，有冲漠公子、殉華大夫之名。言話非不工也，而此智根者，未之或改。若東坡公作〈後杞菊賦〉，破題直云：「吁嗟先生，誰使汝坐堂上稱太守？」殆如飛龍搏鵬，騫翔扶搖於煙霄九萬里之外，不可搏詰，豈區區巢林翾羽者，所能窺探其涯涘矣？〔註73〕

遇其甥柳展如閣，出文一卷示之，曰：『此吾在嶺南所作也，甥試次第之。』展如曰：『〈天慶乳泉賦〉，詞意高妙，當在第一；〈鍾子翼哀詞〉，別出新格，次之；他文稱是。舅老筆，甥敢優劣邪？』坡嘆息以爲知言。展如後舉似洪慶善。

〔註72〕見宋・李耆卿，《文章精義》，台北：台灣商務印書館，1983年，頁808。

〔註73〕見宋・洪邁，《容齋五筆》，台北：新興書局，1988年，卷七，頁1562。

上述可以見出蘇軾問答體式，非食古不化，而能學古開新者，他不專意於規仿、蹈襲，而是自出新意，因而能自成一家，於此又可見其辭賦理論「出新意於法度之中」的具體實踐。

〈赤壁賦〉則以客與蘇子的兩大段對話爲全篇之重心，其問答形式，乃爲鋪陳形勢，寄思古之幽情，發人生感悟，皆是蘇軾內心之表述，其一是感傷人生須臾與時空無限的永恆悲哀，而墮入巨大的痛苦之淵；一是企圖以精神上的超越、哲理上的解脫來化解這矛盾。這樣的問對手法，成功地將矛盾複雜之內心表露出來，卻不見刻鑿之痕跡。爲了表現作者用曠達樂觀的思想來擺脫現實苦悶的心路歷程，設爲主客問答，已是對賦的傳統手法的推陳出新。在問答體式上，篇中作者與客對語的寫法，雖類漢賦的問答體，但透過蘇軾如行雲、似流水之筆，只見文章氣勢流動變化之美，而無漢賦問答生硬之感。在問答的內涵上，首先它使人覺得，主客都是眞實的存在而不是虛幻的假設。這樣主客間發生的一場辯論也就使人深信不疑，覺得它是眞實的存在，從而具有強烈的感人力量，與子虛、烏有之類的藝術效果大不相同。然而細細去品味，蘇子與客的對話其實又都是作者的自白，可以說是他自己與心靈深處的自我對話，表現了他陷於深沉苦悶而又力求擺脫的矛盾心情。這樣的問答體式，使賦意呈現出蘇軾自我的主觀思想和感情，故能給人以生動形象及深刻感人的印象，收到特殊的藝術效果。

〈後赤壁賦〉仍如前賦使用問答形式，然前賦之問對乃爲鋪陳形勢，寄思古之幽情，發人生感悟。後賦之問答，則簡短扼要，活潑生動，純爲推演情節之口語，與賦文交融無別；自漢以來，賦體之假設問對，每爲便利文章之開展或爲繁文巨篇，稍作疏解調劑之用。〈後赤壁賦〉之問答完全打破前人窠臼，神而化之，自創一格〔註74〕。

要之，蘇軾的文賦卻不拘泥於以設辭問答展開內容的固定形式，

〔註74〕參李瓊英，《宋代散文賦研究》，頁91。

而是直接議論與人物對話兩種方式兼而用之，形式較之散賦千篇一律的「虛設問答」模式更加靈活。他不專意於規仿、蹈襲，而能打破前人窠臼，推陳出新，因而能自創一格，是其辭賦理論「出新意於法度之中」的具體落實。

三、句　式

漢散賦與宋文賦的句式與押韻，均是非詩非文，其構篇形式，則係散文章法，但其中或又諧之以韻。然而又同中有異，散賦韻散配合，無論用韻與否，行文大多以單行獨運爲主；文賦則不同，它在韻散配合的同時，又多用駢偶，並且以散御駢，駢散兼施，這是文賦與散賦最大的差別。然而，與駢、律二體賦以整體爲主相反，文賦體式的最大特點在於散，不僅在於以散御駢，成了構築賦體整個框架的主幹；同時，也在於用散爲偶，使散句充當編織賦體的基本材料〔註 75〕。

蘇軾賦學淵源深廣，其文賦的句式摒棄了散、駢、律的缺點，吸收其合理之處，因而能學古開新，奠定新體文賦的體制。蘇軾文賦作品，摒棄駢、律排偶之拘束，純然用散文形式的句法，其對偶與否，係循行文氣勢而爲，多寡不拘，長短無定，氣勢一貫而流動；此外，他還用散爲偶，以散文句式充當駢偶的基本材料。分看是散，合看成偶，散中有偶，偶中有散，遠非刻板的駢、律賦可比，賦體演變到此，又進入另一新的境界。他的文賦句式多樣，同一賦中往往散句、騷句、駢句交互採用，韻散結合，靈活多變。短句長句交錯，短則三言、四言，長則七言、九言、十一言。各種連接詞，如於是、若夫、蓋、所以……等，也都靈活運用，並不避免。但這些都融合於開合流轉的散文氣韻中，讀過之後，使人覺得流轉自然而無駢賦之板滯，清新活潑而無漢散賦之凝重，這就構成蘇軾文賦獨具的特色。

〔註 75〕參曹明綱，《賦學概論》，頁 229～233。

〈灩澦堆賦〉是蘇軾現今傳世的第一篇賦作，句式散文化的情況就已十分明顯。全篇句式變化靈動，不拘成法，少則二字一句，多至十餘字一句，隨言長短，明明驅使著散體句子，卻又在文中插置「兮」字，並採用駢散相間的寫作手法，夾敘夾議，托物興懷。全賦騷句、散句、駢句並用，筆力縱橫，揮灑自如，奔騰前進，如大河滾滾，具有散文汪洋恣肆的氣勢。值得玩味的是，在這一篇二十四歲的少作之前，蘇軾爲參加科舉練習最多的體式應該是以律賦爲主才是，很顯然律賦的程式化、格律化、限韻、限字等諸多限制，激發了富有創新意識的蘇軾去另立新格，而改以靈動、自由的散文手法來寫賦，在他的第一篇少作，就已看到他爲僵化老朽的賦體注入新的基因，使賦體又獲一新生的機會。

〈後杞菊賦〉從三言到九言，從散行到駢整，異彩紛呈。雖然對句成篇，然運之以散文流動之氣勢，讀來無駢儷的呆滯拗口，以其篇幅短小，錄其文如下：

「吁嗟先生，誰使汝坐堂上稱太守？
前賓客之造請，後掾屬之趨走。
朝衙達午，夕坐過酉。
曾盃酒之不設，攬草木以誑口。
對案顰蹙，舉箸噎嘔。
昔陰將軍設麥飯與葱葉，井丹推去而不齅。
怪先生之眷眷，豈故山之無有？」
先生聽然而笑曰：
「人生一世，如屈伸肘。
何者爲貧？何者爲富？
何者爲美？何者爲陋？
或糠覈而瓠肥，或粱肉而墨瘦。
何侯方丈，庾郎三九。
較豐約於夢寐，卒同歸於一朽。
吾方以杞爲糧，以菊爲糗。

春食苗，夏食葉，

秋食花實而冬食根，庶幾乎西河、南陽之壽。」

〈赤壁賦〉構篇的句法，更具變化精妙，而行文氣勢流動貫串，有如天馬行空，飄逸空靈的一氣呵成之勢。句式上亦駢、散兼用，間雜以少數騷句，乃兼取騷賦、駢賦之優點而避免其缺失，或散句或對偶，或短句或長句，參伍變化，靈活運用。全篇以散文爲主，雜以駢體、騷體句法，是騷、駢、散混合的體製。篇中自二字句至九字句均有，而句法組織非常靈活變化，當駢當散，但順文章之意。其用散處，理趣暢達；而其用駢處，則平易自然。

茲錄蘇軾〈赤壁賦〉全文，分析其句式如下〔註 76〕：

〔壬戌之秋，七月既望，〕———— 四字單對

蘇子與客泛舟遊於赤壁之下。

〔清風徐來，水波不興。〕———— 四字單對

舉酒屬客，〔誦明月之詩，歌窈窕之章。〕—— 五字單對

少焉，〈月出於東山之上，徘徊於斗牛之間。〉

白露橫江，水光接天。

〔縱一葦之所如，凌萬頃之茫然。〕———— 六字單對

〈浩浩乎如憑虛御風，而不知其所止，

飄飄乎如遺世獨立，羽化而登仙。〉

於是飲酒樂甚，扣舷而歌之。

歌曰：「桂棹兮蘭槳，擊空明兮泝流光。

渺渺兮予懷，望美人兮天一方。」

客有吹洞簫者，倚歌而和之，其聲嗚嗚然，

〔如怨如慕，如泣如訴。〕———— 四字單對

餘音嫋嫋，不絕如縷。

〔舞幽壑之潛蛟，泣孤舟之嫠婦。〕———— 六字單對

蘇子愀然，正襟危坐，而問客曰：「何爲其然也？」

〔註 76〕文字加〔 〕者，是對偶句；加〈　〉者，雖不是對句，實有對勢，足見其自由靈動。

客曰：「『月明星稀，烏鵲南飛。』此非曹孟德之詩乎？
〔西望夏口，東望武昌。〕———————— 四字單對
山川相繆，郁乎蒼蒼。
此非孟德之困於周郎者乎？
方其〔破荊州，下江陵，〕———————— 三字單對
順流而東也，舳艫千里，旌旗蔽空，
〔釃酒臨江，橫槊賦詩，〕———————— 四字單對
固一世之雄也，而今安在哉？
況吾與子漁樵於江渚之上，〔侶魚蝦而友麋鹿。〕— 句中對
駕一葉之扁舟，舉匏尊以相屬。
〔寄蜉蝣於天地，渺滄海之一粟。〕———— 六字單對
〔哀吾生之須臾，羨長江之無窮。〕———— 六字單對
〔挾飛仙以遨游，抱明月而長終。〕———— 六字單對
知不可乎驟得，託遺響於悲風。」
蘇子曰：「客亦知夫水與月乎？
〈逝者如斯，而未嘗往也。
盈虛者如彼，而卒莫消長也。〉
蓋將〈自其變者而觀之，則天地曾不能以一瞬。
自其不變者觀之，則物與我皆無盡也，〉而又何羨乎？
且夫天地之間，物各有主。
苟非吾之所有，雖一毫而莫取。
惟〔江上之清風，
與　山間之明月，〕———————— 五字單對
〔耳得之而爲聲，目遇之而成色，〕———— 六字單對
〔取之無禁，用之不竭，〕———————— 四字單對
是造物者之無盡藏也，而吾與子之所共食。」
客喜而笑，洗盞更酌。
肴核既盡，杯盤狼藉。
相與枕藉乎舟中，不知東方之既白。

蘇軾〈赤壁賦〉雖以散句爲主，然而駢偶句式亦不少，如上文標有〔　〕者，計有三字單對一組、四字單對六組、五字單對兩組、六字單對六組、句中對一組。要說明的是，文賦中的駢偶成份地位雖然有所降低，數量也大爲減少，但作爲最能體現賦這種文體擅於體物的本質特點的一種重要因素，它在文賦中所起的作用仍是不可忽視的。這些寫情狀物的駢偶句式，既沿用了騷、駢、律三體賦中常見的句型，使文賦中散中有整，富於變化，同時又保留了賦長於體物言情的傳統特點，爲文賦作品添加了具體生動的形象，使「賦之本猶存」。應該看到，駢偶儘管不是文賦創作的特色和追求的目標，但它的技藝卻並不因此而消退。且不說前文所舉用散爲偶，句對層排，絲毫不比當時的律賦遜色，即駢、律二體習用的當句對、單句對而言，蘇軾〈赤壁賦〉中也有極爲出色的運用〔註 77〕。另外值得一提的是，由上之賦文中有加〈　〉符號之諸聯觀之，或詞性不相侔稱，或字數不同而對，實犯對偶之大忌，然上下連讀之，實有對勢，此乃蘇軾運之以散文氣勢，大膽突破了傳統手法，擺脫賦體滯澀的作風和形式的格套，注入了更多的散文成份，因此寫得自由活潑、清新流暢，筆法騰挪變化，如行雲流水，行於所當行，止於所當止。

此外〈後赤壁〉、〈黠鼠賦〉、〈秋陽賦〉，〈天慶觀乳泉賦〉等皆是句法長短參差，是駢散兼體或偶以騷句的文賦。其中〈沉香山子賦〉以其對句連篇，被李瓊英《宋代散文賦研究》一書摒除在文賦之列。細觀此賦，亦是一篇文賦，一開篇便以散文句法來造句，連下六個排比句，氣勢流貫：「古者以芸爲香，以蘭爲芬。以鬱鬯爲祼，以脂蕭爲焚。以椒爲塗，以蕙爲薰」，通篇均以散文的精神和氣勢來運轉偶句，大都能以散運駢，有舒卷自然之態。從〈沉香山子賦〉可以見出蘇軾可駢則駢，可散則散，隨物賦形，以散運駢、活潑變化之文賦句式。

〔註 77〕參曹明綱，《賦學概論》，頁 229 ～234。

要之，蘇軾文賦的句式多種多樣，同時兼含騷、駢、散三種句式，或散句或對偶，但順文章之意。篇中自二字句至十餘句均有，句法組織非常靈活變化，或短句或長句，隨言長短，參伍變化，不拘成法。兼取散賦、騷賦、駢賦之優點而避免其缺失，讀過之後，使人覺得流轉自然而無駢賦之板滯，清新活潑而無漢散賦之凝重，終能爲僵化老朽的賦體注入新的基因，使賦體又獲一新生的機會。

四、用　韻

宋文賦在用韻方面與漢散賦一樣，皆是用韻寬泛，隨在而施的。李瓊英《宋代散文賦研究》云：「在聲律上，不限韻律。散文賦用韻自由，不拘韻目、韻數，也不拘隔句押、句句押、或首尾押，偶因虛詞不入韻，則改押句中韻；時用平聲、時用仄聲，可隨文氣頓挫而押韻，也可隨語意轉折而換韻，比起駢體賦、律體賦的格律限制，確實是自然而率意多了。」〔註 78〕文賦的用韻並無限制，也沒有什麼規律，通常只是文到韻隨，且用否皆可。另外，文賦的用韻類數往往較多，通常一篇作品中不僅段與段、層與層之間用韻不一，即句與句之間，也多變化不定。

蘇軾文賦的用韻，除去了律賦的限韻規律，既自然又自由，靈活而神妙，呈現出不拘一格的特色和跌宕多姿的節奏感。茲依寫作先後爲序，分析蘇軾文賦之韻譜於下：

（一）〈灩澦堆賦〉

2. 〔○○○摧○盃○○○○來〕：平聲灰韻
　　灰　灰　　　　灰

〔註 78〕見李瓊英，《宋代散文賦研究》，頁 15。

3. 〔○○○取○去 ○○怒〕：上聲麌，去聲御、遇通韻〔註79〕
　　麌 御　　遇

4. 〔○○安○然〕：平聲寒、先通韻〔註80〕
　　寒 先

〈灩澦堆賦〉全篇乃屬「轉韻」之例，全篇共用四個韻，轉韻三次。在各段之中，亦有「通韻」、「獨韻」的情況，如段1、段2屬獨韻；段3、段4屬通韻。文賦的押韻較諸於上述騷、駢、律三體，顯得自由靈動許多，本篇或以「兩句一韻」、「三句一韻」、「四句一韻」甚乃「五句一韻」爲用，各種方式錯綜的運用以成篇，靈活自由、自然天成。

（二）〈後杞菊賦〉

1. 〔○守○走○酉○口○嘔○齅○有○○肘○富○陋○瘦○九○
　　有 有 有 有 有 有 有　有 宥 宥 宥 有

朽○糗○○○壽〕：上聲有、去聲韻宥通韻〔註81〕
有 有　　有

〈後杞菊賦〉全篇乃屬「獨韻」之例。全篇亦以「兩句一韻」爲最常見，「三句一韻者」僅一見，「四句一韻」者，亦一見。此賦篇幅短小簡煉，幾採一韻到底，是文賦中較罕見之韻例。

（三）〈赤壁賦〉

1. 〔○○○○○○○○焉○間○天○然○○○仙〕：平聲先、刪通
　　先 刪 先 先　　先

韻〔註82〕

2. 〔○○○○光○方〕：陽韻
　　陽 陽

〔註79〕上聲七麌：古通語；去聲六御：古通遇；去聲七遇：古通御。
〔註80〕上平十四寒：古轉先；下平一先：古通鹽轉寒刪。
〔註81〕上聲二十五有：古獨用，韻略同；去聲二十六宥：古獨用，韻略同。
〔註82〕下平一先：古通鹽轉寒刪；上平十五刪：古通覃咸轉先。

3. 〔○○○慕訴○縷○婦〕：去聲遇，上聲麌、有通韻〔註83〕
遇 遇 麌 有

4. 〔○○○○○稀 飛 詩〕：平聲微、詩通韻〔註84〕
微 微 詩

5. 〔○昌○蒼 郎〕：平聲陽韻
陽 陽 陽

6. 〔○○東○空○○雄○〕：東韻
東 東 東

7. 〔○鹿○屬○粟〕：入聲屋、沃通韻〔註85〕
屋 沃 沃

8. 〔○窮○終○風〕：平聲東韻
東 東 東

9. 〔○○○往○長〕：上聲養韻
養 養

10. 〔○瞬○盡○〕：去聲震，上聲軫通韻〔註86〕
震 軫

11. 〔○主○取〕：上聲麌韻
麌 麌

〔註83〕去聲七遇：古通御；上聲七麌：古通語；上聲二十五有：古獨用，韻略同。按：「尤」韻唇音字中古後期多讀[u]，與「魚」、「模」韻讀音相混，古詩人有以尤韻唇音字與魚模相協者。蘇公學古，以「尤」韻唇音字協「魚」韻。

〔註84〕上平五微：古通支；上平四支：古通微齊灰轉佳。

〔註85〕入聲一屋：古通沃轉覺，韻略通沃覺；入聲二沃：古通屋。

〔註86〕去聲十二震：古通敬徑沁，略通問願；上聲十一軫：古通吻阮旱潸銑梗迥寑。

12.〔○月○色○竭○食○○○籍○白〕：入聲月、職、陌通韻
　　月　職　月　職　　　陌　陌〔註 87〕

〈赤壁賦〉全篇乃屬「轉韻」之例，全篇共用十二個韻，轉韻十一次。在各段之中，亦有「通韻」的情況，如段 1、3、4、7、10、12。全篇以「連續押」、「兩句一韻」、「三句一韻」、「四句一韻」爲用，其中以「隔句押」使用最多，各種方式錯綜的運用以成篇，靈活自由、自然天成。清・張伯行評之曰：「以文爲賦，藏諧韻於不覺，此坡公筆也。」〔註 88〕由上列韻譜觀之，〈赤壁賦〉用韻並無限制，也沒有什麼規律，通常是文到韻隨，用否皆可。在一般情況下，其體物和抒情的駢語部份，用韻每每相對集中，也比較完整，相反在記事或議論的散句部分，用韻往往比較鬆散，有的甚至棄而不用，如段 1 開頭數句宛如散文。

就以上所標之韻譜來看，〈赤壁賦〉之用韻平、上、去、入相間爲用。各段的用韻，有獨用一韻者，亦有通用二韻至三韻者，大底符合《詩韻集成》每韻韻目下所注通用之範圍。就節奏來說，從頭至尾換了十一次韻，或有兩韻一轉者，如段 2、9、10、11 四段；三韻一轉者，有 4、5、6、7 四段；四韻一轉者，如段 3；五韻一轉者，有段 1；或六韻一轉者，有段 12。韻部則以、平、平、去上、平、平、入、平、上、去上、上、入交替爲主，因此形成鏗鏘的聲韻之美。文章在抒情、寫景、敘事時，多用有韻的、節奏明快的排比對偶句；爲了使文章更自然靈巧，作者在文章的銜接與過渡處又多用散文。如此

〔註 87〕入聲六月：古通屑葉陌轉曷；入聲十三職：古通質；入聲十一陌：古通月，略通錫職。又元・李治《敬齋古今黈》卷八云：「東坡〈赤壁賦〉：『此造物者之無盡藏也，而吾與子之所共食。』一本作『共樂』，當以『食』爲正。《賦》本韻語，此賦自以月、色，竭、食、籍、白爲協，若是『樂』字，則是取下『客喜而笑，洗盞更酌』爲協，不特文勢萎薾，而又段絡叢雜。東坡大筆，必不應爾。」見元・李治，《敬齋古今黈》，北京：中華書局，1985 年，卷八，頁 102。

〔註 88〕見清・張伯行，《唐宋八大家文鈔》，台北：藝文印書館，1965 年，卷八，頁 41。

韻散結合，一舒一緩，語句有長有短，靈活多樣，便形成一種行文流暢而又跌宕多姿的節奏感。

（四）〈後赤壁賦〉

1. 〔望 堂○○○〕：平聲陽韻
   陽 陽

2. 〔○脫○月○○〕：入聲曷、月通韻〔註89〕
   曷 月

3. 〔○○○○○○○魚○鱸 乎〕：平聲魚、虞通韻〔註90〕
   魚 虞虞

4. 〔婦○酒 久○○○〕：上聲有韻
   有 有有

5. 〔○尺○出○識〕：入聲陌、質、職通韻〔註91〕
   陌 質 職

6. 〔○○茸○龍○宮 從〕：平聲冬、東通韻〔註92〕
   冬 冬 東冬

7. 〔○動○涌○恐〕：上聲董、腫通韻〔註93〕
   董 腫 腫

8. 〔留○流 休〕：平聲尤韻
   尤 尤尤

9. 〔○○○來○衣○西〕：平聲灰、微、齊通韻〔註94〕
   灰 微 齊

〔註89〕入聲七曷：古轉月；入聲六月：古通屑葉陌轉曷。

〔註90〕上平六魚：古通虞，韻略同；上平七虞：古通魚。

〔註91〕入聲十一陌：古通月，略通錫職；入聲四質：古通職緝轉物，略通月曷黠屑；入聲十三職：古通質。

〔註92〕上平二冬：古通東；上平一東：古通東轉江，韻略通冬江。

〔註93〕上聲一董：古通腫轉講，韻略通腫講；上聲二腫：古通董。

〔註94〕上平十一灰：古通支；上平五微：古通支；上平八齊：古通支。

10. 〔○○○躚○言○○○〕：平聲先、元通韻〔註95〕
先　元

11. 〔嘻　之〕：平聲支韻
支　支

12. 〔夜　我　也〕：去聲禡，上聲哿、馬通韻〔註96〕
禡　哿　馬

13. 〔○悟○處〕：去聲遇、御通韻〔註97〕
遇　御

〈後赤壁賦〉全篇乃屬「轉韻」之例，全篇共用十三個韻，轉韻十二次。在各段之中，亦有「通韻」的情況。全篇亦以「連續押」、「兩句一韻」、「三句一韻」、「四句一韻」爲用，其中亦以「隔句押」使用最多。在記事、問答的散句部分，用韻更爲鬆散，甚至棄而不用，更句散文韻味。

（五）〈黠鼠賦〉

1. 〔○○○○○空○中〕：平聲東韻
東　東

2. 〔○○○○○○○○○○○死○鬼〕：上聲紙、尾通韻〔註98〕
紙　尾

3. 〔○走○手〕：上聲有韻
有　有

〔註95〕下平一先：古通鹽轉寒刪；上平十一眞：古通庚青蒸韻轉文元，韻略通文元寒刪先韻；上平十三元：古轉眞韻。

〔註96〕去聲二十二禡：古通箇；上聲二十哿：古轉馬韻，韻略通馬；上聲二十一馬：古通哿。

〔註97〕去聲七遇：古通御；去聲六御：古通遇。

〔註98〕上聲四紙：古通尾薺賄轉蟹韻，略通尾薺蟹賄；上聲五尾：古通紙。

4. 〔○○黠○穴 齧○○脫〕：入聲黠、屑、曷通韻〔註 99〕
黠 屑 屑 曷

5. 〔○人○鱗〕：平生眞韻
眞 眞

6. 〔○鼠○女○○故〕：上聲語，去聲遇通韻
語 語 遇

7. 〔○○見○○變〕：去聲霰韻
霰 霰

8. 〔○○○○○○○○覺○作〕：入聲覺、藥通韻〔註 100〕
覺 藥

〈黠鼠賦〉全篇乃屬「轉韻」之例，全篇共用八個韻，轉韻七次。在各段之中，亦有「通韻」的情況。全篇以「兩句一韻」、「三句一韻」爲用，亦以「隔句押」使用最多。在記事、敘述的散句部分，用韻亦頗爲鬆散，如段 1、2、8，長者 12 句，短者 8 句，卻都只押 2 韻，這在上述之騷賦、駢賦、律賦之中是不可見的韻例。

（六）〈秋陽賦〉

1. 〔○子 里 詩〕：上聲紙，平聲支通韻
紙 紙 支

2. 〔○○明○清〕：平聲庚韻
庚 庚

3. 〔○穀○木○○〕：入聲屋韻
屋 屋

4. 〔○陽○○○○○涼 陽○○〕：平聲陽韻
陽 陽 陽

〔註 99〕入聲八黠：古通月；入聲九屑：古通月；入聲七曷：古轉月。
〔註 100〕入聲三覺：古通藥轉屋；入聲十藥：古通覺。

5. 〔○泄越一沒○室○席○易○〕：入聲屑、月、質、陌通韻
屑月質月　質　陌　陌　〔註101〕

6. 〔○廛○蟠○穿○烟○然○歎○年○懸〕：平聲先、寒通韻
先　寒　先　先　先　寒　先　先〔註102〕

7. 〔○鏜○祥○芒○桑○梁〕：平聲陽韻
陽　陽　陽　陽　陽

8. 〔○醒鳴行兄○〕：平聲青、庚通韻〔註103〕
青庚庚庚

9. 〔○○○知○○宜○慈○○衰〕：平聲支韻
支　支　支　支

10. 〔○喜○四〕：上聲紙，去聲寘通韻
紙　寘

11. 〔○惑○笠○德○○〕：入聲職、緝通韻〔註104〕
職　緝　職

〈秋陽賦〉全篇乃屬「轉韻」之例，全篇共用十一韻，轉韻十次。在各段之中，亦有「通韻」的情況。全篇以「連續押」、「兩句一韻」、「三句一韻」、「四句一韻」爲用，亦以「隔句押」使用最多，「連續押」的使用亦不少。

（七）〈沉香山子賦〉

1. 〔○芬○焚○薰○文○董○分○君○聞○云○羣○筋○斤○蚊
文　文　文　文　文　文　文　文　文　文　文　文　文

〔註101〕入聲九屑：古通月；入聲六月：古通屑葉陌轉曷；入聲四質：古通職緝轉物，略通月曷黠屑；入聲十一陌：古通月，略通錫職。

〔註102〕下平一先：古通鹽轉寒刪；上平十四寒：古轉先。

〔註103〕下平九青：古通眞；下平八庚：古通眞，韻略通青蒸。

〔註104〕入聲十三職：古通質；入聲四質：古通職緝轉物，略通月曷黠屑；入聲十四緝：古通質，略通合葉洽。

○欣○雲○勳○耘○帉○氳○芹〕：平聲文韻
文 文 文 文 文 文 文

〈沉香山子賦〉全篇乃屬「獨韻」之例，以文韻「一韻到底」。全篇皆採「兩句一韻」之韻例，與〈後杞菊賦〉一樣，皆是篇幅短小，用韻之特例。

（八）〈天慶觀乳泉賦〉

1. 〔○水○穉○○○始○○○氣○死○○○理〕：上聲紙，去聲
紙 寘 紙 未 紙 紙
寘、未通韻〔註 105〕

2. 〔○說○○○○血○○○○沫〕：入聲屑、曷通韻〔註 106〕
屑 屑 曷

3. 〔○○物○一○液○頰〕：入聲物、質、陌、葉通韻〔註 107〕
物 質 陌 葉

4. 〔○濁○藥〕：入聲覺、藥通韻〔註 108〕
覺 藥

5. 〔○○雪○○竭○○○涉○○○○浹○〕：入聲屑、月、葉通韻
屑 月 葉 葉 〔註 109〕

6. 〔○○宮○○中○窮○東○同〕：平聲東韻
東 東 東 東 東

7. 〔○歸○肥○譏○非○依○幾〕：平聲微韻
微 微 微 微 微 微

〔註 105〕上聲四紙：古通尾薺賄轉蟹，韻略通尾薺蟹賄；去聲四寘：古通未霽隊轉泰，韻略通卦；去聲五未：古通寘。

〔註 106〕入聲九屑：古通月；入聲七曷：古轉月。

〔註 107〕入聲五物：古通質；入聲四質：古通職緝轉物，略通月曷黠屑；入聲十一陌：古通月，略通錫職；入聲十六葉：古通月。

〔註 108〕入聲三覺：古通藥轉屋；入聲十藥：古通覺。

〔註 109〕入聲九屑：古通月；入聲六月：古通屑葉陌轉曷；入聲十六葉：古通月。

〈天慶觀乳泉賦〉全篇乃屬「轉韻」之例，全篇共用七韻，轉韻六次。在各段之中，亦有「通韻」的情況。全篇以「兩句一韻」、「三句一韻」、「四句一韻」、「五句一韻」爲用，用韻自由，隨在而施。

要而言之，蘇軾文賦之押韻全篇之韻例多採「轉韻」之方式爲之，如〈灩澦堆賦〉、〈赤壁賦〉、〈後赤壁賦〉、〈黠鼠賦〉、〈秋陽賦〉等篇；然亦有「獨韻」的韻例兩篇，如篇幅短小的〈後杞菊賦〉、〈沉香山子賦〉，這兩篇在文賦的用韻上是一個比較特殊的例子，究其原因所在，體製短小固是一因，然主要原因大抵如陳韻竹所言：「蘇軾文思澎湃，飄沙捲沫傾瀉而下，無所頓挫曲迴，必盡意而後止，而韻腳也乘此氣勢貫行無礙，於是二者相偕到底，故有此風貌。」〔註 110〕在各段之間之用韻，或採「獨韻」或採「通韻」，較諸律賦之僅採「獨用」之韻例，要顯得自由寬鬆。句子與句子之間的用韻，或採「連續押」、「兩句一韻」、「三句一韻」，或用「四句一韻」、「五句一韻」，甚有在記事、敘述的散句，全段十餘句才押兩韻，用韻極爲鬆散，幾不押韻。較諸於蘇軾律賦用韻的嚴謹，騷賦、駢賦用韻的整飭，他的文賦用韻極爲自由，或寬或嚴，隨在而施，呈現出靈活多樣，不拘一格的特色。

綜上所論，蘇軾的文賦在內容題材、問對、句式、用韻等方面，頗多創新，眞正實踐了「行其所當行」、「止所當止」的文學理論，以散入賦，押韻隨便，句式靈動，形式自由，達到了「唯其不自爲形，而因物以賦形，是故千變萬化而有必然之理。」（〈灩澦堆賦〉）使其文賦亦如其詩文，成爲抒情達意的載體。而「宋歐陽修首册文賦，二十五年後蘇軾作前後赤壁賦，其構篇行文之氣勢，更具流動變化，於是『文賦』的體裁，始成定格。」〔註 111〕可見蘇軾文賦一體，在賦學史上之成就與價值。

以上四節分就蘇軾騷、駢、律、文等四體，依其內容及形式特點，來析論蘇軾各體辭賦的創作成就。蘇軾兼善各體，分別都取得

〔註 110〕見陳韻竹，《歐陽修蘇軾辭賦之比較研究》，頁 162。
〔註 111〕見張正體、張婷婷，《賦學》，台北：台灣學生書局，1982 年，頁 296。

極高成就，他的騷體「足以賦〈遠遊〉而續〈離騷〉也」(〈中山松醪賦〉)、駢賦則「有意擺落隋唐五季蹊徑，而獨闢異境。」(孫梅《四六叢話》)、律賦則「寓議論於排偶之中」，「爲律賦之創調」。(李調元《賦話》)、文賦亦能達到「唯其不自爲形，而因物以賦形，是故千變萬化而有必然之理。」(〈灩澦堆賦〉) 的境界。總之，他辭賦創作的形式特點，充分表現出他師古而不墨守成規，立足於變革，力求創新的精神，他拾餘緒於往古，不僅對騷、駢、律等各種舊體式作了一番改造；又能鑄新體於當代，奠定文賦新體之體式，同在賦學發展史留下璀燦的一頁。

第七章　蘇軾辭賦的成就與價值

蘇軾現存辭賦二十九篇，與其政治生涯相終始，是他一生眞實而具體的反映。他的辭賦創作廣備眾體，姿態横生，雄健奔放，揮灑自如，圓熟流美，新意不窮。在前揭諸章之分期、分體析論蘇軾的辭賦創作後，本章擬分兩節來析論蘇軾辭賦的成就與其價值。

第一節　蘇軾辭賦的成就

本節分（一）觸處皆理，議論縱横；（二）題材多樣，涉筆成趣；（三）廣備眾體，改舊造新；（四）因物賦形，姿態横生；（五）文理自然，明白曉暢等五節，分別從其內容的哲理化、議論化、心靈化；題材的多樣化、生活化；體制的短篇化、創新化；藝術手法的千變萬化；語言的散文化、平易化等方面，來析論歸納蘇軾辭賦創作的成就。

一、觸處皆理，議論縱横

馬積高云：「中國的傳統文學樣式詩、賦、文等，其內容不外乎以情、理、事（物）三者來表現人的精神風貌與意志。情與事的結合，前人已屢攀高峰，惟情、理的結合，理、事的結合，前人雖已拓其途，在詩、賦的創作上卻尚留有廣闊的餘地。宋人承唐人在抒情詩賦上取得高度成就之後，自然也就在說理上努力開掘了。」〔註1〕蘇軾在宋代此一文學環境之下，將各體辭賦在體物、抒情的基礎上引入說理，從而使賦在表現手段上變得更加豐富多采，不拘一格。其辭賦內容主題最大的特色在於能鎔抒情、寫景、說理於一爐，而以議論爲主。蘇軾辭賦創作，善於以曠達灑脫的主觀精神統攝萬象，搜研物理，融情入景，味象悟道，既以物象之鮮明給人審美愉悅，又以說理之精警給人理智啓迪，充分體現北宋賦風的嬗變和賦境的拓新。

本來各種體制的辭賦，均有不同的主題思想，一經蘇軾之手，即觸處皆理。宋代文賦說理，律賦說理，此乃屬政治風尚，文學趨勢；而傳統用以抒情感懷的騷賦，用以表現文學技巧的駢賦，也都理趣十足。騷賦在內容給人最突出的印象是抒情。抒寫失意之情、落拓之志，是歷來騷賦的創作主題。蘇軾的騷體卻不止於抒情，他〈屈原廟賦〉融敘事、描寫、議論、抒情於一爐，而以抒情貫穿全文，將描寫、議論、敘事都抒情化了。至若〈服胡麻賦〉、〈和陶歸去來兮辭〉則通篇以敘事、議論爲勝。蘇軾是以議論見長之佼佼者，他的好議論成分亦滲入到騷體之中。

蘇軾長於議論的特色亦體現在駢賦作品，〈昆陽城賦〉是一篇憑弔懷古之作，雖然蘇軾以絕大篇幅描繪了昆陽之戰的驚人場面，然而蘇軾眞正關切的卻是敗軍中的嚴尤。蘇軾在賦的後半議論王莽慘敗的原因，乃在於新莽的用人不當：「豈豪傑之能得，盡市井之無賴。貢符獻瑞一朝而成群兮，紛就死之何怪」，並議論嚴生「懷長才而自浼」，如此人才竟錯誤地爲王莽助力，落得身敗名裂的下場，而寄以無限感慨。他通過憑弔「昆陽之戰，屠百萬於斯須，曠千古之一快」的古戰場，揭示任人不當，驕兵必敗的道理，議論風生。〈酒隱賦〉開篇便大發議論云：「世事悠悠，浮雲聚漚。昔爲濬壑，今爲崇丘」；〈洞庭春色賦〉亦有：「悟此世之泡幻，藏千里於一斑。舉棗葉之有餘，納

〔註1〕見馬積高，《歷代辭賦研究史料概述》，頁120～121。

芥子其何艱」的議論人生之語。其駢賦之內容亦多以議論為骨架，或雖以鋪敘、描寫為主，而其旨在寄托某種理趣。

至於蘇軾的律賦更是以議論勝人，〈通其變使民不倦賦〉、〈明君可與為忠言賦〉、〈三法求民情賦〉、〈六事廉為本賦〉韻腳分別是：「通物之變民用無倦」、「明則知遠能受忠告」、「王用三法斷民得中」、「先聖之貴廉也如此」，這些賦的篇名和韻腳，本身已具議論成份，至若其內容更以論說國家大政方略為主體，視野宏闊，博通古今，引譬連類，雄辭豪辯，有政論之雄風。〈通其變使民不倦賦〉、〈三法求民情賦〉、〈六事廉為本駙〉均「以策論手段施之帖括，縱橫排奡，仍以議論勝人」，而〈明君可與為忠言賦〉「橫說豎說，透快絕倫，抵一篇史論」，皆是以議論勝人之作。

蘇軾的文賦作品，更是超邁豪放，議論風生，新意妙理，層出不窮，既動人心魄，又耐人深思。長於議論的特點，早在青年時代創作的〈灩澦堆賦〉中就表現得很明顯。此賦前寫江濤過峽比作「勃乎若萬騎之西來」，而水礁相擊如同萬騎攻城，「鉤援臨衝」，讀來想像奇特，氣勢壯闊，驚心動魄。經過這一翻鋪墊，又引伸出「安而生變」、「危而求安」的人生哲理，可謂見人所未見，發人所未發！

他的文賦作品長於議論，常常進行人生哲理的探討。〈赤壁賦〉中以水月為喻，渾化釋道思想，議論中猶見詩情，圓融無礙，理路高邁，早為文家所稱道。〈黠鼠賦〉也發議論，不過又獨具特點，它是通過生活中一件極平常的小事來發議論。這是一篇寓言賦，表面題旨當是通過黠鼠利用人的疏忽而脫逃的日常小事，來說明人們必須集中精神，發揮智力，方能役萬物，才不會「見使於一鼠」的道理。文章前部分描寫老鼠裝死逃脫的狡詐，寫人的漫不經心，乍喜乍驚，受騙上當。情節曲折生動，筆墨簡練幽默。後部分抒發感慨，闡明道理，寓莊於諧，發人深思。蘇軾的文賦長於議論，善於進行哲理的思索，不少地方令人深思，給人啓發。要說明的是他在賦中的議論並非純是枯燥的說教，而常在生動的敘事、描寫中展開，這是深深值得吾人學習的。

要之，在漢代，敘事體物是漢賦的主流；魏晉時期，則是以抒情感懷爲賦體創作的主要旋律；有宋一代則是以說理議論爲主流。蘇軾的辭賦創作，搜研物理，融情入景，長於議論，充分體現北宋賦風的嬗變和賦境的拓新。

二、題材多樣，涉筆成趣

題材多元化、生活化是蘇軾辭賦的另一特色。就蘇軾辭賦創作的題材來看，蘇賦在題材內容上一反漢人執著於游獵、京都、宮室、山川的鋪張揚厲地描述，亦不同於六朝賦家借登臨、憑弔、悼亡、傷別而抒寫一己之情，他喜歡描寫親身經歷之境和所見所聞的趣事，又愛好撿出身邊的細事微物，闡發物理，題材傾向於日常生活、人倫事理的觀察與描述。

清・陳元龍編纂《御定歷代賦彙》將賦分爲三十八類：天象、歲時、地理、都邑、治道、典禮、禎祥、臨幸、蒐狩、文學、武功、性道、農桑、宮殿、室宇、器用、舟車、音樂、玉帛、服飾、飲食、書畫、巧藝、仙釋、覽古、寓言、草木、花果、鳥獸、鱗蟲（以上正集）、言志、懷思、行旅、曠達、美麗、諷諭、情感、人事（以上外集）。〔註2〕《歷代賦彙》雖有收賦不完備的缺點，然而在檢索全文後，發現蘇軾今所存之以賦名篇的二十五篇作品，全部都被收入其中，分別收錄在下列各類：

正集：

卷三天象：〈秋陽賦〉

卷六天象：〈快哉此風賦〉

卷七天象：〈颶風賦〉（此篇爲蘇過作，此誤署爲其父蘇軾作）

〔註2〕參清・陳元龍編纂，《御定歷代賦彙》，此書有正集一百四十卷、外集二十卷、逸句二卷、補遺二十二卷，共一百八十四卷，四千一百六十一篇。

卷二十地理：〈灩澦堆賦〉、〈赤壁賦〉、〈後赤壁賦〉

卷二十七地理：〈天慶觀乳泉賦〉

卷三十九都邑：〈昆陽城賦〉

卷四十二治道：〈通其變使民無倦賦〉、〈三法求民情賦〉

卷四十三治道：〈六事廉爲本賦〉

卷四十四治道：〈明君可與爲忠言賦〉

卷四十六治道：〈復改科賦〉

卷八十五器用：〈沉香山子賦〉

卷九十音樂：〈延和殿奏新樂賦〉

卷一百飲食：〈濁醪有妙理賦〉、〈中山松醪賦〉、〈酒子賦〉、〈洞庭春色賦〉、〈後杞菊賦〉、〈菜羹賦〉、〈服胡麻賦〉、〈老饕賦〉

卷一百一十覽古：〈屈原廟賦〉

卷一百三十六鳥獸：〈黠鼠賦〉

外集：

卷十三曠達：〈酒隱賦〉

雖然如王水照云：「古人分類，難以今日所謂『科學性』求之，文藝題材要進行科學分類，在今天也是難乎其難、挂一漏萬之事，我們只能大致上認定那是以題材來分的類別。」〔註 3〕然而僅從上述所列之類別及題名，亦不難發現，蘇軾在創作題材上很少羈牽於漢賦之宮殿、京都、游獵、山川等描繪範圍，或是魏晉以後出現的登覽、憑弔、悼亡、傷別等創作模態。他的辭賦題材豐富多樣，表現領域更加開闊，已從宮廷走入民間，充分展現出生活化，爲作者生活的反映。

由於蘇軾的辭賦，都是觸類而作，緣情而發，所以題材廣泛，內容豐富。在蘇軾的辭賦中，既有離蜀回京途中行旅遊歷的〈灩澦堆賦〉、〈屈原廟賦〉、〈昆陽城賦〉，和通判鳳翔因公事屢至上清宮而作

〔註 3〕見王水照，《宋代文學通論》，開封：河南大學出版社，1997 年，頁 386。

〈上清詞〉，也有不滿新法而作〈後杞菊賦〉的諷刺作品，還有與僚屬唱和的〈快哉此風賦〉，既有反映遷謫流放心境的前後〈赤壁賦〉，亦有官高權重在京侍讀所進的數篇一系列律賦。更有傾訴自己大材小用的〈中山松醪賦〉，遠貶海南更取材於「草區禽族」的詠物小賦，如〈沉香山子賦〉、〈菜羹賦〉、〈酒子賦〉等，也都是托物寓意，感物而吟志的。蘇軾辭賦的題材，或取自風衰俗怨的社會現實，或源於貼近日常生活的自然山水，或籠罩著濃厚的政治氛圍，或充溢著濃厚的生活氣息，幾乎無一不是作者面臨紛繁複雜的政治生涯，有所感觸，發於筆端的產物。不僅雅正華嚴的題材在蘇賦中有所體現，〈明君可與為忠言賦〉、〈六事廉為本賦〉等六篇賦文，以論說國家大政方略的內容為主體，視野宏闊，博通古今；更為難能可貴的是，蘇賦中大量選用細碎的俗化題財，卻能以小識大，見微知著，變俗為雅，具有化腐朽為神奇的魅力。其中，最有價值的是蘇賦能在瑣碎的題材內容中發掘出哲理意蘊或體悟出生命眞諦。〈菜羹賦〉、〈後杞菊賦〉是從食野菜的小事中，表現出作者從瑣事中體悟生命意趣，面對困頓生活境況卻能安貧守道、不為物累的達觀境界〔註4〕。

要之，蘇軾的辭賦題材不僅能在前人基礎上加以擴大，且專就日常生活所見各種具體名物及身邊瑣事，加以描述、立議興慨，普普通通的題材，信手拈來，寓以深意，即成佳作。

三、廣備衆體，改舊造新

蘇軾辭賦的創作觀，有兩大特點，一是不拘一格，兼容並蓄；二是自出新意，自出一格。前者是其學古處，後者是其開新處。蘇軾學古變古，而不泥於古，他善於繼承前輩作家的優點，他從來不固定學某一古人或某一流派，也不專主哪一種風格，而是薈粹各家之長，旁收博取，他學得廣，學得多，又能融會貫通，身兼數家特點，賦兼眾

〔註4〕參胡立新，〈簡論蘇軾「變賦」的審美特徵〉，《黃岡師專學報》，1999年4月，第十九卷，第二期，頁46～51。

體之長，然後獨出機杼，創新振奇，風格獨具，不與人同，而著成一家之言。一言以蔽之，即所謂「出新意于法度之中」(〈書吳道子畫〉)。

「出新意」的創作觀，亦體現在蘇軾辭賦的體制特點上。從其創作實踐來看，他的賦作在形式上的特點即是對舊體式的改造和新體式的創造，可見其理論與實踐的一貫性。他的辭賦體制豐富而多樣，不僅兼備前朝各體——騷賦、駢賦、律賦，更確立了新的體裁——文賦。在他二十九篇作品中，騷體（含辭及騷賦）八篇、駢賦五篇、律賦八篇、文賦八篇，可謂兼善各種體式。蘇軾於各體式分別都取得極高成就，他的騷體「足以賦〈遠遊〉而續〈離騷〉也」(〈中山松醪賦〉)；駢賦則「有意擺落隋唐五季蹊徑，而獨闢異境」(孫梅《四六叢話》)；律賦則「寓議論於排偶之中」,「爲律賦之創調」(李調元《賦話》)；文賦亦能達到「唯其不自爲形，而因物以賦形，是故千變萬化而有必然之理。」(〈灩澦堆賦〉) 的境界。

蘇軾在體式的新創最大的成就便是完成文賦的定格工作。從其文賦的特點來看，在內容題材方面，其題材取資廣泛，側重日常生活中極細微之事物，而據之以闡發心靈、議論說理；其內容則以議論爲主，兼及體物、記事和抒情，對於賦體題材的擴大深化以及內容的豐富多姿，均有顯著之功。在問對手法方面，他不拘泥於以設辭問答展開內容的固定形式，而是直接議論與人物對話兩種方式兼而用之，形式較之散賦千篇一律的「虛設問答」模式更加靈活。他不專意於規仿、蹈襲，而能打破前人窠臼，推陳出新，因而能自創一格，是其辭賦理論「出新意於法度之中」的具體落實。在句式方面，他的文賦句式多種多樣，同時兼含騷、駢、散三種句式，或散句或對偶，但順文章之意。篇中自二字句至十餘句均有，句法組織非常靈活變化，或短句或長句，隨言長短，參伍變化，不拘成法。在用韻方面，他除去了律賦的限韻規律，用韻並無限制，也沒有什麼規律，通常是文到韻隨，且用否皆可。或一韻押到底，或雜用連續押、隔句押，既自然又自由，靈活而神妙，呈現出不拘一格的特色。蘇軾能兼取散賦、騷賦、駢賦之優點而避免其缺失，讀過之後，使人覺得流轉自然而無駢賦之板滯，清新活潑而無漢散賦之凝重，終能爲僵化老朽的賦體注入新的基因，使賦體又獲一新生的機會。

蘇軾在各種詩、詞、賦、文等文學作品上，以不踐古人，自出新意爲平生樂事。他從事過的文學藝術的各個領域裡，都是「自是一家」的。他不受任何創作程式的約束，不蹈襲前人舊有的規繩，主張揮灑自如，舒展奔放，具有個性特徵和獨創造詣。他的辭賦作品，既縱橫恣肆，不拘一格，又精美練達，游刃有餘，在構思上更表現出匠心獨運、創新出奇的特點，令人耳目一新，因而能達到辭賦創作的更新、更高的境界。

要之，他辭賦創作的形式特點，充分表現出他師古而不墨守成規，立足於變革，力求創新的精神，他拾餘緒於往古，不僅對騷、駢、律等各種舊體作了改造；又能鑄新體於當代，奠定文賦新體，同在賦學發展史留下璀燦的一頁。

四、因物賦形，姿態橫生

蘇軾在〈灩澦堆賦〉中云：「天下之至信者，唯水而已。江河之大與海之深，而可以意揣。唯其不自爲形，而因物以賦形，是故千變萬化而有必然之理。」這一段論水的文字，正可以拿來喻文。水，沒有固定的形狀，「無定質」、「不自爲形」，唯其如此，它才能夠「因物賦形」，隨著地勢之不同而形成不同的波瀾。文也是一樣，爲了表現多端的「意」，作家就不能死守著一種僵固的表現方法，應該像水一樣流動無定、自由活潑，隨著所表現的內容之變化而煥發出不同的文采。拘守成法、摹擬學步的東西不會有生命，也沒有人要看，因此蘇軾在創作上，特別強調清新、創造，主張風格的多樣性、姿態橫生、「隨物賦形」的文風。

文學作品是客觀事物的反映，客觀事物是豐富多彩、變化無窮的，文學作品也應該「常行於所當行，常止於所不可不止」，生動活潑，多姿善變。在辭賦的創作上，蘇軾往往突破凝固格局，隨物賦形，信筆揮灑，綜用多種寫法之巧，汲取各種文體之長，因而其辭賦便能以變化多姿稱勝。其變的表現，就手法說，蘇軾於議論、抒情、寫景、敘事，無不運用自如，而尤善於擺脫一般格局，多種手法變換使用，使情、景、事、理、境多重融合，渾然一體；就語言說，有莊有諧，句式縱橫變化，散句、駢句、騷句、詩詞、歌曲皆可以入賦，廣為運用，呈現了絢麗多姿的風貌，尤長於句法的長短相間，奇偶相生；就文體說，蘇軾辭賦不拘格套，騷賦、駢賦、律賦、文賦，眾體皆備，各擅勝場，信手拈筆，皆成佳制；就內容說，有諷諭精神、不為空言、有為而作之現實主義者，亦有浮想聯篇、光怪陸離、瑰麗多姿之浪漫主義者；就題材說，豐富多樣，即目所見，當下所思，一一拈來便成創作題材，往往信筆揮灑，隨物賦形，無艱難勞苦之態。行旅紀遊、飲酒食物、友朋酬答、議論時政，乃至山居野處、海外生活，在作者筆下都變得興會淋漓，別有情趣；就修辭技巧說，靈活運用鋪陳排比、用典使事、譬喻、誇飾、映襯、轉化等各種修辭，一篇之中，往往數見交錯兼攝，變化多姿。

由於蘇軾在文學上追求活法，其辭賦創作能根據不同的表現對象尋求最佳的表現形式，因而能多姿多態，達到「唯其不自為形，而因物以賦形，是故千變萬化」（〈灩澦堆賦〉）的境界。

五、文理自然，明白曉暢

宋初的詩文改革，為了糾正五代以來相沿已久的卑弱文風，有的又走上了「求深」、「務奇」的道路，蘇軾不管從理論上、實踐上都反對這種「新弊」，而由平易一途，達到自然美的藝術境界。在詩文賦各體作品的風格上，蘇軾崇尚自然流暢、平白簡易，反對雕琢剽裂、故作艱深。他非常厭惡迂怪艱僻一類的文風，他不喜歡刻意矯飾、矯揉造作的作品；喜歡發乎眞實情感，出於自然、意到筆隨、流轉暢達的文章。以此，蘇軾曾對揚雄「好為艱深之詞」的作法進行過駁斥。

蘇軾認爲以平白簡易文字爲文，則人人可知其文；批評揚雄故作艱深、一味追求迂怪艱僻，才是所謂的「雕蟲篆刻」，甚至斥之爲「陋」者，可謂極不屑矣。

在辭賦創作方面，蘇軾追求的是平易自然的賦體風格。摯虞云：「賦者，鋪陳之稱也」（〈文章流別論〉），就傳統的意義看來，賦的特點在於鋪陳，因此堆砌辭藻、排比典故幾乎成了賦的一個基本傾向。蘇軾的賦卻很少大段的鋪敘，很少辭藻典故的堆砌，他的賦沒有〈上林賦〉、〈子虛賦〉、〈西都賦〉等誇張貴族的排場，多是直敘其事，常從世俗生活的細節中引出詩的意緒和哲理的思維，簡明委婉，文字長的不過五百多，短的只有一百多。賦於辭章相當講究。曹丕說：「詩賦欲麗」（《典論．論文》），劉勰說賦須「麗詞雅義，符采相勝，如組織之品朱紫，繪畫之著玄黃」（《文心雕龍．詮賦》），在蘇軾以前的賦，或豔麗，或宏富，或壯采，或綺靡，總之大多對詞藻很講究。但蘇軾的賦卻不如此，他的賦文字樸實、清新，沒有采麗競繁的風格。他不尙采繡浮巧、險怪奇譎，不追求人工雕琢美，而追求一種自然的美。這和他的古文運動是一致的〔註5〕。其用語以簡省自然、平正通達之文爲尙，無艱深華麗之辭、晦澀難懂之語，樹立簡淡平實的文風，文勢流走，崇尙變化，無漢賦聯類繁豔、堆砌名物、瑰瑋奇詭、鋪張揚厲之文字風格。以平淺之文，通達疏暢之筆，抒寫情志，或駢體、或散體，或抒情、或說理，字詞簡易，明白曉暢，罕用僻字，如口語自然，而無奧澀之病，但覺簡明易讀，卻又妙麗古雅。眞可謂達至「如行雲流水，初無定質，但常行於所當行，常止於所不可不止，文理自然」的境界。

漢大賦鋪采摛文，往往繁華損枝，至於蘇軾則平白簡易，如行雲流水，隨物賦形，又才高學深，屬文綴篇往往援筆立就，而字詞自然渾率，隨意傾瀉，語言精煉生動、詞簡情眞，信手拈來，毫不

〔註5〕參馬德富，〈論蘇軾的賦〉，《東坡文論叢》，蘇軾研究學會，成都：四川文藝出版社，1986年，頁113～114。

費力。他以唐宋古文散文化、平易化之氣勢，變華麗艱深的語言爲平易，打破唐、五代駢、律拘謹板澀結構，形成易於抒情、寫景、敘事、議論等展示心靈的新體。在他賦中沒有深奧的語句、奇僻的掌故、沒有用力雕鐫、著意安排之跡，彷彿從肺腑中自在流出，如潭水流動，似浮雲舒卷。他的賦作相對於歷代前賢，最大的特色便是語言風格平易曉暢，證諸其賦作，蘇軾可謂充份實踐自己的賦學理論。

綜上所述，「出新意於法度之中」(〈書吳道子畫後〉)、「文理自然，姿態橫生」(〈答謝民師書〉)是蘇軾各體文學的藝術特色，這樣的特色亦充份體現在他的辭賦創作上。在內容方面，蘇軾一改漢代敘事體物、魏晉抒情感懷的主流，將各體辭賦在體物、抒情的基礎上引入說理，從而使賦在表現手段上變得更加豐富多采，不拘一格。其辭賦內容主題最大的特色在於能鎔抒情、寫景、說理於一爐，而以議論爲主。在題材方面，不僅能在前人基礎上加以擴大，且專就日常生活所見各種具體名物及身邊瑣事，加以描述、立議興慨，普普通通的題材，信手拈來，寓以深意，即成佳作。在體制方面，豐富多樣，充分表現出他師古而不墨守成規，立足於變革，力求創新的精神。在風格方面，以變化多姿稱勝，其辭賦創作能根據不同的表現對象尋求最佳的表現形式，因而能多姿多態。在語言方面，其用語以簡省自然、平正通達之文爲尚，無艱深華麗之辭、晦澀難懂之語，樹立簡淡平實的文風。蘇軾在〈灩澦堆賦〉中論水云：「唯其不自爲形，而因物以賦形，是故千變萬化」。其實這句話，正可用來概括蘇軾自己的辭賦理論和實踐。從上，亦可發現蘇軾辭賦的理論與實踐是合一的，其成就主要表現爲內容的哲理化、議論化、心靈化；題材的多樣化、生活化；體制的短篇化、創新化；語言的散文化、平易化等，無論是內容情感還是藝術形式都表現了對辭賦傳統的繼承、開拓和創新，因而將宋代辭賦推向了一個發展的高峰，是有宋一代賦家所不可企及的。

第二節　蘇軾辭賦的價值

蘇軾是北宋文壇的巨擘和領袖人物。他以卓犖的才能、多彩的文筆，在詩、詞、文以及書、畫等方面都取得了顯著的成就，成爲北宋時期最有影響力的一個作家。他的辭賦創作，亦標志著宋代辭賦的最高成就，不僅在當時獲得巨大聲譽，開了一代文風，而且對後世的辭賦創作產生了深遠影響。本節分三小節來析論蘇軾辭賦的價值與影響。

一、蘇軾辭賦在蘇軾文學上的地位

在蘇軾辭賦分期研究一章，筆者全面地介紹了蘇軾各時期的辭賦作品，對其蘊含的主題思想作了深入的探討。從其創作時間來看，與其政治生涯相終始，貫串其一生。從創作的動機來看，都不是爲文造情、賣弄才華，而是「不爲空言」、「有爲而作」，他不勉強爲文，其作品皆是「有觸於中」，而發於言。就蘇軾辭賦創作的題材來看，他喜歡描寫親身經歷之境和所見所聞的趣事，又愛好捻出身邊的細事微物，闡發物理，題材傾向於日常生活、人倫事理的觀察與描述。再從蘇軾的創作主題思想來看，現存的辭賦作品反映了這幾個時期政治鬥爭的風雲變幻，以及蘇軾情感思想起伏跌宕的某些側面。可以說，蘇軾辭賦作品，是其一生的具體眞實的寫照，從中我們可以親切地瞻望到蘇軾豐富飽滿的自我形象，與高尙的精神人格。這些作品中有蘇軾初入仕途的徬徨、也有流放江畔的低迴吟唱、還有他諄諄教誨太子的老臣風骨、以及海南島天容海色般的曠達胸懷，還有他友于情篤的兄弟之情、師友酬答的深厚情誼，故讀其賦，如與蘇軾面語共遊，其平生心事，宛然相見。如果要精要深入地呈現東坡一生的思想情感，這二十九篇辭賦，就像是一張張的幻燈片，形象地、傳神地、生動地代表了蘇軾精彩的一生，可見其在蘇軾文學創作上的地位。

蘇軾對自己的辭賦作品是十分肯定的，從本文第四章他的自評文字中，充分流露出他對自己辭賦作品的喜愛和肯定。他往往親書寫寄自己的作品呈錄與知己者，並要對方深藏之，〈與欽之一首〉云：

> 軾去歲作此賦，未嘗輕出以示人，見者蓋一二人而已。欽之有使至，求近文，遂親書以寄。多難畏事，欽之愛我，必深藏不出也。又有〈後赤壁賦〉，筆倦未能寫，當俟後信。軾白。

清・孫承澤《庚子銷夏記・卷八・蘇東坡書前赤壁賦》，便指出：「〈赤壁賦〉爲東坡得意之作，故屢書之。」〔註6〕所言甚是。蘇軾〈書松醪賦後〉亦見其自負之意：

> 予在資善堂，與吳傳正爲世外之遊。及將赴中山，傳正贈予張遇易水供堂墨一丸而別。紹聖元年閏四月十五日，予赴英州，過韋城，而傳正之甥歐陽思仲在焉，相與談傳正高風，歎息久之。始予嘗作〈洞庭春色賦〉，傳正獨愛重之，求予親書其本。近又作〈中山松醪賦〉，不減前作，獨恨傳正未見。乃取李氏澄心堂紙，杭州程奕鼠須筆，傳正所贈易水供堂墨，錄本以授思仲，使面授傳正，且祝深藏之。傳正平生學道既有得矣，予亦竊聞其一二。今將適嶺表，恨不及一別，故以此賦爲贈，而致思於卒章，可以超然想望而常相從也。

蘇軾對自己辭賦的喜愛，除上舉自評二例之外，歷來的筆記小說亦多有記載，宋・葉寘《愛日齋叢鈔》卷二載：

> 東坡〈松醪賦〉。李仁甫侍郎舉賦中語，謂東坡蓋知之矣。又云：東坡既再謫，親舊或勸益自儆戒。坡笑曰：「得非賜自盡乎？何至是？」顧謂叔黨曰：「吾甚喜〈松醪賦〉，盍秉燭，吾爲汝書此，倘一字誤，吾將死海上；不然，吾必生還。」叔黨苦諫，恐偏傍點畫偶有差訛，或兆憂耳。坡不聽，徑伸紙落筆，終篇無秋毫脫謬。父子相與粲然。」〈松醪賦〉之讖渡海，人知之，而未知其以驗生還也。〔註7〕

〔註6〕見清・孫承澤，《庚子銷夏記》，台北：台灣商務印書館，1983年，卷八，頁93。

〔註7〕見宋・葉寘，《愛日齋叢鈔》，卷二，頁17。

現存的蘇軾眞跡中，有不少作品都是辭賦作品的手書，筆者所見有〈昆陽城賦〉、〈赤壁賦〉、〈中山松醪賦〉、〈洞庭春色賦〉等，由此可見蘇軾對自己賦作的喜愛與自負，此一現象亦側面印證了他的作品受到喜愛而爲人深藏至今。

蘇軾辭賦僅二十九篇傳世，然佳篇不少，歷來受到好評，如宋・吳子良《荊溪林下偶語・卷三・詞人懷古思舊》條下評〈昆陽城賦〉云：

> 詞人即事睹景，懷古思舊，感慨悲吟，情不能已。今舉其最工者，如……東坡〈昆陽城賦〉：「橫門豁以四達，故道宛其未改。彼野人之何知，方傴僂而畦菜。」……蓋人已逝而迹猶存，迹雖存而景隨變。〈古今詞〉云，語言百出，究其意趣，大概不越諸此。而近世倣傚尤多，遂成塵腐，亦不足貴矣。〔註8〕

宋・李耆卿《文章精義》評〈後杞菊賦〉云：

> 班固賦設問答最弱，如西都責東都之類。至子瞻〈後杞菊賦〉起句云：「吁嗟先生，誰使汝坐堂上稱太守。」便是風采百倍。〔註9〕

柳展如評舅舅蘇軾之《天慶乳泉賦》，詞意高妙，當在嶺南作品中名列第一。宋・費袞《梁谿漫志・卷四・柳展如論東坡文》載：

> 東坡歸自海南，遇其甥柳展如閎，出文一卷示之，曰：「此吾在嶺南所作也，甥試次第之。」展如曰：「〈天慶乳泉賦〉，詞意高妙，當在第一；〈鍾子翼哀詞〉，別出新格，次之；他文稱是。舅老筆，甥敢優劣邪？」坡嘆息以爲知言。展如後舉似洪慶善，慶善跋東坡帖，具載其語。〔註10〕

至於名篇〈赤壁賦〉更是佳評如潮，歷代不絕，宋・蘇籀《欒城遺言》云：

〔註8〕見宋・吳子良，《荊溪林下偶語》，頁1519。
〔註9〕見宋・李耆卿，《文章精義》，頁808。
〔註10〕見宋・費袞撰、傅毓鈐標點，《梁谿漫志》，頁47。

子瞻諸文皆有奇氣，至〈赤壁賦〉，髣彿屈原、宋玉之作，漢、唐諸公皆莫及也。〔註11〕

宋・唐庚《唐子西文錄》評云：

余作《南征賦》，或者稱之，然僅與曹大家輩爭衡耳。惟東坡《赤壁》二賦，一洗萬古，欲彷彿其一語，畢世不可得也。〔註12〕

羅大經《鶴林玉露・甲編卷六・伯夷傳赤壁賦》云：

太史公〈伯夷傳〉，蘇東坡〈赤壁賦〉，文章絕唱也。〔註13〕

明・徐㶿《徐氏筆精》卷六云：

東坡〈赤壁賦〉，古今傳誦，即婦孺亦知之。〔註14〕

元・祝堯《古賦辯體》卷八云：

中間賦景物處俊爽之甚。謝疊山云：「此賦學莊、騷文法，無一句與莊騷相似，非超然之才、絕倫之識不能爲也。蕭灑神奇，出塵絕俗，如垂雲御風而立乎九霄之上，俯視六合，何物茫茫！非惟不挂之齒牙間，亦不足以入其靈臺丹府也。」〔註15〕

清・高嵣《唐宋八家鈔》卷七評：

有摹景處，有寄情處，有感慨處，有灑脱處，此賦仙也。〔註16〕

清・李調元《賦話》卷十云：

蘇東坡前後〈赤壁賦〉，高出歐陽文忠〈秋聲賦〉之上。謝疊山云：「學莊、騷文，卻無一句與莊、騷相似。」〔註17〕

〔註11〕見宋・蘇籀，《欒城遺言》，台北：藝文印書館，1965年，冊五，頁5。

〔註12〕見曾棗莊、曾濤編，《蘇文彙評》，頁6。

〔註13〕見曾棗莊、曾濤編，《蘇文彙評》，頁7。

〔註14〕見明・徐㶿，《徐氏筆精》，台北：台灣學生書局，1971年，頁583～584。

〔註15〕見元・祝堯，《古賦辯體》，頁822。

〔註16〕見曾棗莊、曾濤編，《蘇文彙評》，頁19。

〔註17〕見清・李調元撰，詹杭倫、沈時蓉校證，《雨村賦話校證》，卷十，頁204。

〈赤壁賦〉爲蘇軾贏得「賦仙」、「一洗萬古」、「文章絕唱」之美名，不僅是其文學作品中之桂冠，而這一「古今傳誦」、「婦孺亦知之」的〈赤壁賦〉，亦讓蘇軾成爲文學史上一顆閃亮的超級巨星，而且是照耀古今的恆星，其在蘇軾文學的地位由此可見一斑。

總之，蘇軾辭賦作品的內容所包羅的生活面是相當廣闊的，他一生經歷的地方山川風土，名勝古跡，所交接的人物及涉及的事物，以及通過一切事物所展現的精神狀態，都有眞實而具體的反映。蘇軾非常珍視自己的辭賦作品，這些作品亦以其文學價值而佳評如潮。顧易生以蘇軾畫論來比喻蘇軾辭賦在其文學創作上的價值，他以爲蘇賦傳神地、精要地代表其一生文學創作，云：「蘇集浩瀚，據不精確統計，文四千二百餘篇，詩二千七百首，詞三百餘闋，而以賦名篇者僅二十七，殆如所謂『太山一毫芒』者。然正如東坡〈傳神記〉所云：『傳神之難在目』『僧惟眞畫曾魯公』像，『於眉後加三紋』，『遂大似』。東坡創作中之雄視百代而最能傳其風神者，當首推〈赤壁〉二賦，蓋其炯炯雙眸也。其餘諸作，如〈灩澦堆賦〉、〈屈原廟賦〉、〈黠鼠賦〉、〈秋陽賦〉、〈洞庭春色賦〉、〈中山松醪賦〉等均相當於『眉後三紋』。」〔註 18〕其說甚得箇中三昧。

二、蘇軾辭賦在辭賦學史上的價值

本文在分體研究一章，分就蘇軾騷、駢、律、文等四體，依其內容及形式特點，析論蘇軾各體辭賦的創作成就。蘇軾兼善各體，分別都取得極高成就，其在辭賦史上的重要價值，乃在於蘇軾能承先啓後，學古開新，他改造了騷、駢、律等傳統辭賦體式，並奠定新體文賦之根基，標志著宋代辭賦的最高成就，並爲日益僵化的辭賦發展注入新基因，再次爲賦史寫下璀燦的篇章。以下分就改造舊體辭賦及奠定新體文賦兩點，以明蘇軾辭賦在辭賦學史上的價值。

〔註 18〕見顧易生，〈蘇東坡與賦〉，《新亞學術集刊》賦學專輯，1994 年，第十三期，423。

（一）改造舊體辭賦

在改造傳統體式方面，首先是騷體內容與體式的開創。蘇軾騷體辭賦的內容不專主抒情，亦融寫景、議論於賦中，賦意亦不主悲情，而是擺脫悲情見曠達。結構方面，承繼歷來的結構傳統，其騷賦或有序而無亂，或有亂而無序，或二者皆無之。表達方式方面，承繼了傳統騷賦直陳的表述方式，然亦有吸收散賦設辭問答的表述方式，可以說是學古而開新。句式方面，蘇軾能靈活運用各種騷體句式，再夾入散文句式，隨意短長，自由靈動。在用韻方面，大體以「兩句一韻」爲則。宋・郎曄《經進東坡文集事略》卷一，更引晁無咎之語云：

> 又公（蘇軾）嘗言：「古爲文譬造室，賦之於文，譬丹刻其楹桷也，無之不害於爲室。」故公之文常以用爲主，賦亦不皆仿《離騷》。雖然，非不及騷之辭也。〔註 19〕

蘇軾在騷體上的成就，正如晁無咎所言，其所作「不皆仿《離騷》」，然「非不及騷之辭也」，蘇軾用寫散文的手法寫騷體，使源遠流長的騷體辭賦嬗變出新的格局，放射出新的光彩，眞「足以賦〈遠遊〉而續〈離騷〉也。」（〈中山松醪賦〉）。

其次，是駢體的改造與創新。蘇軾的駢賦作品，在句式方面，多以駢賦基本的「六，六」句法爲主，偶輔以「四，四」句法；至若宋人常用之四六隔對、長隔對無一使用。其句法的使用雖然變化不多，大體看來極爲工麗，然而在每一篇作品中，都可看到他突破四六偶對的寫法，注入散文氣勢，矯正駢賦板滯缺點的用心。在對偶方面，蘇軾的句式對偶只有基本的單句對及當句對兩種，而且經常以古文之氣勢行於駢偶之句子，故其對偶看似「率然對爾」，至於字義的對偶則能嫻熟地使用數字對、方位對、彩色對、事類對、同類對、異類對等，而其聲韻的對偶並無符合所謂雙聲對、疊韻對及雙聲疊韻對者，可見蘇軾並非斤斤計較於聲韻之間者。在音韻方面，蘇軾押韻大抵採兩句

〔註 19〕見宋・蘇軾撰、郎曄編，《經進東坡文集事略》，卷一，〈屈原廟賦〉題下。

一韻隔句押的方式，較爲特殊的是五篇駢賦之中，竟有兩篇採「一韻到底」者；至於駢賦「異音相從」要求句子平仄相間的作法，則不存於蘇軾心中。用典方面，蘇軾駢賦以述事委曲爲創作宗旨，辭多白描，不廣引故事，以衒才學，然其作亦不減古人，即爲用事使典，亦能食古而化，推陳出新，做到事爲我用。要而言之，其駢賦亦能如清・孫梅《四六法海》所評：「東坡四六，工麗絕倫中，有意擺脫隋唐至五代蹊徑。以四六觀之，則獨闢異境。」

再者，蘇軾在律賦的創作上亦有所新變。他的律賦作品，皆非應試之產物，所以這些題目都是他自己命題，用以抒發個人情感、議論時政或應酬奉答之作。他的律賦內容有強烈的現實針對性，並且以議論勝人。他擅用策論的手段，施之於賦中，論理滔滔，筆力雄肆，氣勢盛於前賢，是對律賦的一大革新。在音韻方面，蘇軾的賦作都以八個韻爲主，其平仄比例皆爲「四平四仄」，而且是採用「一平一仄」相間使用的順序來押韻；其韻腳順序大多採用「順序押韻法」，然亦有一篇採「任意押韻法」者。此外，其押韻均押句末韻，以隔句押、四句押爲多。大抵來說，單句對採隔句押；隔句對則採四句押。至於平仄聲律，蘇軾的律賦大抵符合「歇斷處調度」的平仄聲律規範，與他的駢賦相較起來，要顯得「音律諧協、對偶精切」許多。句法方面，蘇軾律賦的句式亦兼有散句、騷句、駢句。主要以駢句爲主，兼含短單對、長單對、各種隔句對等，句法靈活運用，氣勢奔放自由，造辭極富散文氣息。在篇章方面，蘇軾律賦的篇幅顯然要比一般四百字之內的篇幅長得多，當然這又和他的議論縱橫互爲因果。在構篇方面，特別注重破題發端、布局分層遞進並強調首尾呼應等結構技巧。他的律賦亦如李調元云：「寓議論於排偶之中，亦是坡公一派」，更爲「律賦之創調也」。

（二）奠定新體文賦

以上是蘇軾對傳統體式的改造，然而蘇軾在賦學史上最重要的價值是他的文賦創作，使文賦體裁成爲定格，蘇軾文賦的特點來看，在內容題材方面，其題材取資廣泛，側重日常生活中極細微之事物，而據之以闡發心靈、議論說理。其內容則以議論爲主，兼及體物、記事和抒情，對於賦體題材的擴大深化以及內容的豐富多姿，均有顯著之功。在問對手法方面，他不拘泥於以設辭問答展開內容的固定形式，而是直接議論與人物對話兩種方式兼而用之，形式較之散賦千篇一律的「虛設問答」模式更加靈活。他不專意於規仿、蹈襲，而能打破前人窠臼，推陳出新，因而能自創一格，是其辭賦理論「出新意於法度之中」的具體落實。在句式方面，他的文賦句式多種多樣，同時兼含騷、駢、散三種句式，或散句或對偶，但順文章之意。篇中自二字句至十餘句均有，句法組織非常靈活變化，或短句或長句，隨言長短，參伍變化，不拘成法。兼取散賦、騷賦、駢賦之優點而避免其缺失，讀過之後，使人覺得流轉自然而無駢賦之板滯，清新活潑而無漢散賦之凝重，終能爲僵化老朽的賦體注入新的基因，使賦體又獲一新生的機會。在用韻方面，他除去了律賦的限韻規律，用韻並無限制，也沒有什麼規律，通常是文到韻隨，且用否皆可。或一韻押到底，或雜用連續押、隔句押，既自然又自由，靈活而神妙，呈現出不拘一格的特色和跌宕多姿的節奏感。總之，蘇軾的文賦在內容題材、問對、句式、用韻等方面，頗多創新，眞正實踐了「行其所當行」、「止所當止」的文學理論，以散入賦，押韻隨便，句式靈動，形式自由，達到了「唯其不自爲形，而因物以賦形，是故千變萬化而有必然之理」（〈灩澦堆賦〉），使其文賦亦如其詩文，成爲抒情達意的載體。而「宋歐陽修首刱文賦，二十五年後蘇軾作前後赤壁賦，其構篇行文之氣勢，更具流動變化，於是「文賦」的體裁，始成定格。」〔註 20〕可見蘇軾文賦一體，在賦學史上之成就與價值。

關於蘇軾的文賦，歷來有兩極的評價，除了上述持正面、進步的

〔註 20〕見張正體、張婷婷著，《賦學》，頁 296。

賦觀來評價之外，亦有持負面之看法者，元・祝堯《古賦辯體》在論述宋代文體時指出：

> 至於賦，若以文體爲之，則專尚於理而遂略於辭、昧於情矣。俳律卑淺固可去，議論俊發亦可尚；而風之優柔，比興之假托，雅頌之形容，皆不復兼矣。非特此也，賦之本義當直述其事，何嘗專以論理爲體邪？以論理爲體，則是一片之文，但押幾個韻爾，賦於何有？今觀〈秋聲〉、〈赤壁〉等賦，以文視之，誠非古今所及；若以賦論之，恐坊雷大使舞劍，終非本色。……本以惡俳，終以成文，舍高就下；俳固可惡，矯枉過正，文亦非宜。〔註 21〕

清・李調元《賦話》亦依祝堯之語意評云：

> 〈秋聲〉、〈赤壁〉，宋賦之最擅名者。其原出於〈阿房〉、〈華山〉諸篇，而奇變遠弗之逮。殊覺剽而不留。陳后山所謂：「一片之文，押幾個韻者」耳。朱子亦云：「宋朝文章之盛，前世莫不推歐陽文忠公、南豐曾公與眉山蘇公，相繼迭起，各以文擅名一世。獨於楚人之賦，有未數數然者。」蓋以文爲賦，則去風、雅日遠也。〔註 22〕

祝堯、李調元的說法太偏執絕對，不過也反映了一個事實，即文賦與傳統意義上的賦的概念不合，但這種不合正是一種進步。祝、李二人不明此理，他們未能從發展的意義上對文賦的產生作出理性的判斷，而固守傳統的見解，以漢賦爲極則，對文賦加以不恰當的苛責，他們的看法是保守的、落後的、復古的〔註 23〕。他們認爲說理議論作爲一種創作手段是散文的專利，不該闖入以體物寫志爲特色的賦的世襲領地，賦尙說理，必然會減弱、抵銷它原有的在體物

〔註 21〕見元・祝堯撰，《古賦辯體》，頁 818。

〔註 22〕詹杭倫、沈時蓉校證，《雨村賦話校證》，頁 77。其註十五云：陳師道語，案：《後山詩話》、《後山談叢》均不載此語，惟見《古賦辯體》卷八。

〔註 23〕參馬德富，〈論蘇軾的賦〉，《東坡文論叢》，蘇軾研究學會，成都：四川文藝出版社，1986 年，頁 104。

和抒情方面的獨特功能。賦尙說理，始見於唐而終盛於宋。對此，歷代論者多加以指責，認爲賦的這種創作傾向有悖傳統，破壞了藝術準則。事實上，賦在戰國末期誕生之後，經過秦漢、魏晉和六朝近千年的發展，不僅體式迭變，而且體物、抒情等主要藝術手法也日臻成熟和完備。先秦兩漢以體物爲主要手段，描摹形態、刻畫聲色的技巧得以充分的發展；魏晉六朝漸轉入抒情，傳寫情感，吐露心曲的方法也日臻成熟，從而出現了一大批體物抒情兼並用的佳作。在此情況下，賦如何再向前發展？時至唐、宋，賦的藝術手段在前人的基礎上要有所增加，風格要有所創新，在客觀上當時可走的，僅留下了說理這一路。唐宋時出現賦的尙理傾向，正是賦在新的歷史條件和文學環境中謀求進一步發展的標志；因此它在吸收當時高度發展的散文創作的某些重要手段的同時，呈現對固有傳統的偏離和改變，完全是一種正常現象。況且從創作的實踐來看，賦在體物、抒情的基礎上引入說理，也並沒有改變賦的鋪陳特點，相反卻爲鋪陳增添了一種新的手段，從而使賦在表現手段上變得更加豐富多采，不拘一格。

就蘇軾的文賦名作而論，皆兼具體物、抒情和說理之妙，達到了一種很高的藝術境界。尤其是代表蘇軾文賦最高成就的〈赤壁賦〉一篇，融詩情、畫意、哲理、賦韻四者於一爐，如詩如畫，意象絕美，理趣高妙。就寫景而言，有江山風月。就抒情而言，有悲歡喜樂。作品寫景抒情，情因景生，做到了情景交融；由情入理，理因情起，做到了情理相彰。在這篇千古傳頌的名篇中，優美動人的景色是觸發情感的契機，而對人生意義的探索與思考則成了感秋傷時情懷的理性昇華，使人讀後能在領略自然景物的情韻、感受作家情感的同時，獲得一種意義雋永的哲理性的啓迪。而這後一點往往是以往賦作在散發其藝術效應時所不具備的。這類作品給人以感官和精神多方面的享受，《唐宋八家鈔》卷七高嵣譽云：「有摹景處，有寄情處，有感慨處，有灑脫處，此賦仙也。」怎麼能說它們「風之優柔、比興之假托，雅頌之形容，皆不復兼矣」呢〔註 24〕？任何文學作品，從產生之後，其內容與形式都處於不斷的變化之中，蕭子顯說：「在乎文章，彌患凡舊，若無新變，不能代雄」〔註 25〕，劉勰同樣強調：「文律運周，日新其業。變則其久，通則不乏」〔註 26〕。變通是保持文學不斷發展和日趨豐富的根本動因，蘇軾的文賦正標示著辭賦發展史上的一條正當途徑，更是絕處求生之道。清人王芑孫非但不以非「本色」貶之，而譽之以「賦門之眞種」〔註 27〕，乃眞知也。

總之，蘇軾學古開新，他兼善騷、駢、律、文賦各體，分別都取得極高成就，他的騷體「足以賦〈遠遊〉而續〈離騷〉也」(〈中山松醪賦〉)、駢賦則「有意擺落隋唐五季蹊徑，而獨闢異境。」(孫梅《四六叢話》)、律賦則「寓議論於排偶之中」,「爲律賦之創調」。(李調元《賦話》)、文賦亦能達到「唯其不自爲形，而因物以賦形，是故千變萬化而有必然之理」(〈灩澦堆賦〉) 的境界。他不僅改造騷、駢、律等各種舊體式；又奠定文賦之新體式，充分表現出他師古而不墨守成規，立足於變革，力求創新的精神。其於辭賦史之價值，乃在於他開創賦體新局面、藝術新成就，標志了賦體文學發展的新方向。直到今天，蘇軾的辭賦創作仍然值得我們借鑒。首先，他對創作的嚴肅態度值得我們學習，他提出，作家應該「博觀而約取，厚積而薄發」；其次，他的創新精神值得我們學習，蘇軾認爲客觀世界「千萬變化，未

〔註 24〕參曹明綱，〈論唐宋賦的尚理傾向〉，馬積高、萬光治主編，《賦學研究論文集》，成都：巴蜀書社，1991 年，頁 254～256。

〔註 25〕見梁・蕭子顯，《南齊書・文學傳》，台北：台灣商務印書館，1988 年，列傳三十三，頁 478。

〔註 26〕見梁・劉勰，《文心雕龍・通變第二十九》，台北：台灣商務印書館，1990 年，卷六，頁 34。

〔註 27〕清・王芑孫，《讀賦卮言》云：「歐、蘇眉分於宋，雖爲掃除對偶之宗，其實倡導聲音之祖。試觀所著，特壓當時，翼漢扶周，自騫傑構，彼豈嘗學爲如是之賦哉？行乎其不自知，而還之其所當，總文囿之大綱，即賦門之眞種。」見何沛雄編，《賦話六種》，頁 23。

始相襲」，作家的創作也應該眞實地反映客觀世界，不要層層因襲。正是這種創新精神，使他的辭賦創作承先啓後，開了一代文風，這種精神在今天仍然深具價值、值得提倡。

三、蘇軾辭賦的影響

蘇軾文學創作標志著北宋詩文革新運動的高度成就，其文學、美學思想在理論批評史上亦有重大影響。他的辭賦理論與作品亦然，蘇軾以其豐富之創作經驗，得以直指幽微，洞察甘苦，是以所論中肯、具體，在理論及實踐方面皆具說服力，他突破性的辭賦觀，有「指出向上一路，新天下耳目，弄筆者始知自振」〔註28〕的特殊意義，影響了一代文人的創賦傾向。其辭賦創作標志著宋代辭賦的最高成就，不僅在當時獲得巨大聲譽，開了一代文風，而且對後世的辭賦創作產生了深遠影響。除了理論和實踐之外，益以其在政治上、文壇上的領袖地位，使他成爲當時賦壇上影響力最大的人物，他在宋代賦壇的影響是深刻而廣闊的，即使對後世的影響也是無遠弗屆的。以下茲分兩小節分論蘇軾辭賦理論與作品對宋代及後世的影響。

（一）蘇軾辭賦對宋代的影響

蘇軾繼歐陽修之後，爲當時文壇之盟主，其影響當代自不待言。首先，他力排眾議，主張科舉試賦的辭賦觀，延續了辭賦的發展歷史。宋初承唐制，禮部貢舉，詩賦爲進士考試科目之一。神宗年間，以王安石爲相，議更貢舉法，罷詩賦、明經諸科，以經義論策試進士。蘇軾上〈議學校貢舉狀〉，論貢舉法不當輕改，反對「專取策論而罷詩賦」。在這場貢舉存廢詩賦的爭論中，新、舊黨領袖如王安石、司馬光，均持廢考詩賦的主張，唯獨有蘇軾持不同意見，反對罷詩賦。其主張在當時雖不見用，然這樣的辭賦觀始終在他心中盤旋。哲宗元祐年間，舊黨掌握實權，蘇軾回京任官，特別用律賦的體式來寫作〈復

〔註28〕見宋・王灼，《碧雞漫志》，台北：藝文印書館，1965年，卷二。

改科賦〉，以表示支持恢復詩賦取士。元祐三年，蘇軾負責貢舉考試，他再上〈乞不分經取士〉，再度提出不專用經義取士，當兼用詩賦取士的主張。元祐年間的蘇軾，身份地位已大大不同於前，其言論影響甚巨，次年朝廷便恢復了以詩賦、經義兩科分立取士的制度。由於蘇軾力排眾議，先後努力的捍衛，終使這一試賦制度延用下來，此舉亦延續了辭賦的發展歷史。因爲從辭賦學史發展的角度來看，辭賦的興盛往往與帝王的提倡、試賦制度息息相關，辭賦是士人的求取功名富貴敲門磚，倘若試賦制度在王安石改革中結束，倘若沒有蘇軾的力主科舉試賦，從此科舉不再試賦，少了這決定性的創作誘因，辭賦的發展便可能走入歷史。所以，蘇軾主張科舉試賦的辭賦觀對後來辭賦的持續發展，帶有決定性的深遠影響。

其次，蘇軾以文壇領袖地位，帶動辭賦創作風氣。以下分從蘇轍、蘇過、蘇門、僚屬朋友……等，由近及遠來說明蘇軾於當時辭賦創作之影響。

蘇軾自己喜歡寫賦，更樂意鼓勵他人作賦，最先受到影響的當然是最親近的弟弟蘇轍，還有長年陪在身邊的幼子蘇過。蘇軾與蘇轍兄弟一生唱和不絕，除了詩詞書信的往來之外，辭賦創作的往返亦是他們聯絡情感、抒寫思想懷抱的載體之一，蘇轍的辭賦作品幾乎都是因蘇軾的倡導而作，其中〈屈原廟賦〉、〈上清辭〉乃與蘇軾同題之作，其〈上清辭〉題下註云：「宮在太白山，同子瞻作」，而〈缸硯賦〉〔註29〕、〈登眞興寺樓賦〉〔註30〕、〈超然臺賦〉〔註31〕、〈黃樓賦〉〔註

〔註29〕《欒城集》卷十七〈硯缸賦・敘〉：「先蜀之老有姓滕者，能以藥煮瓦石，使軟可割如土，嘗以破釀酒缸爲硯，極美。蜀人往往得之，以爲異物。余兄子瞻嘗遊益州，有以其一遺之。子瞻以授余，因爲之賦。」見陳宏天、高秀芳校點，《蘇轍集》，冊一，頁329～330。

〔註30〕〈登眞興寺樓賦・敘〉云：「季夏六月，子瞻與張户曹琥同遊眞興寺，晚登寺後重閣，南望連山如畫，山前有白鷺十數，杳杳飛去。東南望五丈原，原上有白雲如覆釜。慨然思孔明之遺跡，作書與轍曰：『可以賦此。』」見陳宏天、高秀芳校點，《蘇轍集》，冊一，頁330。

〔註31〕蘇軾在密州稍葺所居北園舊臺而新之，弟轍名之曰超然，爲作此賦。

32〕、〈和子瞻沉香山子賦〉〔註33〕、〈和子瞻歸去來辭〉〔註34〕等，皆應蘇軾之邀、或和蘇軾辭賦而作。偶爾蘇轍亦先作賦寄給蘇軾，如蘇轍寄〈服茯苓賦〉，蘇軾答之以〈服胡麻賦〉即是。蘇轍的辭賦雖不及乃兄浩博精深，卻也不乏體氣高妙、意趣新奇之作，而這都要歸功於蘇軾的倡導之功。再者，蘇軾的幼子蘇過陪他越嶺渡海，在蘇軾的影響下，蘇過亦有佳賦流傳，其〈颶風賦〉、〈思子臺賦〉膾炙人口，李調元節錄《古賦辯體》云：「蘇過，字叔黨。以文章馳名，時號「小東坡」。過嶺作〈颶風賦〉，尤爲人膾炙。」〔註35〕清・浦銑《復小齋賦話》云：「坡公之有斜川（蘇過），人豔稱之，而集不傳，唯傳其〈颶風〉、〈思子臺〉二賦。」又云：「蘇叔黨〈思子臺賦〉，蓋坡翁命補亡史君彥輔篇也。正使坡翁自作，未必能過。觀其上援秦皇，下逮晉惠，又及夷滅、張湯、主父偃之流，孟德揚公之事，波瀾愈闊，然去題稍遼矣。即結之曰：『吾將以嗜殺爲戒也。』故於末而並書，不獨賓主分明，抑亦法律精細。」〔註36〕〈颶風賦〉則狀海畔颶風，頗見體物之功力，而歸之以莊子相對之論，極似乃父文風。這兩篇作品都是蘇軾命蘇過作，因賦作表現不凡，被誤入蘇軾文集中，其賦作亦因此而得傳世。此外，蘇過隨蘇軾渡海至儋州，爲求自廣及娛父，曾作〈志隱〉一篇，《斜川集・卷二・志隱》云：「後敘昔余侍先君子居儋耳，

〔註32〕蘇軾在徐州治水有功，朝庭獎諭，築黃樓成，蘇轍爲作此賦。蘇軾〈書子由黃樓賦後〉云：「元豐元年八月癸丑，樓成。九月庚辰，大合樂以落之。始余欲爲之記，而子由之賦以盡其略矣，乃刻諸石。」

〔註33〕蘇轍〈和子瞻沉香山子賦・引〉云：「仲春中休，子由於是始生。東坡老人居於海南，以沉水香山遺之，示之以賦，曰：『以爲子壽』，乃和而復之。」見陳宏天、高秀芳校點，《蘇轍集》，頁941。

〔註34〕蘇轍〈和子瞻歸去來辭・引〉云：「昔予謫居海康。子瞻自海南以《和淵明歸去來》之篇要予同作，時予方再遷龍川，未暇也。辛巳歲，予既還潁川，子瞻渡海浮江至淮南而病，遂沒於晉陵。是歲十月，理家中舊書，復得此篇，乃泣而和之。」見陳宏天、高秀芳校點，《蘇轍集》，冊三，頁942。

〔註35〕見詹杭倫、沈時蓉校證，《雨村賦話校證》，頁205。

〔註36〕見何沛雄編，《賦話六種》，頁53、77。

丁年而往，二毛而歸，蓋嘗築室，有終焉之志，遂賦〈志隱〉一篇，效昔人〈解嘲〉、〈賓戲〉之類，將以混得喪、忘羈旅，非特以自廣，且以爲老人之娛。先君子覽之，欣然嘉焉。」蘇軾亦因海外無以自娛，過子每作文一篇，輒作數日喜。

蘇軾繼歐陽修之後，成爲北宋後期文壇領袖，他主盟文壇後，曾先後提拔和培養了一大批作家，其中尤以黃庭堅、秦觀、晁補之、張耒最爲著名，世稱「蘇門四學士。」蘇軾經常和他們討論辭賦創作，或與門生夜坐究讀前作，蘇軾〈書黃泥坂詞後〉載：

> 余在黃州，大醉中作此詞，小兒輩藏去稿，醒後不復見也。前夜與黃魯直、張文潛、晁無咎夜坐。三客翻倒几案，搜索篋笥，偶得之，字半不可讀，以意尋究，乃得其全。文潛甚喜，手錄一本遺余，持元本去。明日得王晉卿書，云：「吾日夕購子書不厭，近又以三縑博兩紙。子有近書，當稍以遺我，毋多費我絹也。」乃用澄心堂紙、李承晏墨書此遺之。元祐元年十一月二十一日。

有時蘇軾也會命門生作賦〔註37〕，亦曾一時興起而爲門生示範一篇，他嘗與黃庭堅、張耒等會，飲龍團茶，作律賦一篇，宋·蘇籀《欒城遺言》載：

> 先生一日與魯直、文潛諸人會飯。既食滑䭔兒血羹，客有須薄茶者，因就取所製龍團，遍啜坐人。或曰：「使龍團能言，當必稱屈。」先生撫掌久之，曰：「是亦可爲一題。」因援筆戲作律賦一首，以「俾薦血羹，龍團稱屈」爲韻，山谷擊節，稱詠不能已。已無藏本。聞關子開能誦。今亡矣，惜哉！〔註38〕

蘇門後學都接受了蘇軾的指導和影響，依據才力，各有擅長。蘇軾從來不固定學某一古人或某一流派，也不專主哪一種風格，而是薈

〔註37〕《蘇軾年譜》元祐二年四月條下云：「嘗令門人輩作〈人不易物賦〉。」見孔凡禮，《蘇軾年譜》，頁774。

〔註38〕見四川大學中文系唐宋文學研究室編，《蘇軾資料彙編》，頁285。

粹各家之長，旁收博取，融會貫通，然後自出機杼，創新振奇。他的作品本來就沒有固定不變的規範和風貌，所以要完全學他是不容易的，而他也不希望門生邯鄲學步。因此，蘇門之創作便各具面目，並不拘守何種家戶門法，而有自己的造就。

黃庭堅（1045～1105），心醉於《楚辭》，似若有得〔註39〕，於賦最得其妙。其〈江西道院賦〉以高古之文變豔麗之格；〈蘇李畫枯木道士賦〉深得莊、列旨趣，都是爲人稱道的名篇〔註40〕。蘇黃的交誼在師友之間，關係密切，黃庭堅對蘇軾性情文章的欣慕之情，往往溢於言辭，即在有限的辭賦創作中，即直接以蘇軾爲創作的對象題材來抒寫他對蘇軾的推崇欣慕。〈蘇李畫枯木道士賦〉開篇：「東坡先生佩玉而心若槁木，立朝而意在東山。其商略終古，蓋流俗不得而言。」〔註41〕〈東坡居士墨戲賦〉賦首云：「東坡居士，遊戲於管城子、楮先生之間，作枯槎壽木、叢篠斷山，筆力跌宕於風煙無人之境，蓋道人之所易，而畫工之所難。」〔註42〕可謂企仰之至。

秦觀（1049～1100），辭賦創作講求格法。宋・李廌《濟南先生師友談記》載：「廌謂少游曰：『比見東坡言：「少游文章如美玉而無瑕，又琢磨之功，殆未有出其右者。」少游曰：「某少時用意作賦，習慣已成，誠如所諭點檢不破不畏磨難，然自以華弱爲愧。」』〔註43〕秦觀嘗見蘇軾於徐州，爲賦黃樓，蘇軾以爲有屈宋才。〈黃樓賦〉以極簡煉之語概述徐州地理形勢和歷史文化，即轉入對黃樓的描寫，以贊美蘇軾善處苦逸、損悲自達的境界。蘇軾受賦後，非常欣喜，不僅

〔註39〕黃庭堅〈與秦少章書〉：「庭堅心醉於《詩》與《楚辭》，似若有得，然終在古人後；至於議論文字，今日乃當付之少游及晁、張、無己，足下可從此四君子一二問之。」見宋・黃庭堅，《山谷集》，台北：世界書局，1988年，卷十九，頁212。

〔註40〕參王水照，《宋代文學通論》，頁206。

〔註41〕見宋・黃庭堅，《山谷集》，卷一，頁5。

〔註42〕見宋・黃庭堅，《山谷集》，卷一，頁6。

〔註43〕見宋・李廌，《濟南先生師友談記》，台北：藝文印書館，1965年，頁4～5。

盛贊其賦且作詩答謝云：曰：「我坐黃樓上，欲作黃樓詩。忽得故人書，中有黃樓詞。……我詩無傑句，萬景驕莫隨。夫子獨何妙，雨雹散雷椎。雄辭雜古今，中有屈宋姿。」(〈太虛以黃樓賦見寄作詩爲謝〉)在這裡，蘇軾既將秦觀此作與自己欲作而未及作成的〈黃樓詩〉對比，自謙難以摹寫黃樓壯麗的景象；又盛贊秦觀此作的高妙之處，一是在於富有激情，氣勢磅礴，像一面打雷一面下著冰雹；二是在於用傳統騷體反映現實，帶有屈原、宋玉的作風〔註 44〕。秦觀以黃樓一賦，在文學史上贏得具有屈宋之才的美譽。蘇軾亦曾爲秦觀的〈湯泉賦〉作跋，可謂獎掖有加，四學士之中最爲蘇軾愛重。

晁補之（1053～1110），十七歲時受知於蘇軾，頗有文名。《雞肋集・卷二十八・七述》云：「予嘗獲侍於蘇公，蘇公爲予道杭之山川人物，雄秀奇麗，夸靡饒阜，名不能殫者，且稱枚乘、曹植〈七發〉、〈七啓〉之文，以謂引物連類，能究情狀，退而深思，倣其事爲〈七述〉，意者述公之言而非作也。」〔註 45〕補之作〈七述〉，乃由於蘇軾之啓迪。宋・晁公武《昭德先生郡齋讀書志・卷四下・晁無咎鷄肋編七十卷》亦載：「公諱補之，字無咎，幼豪邁，英爽不群，七歲能屬文，日誦千言。王安石名重天下，愼許可，一見大奇之。在杭州作文曰〈七述〉，敘杭州之山川人物之盛麗。時蘇子瞻倅杭州，亦欲有所賦，見其所作，嘆曰：『吾可以閣筆矣。』」〔註 46〕其爲文深受蘇軾影響，今傳辭賦二十餘篇，風格多樣，有酷似楚辭者，有近六朝小賦者，亦有不少文賦。尤精騷學，其編《續楚辭》、《變離騷》二書，雖已亡佚，然兩序尚存，且爲朱熹《楚辭後語》所本。

張耒（1052～1112），今傳賦作三十餘篇，辭賦數量居諸家之首，

〔註 44〕參徐培均，〈試論秦觀的賦作賦論及其與詞的關係〉，政治大學文學院編，《第三屆國際辭賦學學術研討會論文集》，台北：國立政治大學，1996 年 12 月，頁 1016。

〔註 45〕見宋・晁補之，《雞肋集》・台北：世界書局，1988 年，頁 177。

〔註 46〕見宋・晁公武，《昭德先生郡齋讀書志》，台北：台灣商務印書館，1983 年，卷四下，頁 17。

價值也較高。《宋史》本傳載：「幼穎異，十三歲能爲文，十七時作〈函關賦〉，已傳人口。游學於陳，學官蘇轍愛之，因得從軾游，軾亦深知之。稱其文汪洋沖澹，有一唱三嘆之聲。」〔註 47〕張耒初官臨淮主簿任內，嘗讀蘇軾〈後杞菊賦〉，洞然於心，而作〈杞菊賦〉〔註 48〕。又奉蘇軾之命與蘇轍等同作〈超然臺賦〉，其賦序前原注云：「蘇子瞻守密，作臺於囿，命以超然，命諸公賦之。余在東海，子瞻令劉貢父來命。」〔註 49〕蘇軾死後，張耒更追和其〈和陶歸去來兮辭〉，作〈子由先生云：東坡公所和陶靖節〈歸去來辭〉及侍郎先生之作，命之同賦。耒則自憫其仕之不偶，又以弔東坡先生之亡，終有以自廣也〉。

蘇軾對門生的提拔揄揚，無微不至，四學士雖均出自蘇軾門下，而其成就則不爲蘇門所限。除了這些門生以外，蘇軾亦倡導他的好友們寫作辭賦，例如在密州，築超然臺成，不僅命弟弟蘇轍、門生張耒作〈超然臺賦〉，更邀請了其他友人如文同、鮮于侁、李清臣等同作；在徐州造黃樓成，不自爲記、爲賦，而使弟蘇轍、門人秦觀爲〈黃樓賦〉，與多次致書文同，催其同作〈黃樓賦〉。有時他也會與僚屬分韻同賦，守徐時嘗與吳彥律、舒堯文、鄭彥能，各賦〈快哉此風賦〉兩韻。其中最值得注意的是，蘇軾〈和陶歸去來兮辭〉首倡一出，而應和者不絕如縷的系列創作現象，宋・晁說之〈答李持國先輩書〉云：

建中靖國間，東坡〈和歸去來〉，初至京師，其門下賓客又

〔註 47〕見元・脫脫著，《宋史》，冊十，傳二百零三，頁 5。

〔註 48〕節錄張耒〈杞菊賦〉引：「予到官之明年，以事之東海，道漣水，漣水令盛僑以蘇子瞻先生〈後杞菊賦〉示余。……既讀〈後杞菊賦〉而後洞然，如先生者猶如是，則余而後可以無歎也。」賦云：「子聞之乎？膠西先生，爲世達者，文章行義，徧滿天下。出守膠西，曾是不飽，先生不慍，賦以自笑。先生哲人，太守尊官，食若不厭，況於余焉。」見宋・張耒，《張右史文集》，上海：上海書店，1989 年，卷一，頁 12～13。

〔註 49〕宋・張耒，《張右史文集》，卷三，頁 5。

> 從而和之者數人，皆謂自得意也。陶淵明紛然一日滿人目前矣。參寥忽以所和篇視予，率同賦。〔註 50〕

蘇轍、秦觀、張耒、參寥、晁說之……等人皆有和作，一倡眾和，可見蘇軾於賦壇之影響力，而這樣的影響力一直持續至南宋，南宋人仍好和蘇軾〈歸去來辭〉，洪邁《容齋隨筆》載云：「今人好和〈歸去來詞〉……和其辭者，如即事遣興小詩，皆不得正中也。」雖然南宋之和作，成就不高，然從中亦可窺見蘇軾的賦作一直被重視，和不間斷地傳播流行，其予賦壇之影響力是深遠廣泛的。

還有不少作者，因爲他在辭賦理論和創作上的盟主地位，紛紛向他求教，蘇軾也無不延接，給予指導。葛立方《韻語陽秋》卷一載：「東坡喜獎掖後進，有一言之善，則極口褒賞，使其有聞於世而後已，故受其獎拂者，亦踴躍自勉，樂於修進，而終爲令器。若東坡者，其有功於斯文哉，其有功於斯文哉。」毛滂曾寄所作〈擬秋興賦〉，蘇軾贊其有「奇思」，並譽之以「〈秋興〉之作，追配騷人矣」（〈答毛澤民〉第七簡）；邑仲復呈所作〈歸鳳賦〉，答簡贊所作興寄深遠。賦家一經蘇軾之肯定，立刻聲名俱揚，是以士子紛紛請他作跋評文，朱長文便嘗以所作〈東都賦〉求蘇軾跋。蘇軾亦以文壇領袖身份，盛讚、推許他人的辭賦作品，以鼓動創作風氣，其〈書鮮于子駿楚詞後〉云：

> 鮮于子駿作楚辭〈九誦〉以示軾，軾讀之茫然而思，喟然而嘆曰：「嗟呼，此聲不作久矣，雖欲作之，而聽者誰乎？……今子駿獨行吟坐思，寤寐于千載之上，追古屈原、宋玉，友其人于冥冥，續微學之將墜，可謂至矣。而覽者不知其貴，蓋亦無足怪者，彼必嘗從事于此，而后知其難且工。其不學只以爲苟然而已。

由上可見蘇軾的辭賦理論及創作在宋代賦壇的影響是深刻而廣闊的。蘇軾主張科舉試賦的辭賦觀，使得北宋又恢復科舉試賦，奠定了辭賦繼續發展的主要誘因；他提倡鼓勵作賦、提拔揄揚後進辭賦

〔註 50〕見宋・晁說之，《嵩山文集》，卷十五，頁 13。

家，不遺餘力，成爲北宋後期辭賦發展的最大推手；此外，在他的辭賦理論的指導及創作的示範下，爲宋辭賦的發展下了一帖興奮的激素，促進了有宋一代辭賦的散文化、議論化、平易化、多元化。蘇軾在宋代賦壇就如同他在詩壇、文壇的地位一樣，依然是一顆超級巨星的存在，其予當代之影響自是最直接、最深刻的。

（二）蘇軾辭賦對後世的影響

蘇軾的辭賦在後世的傳播是持續不斷且影響深遠的，後代的辭賦家們不僅喜愛、熟讀其賦作甚至深受影響；歷代賦評家都予蘇軾辭賦作品以崇高的評價；選文家們都將蘇軾之名篇選爲示範教材；書畫家們更是以蘇軾的辭賦作品爲題材。其影響不僅縱貫古今，更是跨越國際，蘇軾辭賦作品甚至影響至國外。

後世辭賦家學習蘇軾辭賦較爲著者乃南宋之李綱，他專意學蘇，除了〈秋色賦〉擬蘇軾〈赤壁賦〉外，又有〈後乳泉賦〉及〈荔枝後賦〉，均訂仕蘇軾作品發議，這種專意學蘇的現象，甚爲突顯。這兩篇作品都是針對蘇軾之作而「訂之」，證明蘇軾在北宋時代已爲散文賦立體之事實，也證明散文賦作品對其後作家的影響地位〔註 51〕。李綱平生爲文，多步武蘇軾，不獨散文賦爲然。清・李調元《賦話・新話》卷五云：「宋李綱〈濁醪有妙理賦〉次東坡韻云：「醇德可美，……」可與原唱競爽，而豪蕩之氣，微不逮矣。通篇次韻到底，創見於忠定。」又云：「忠定律賦，專仿坡公，兼有通篇次韻者，此殆青出于藍矣。」後者指〈酌醪有妙理賦〉，由此可見李綱對蘇軾諸作的學習，用力之深。

隨著蘇軾辭賦作品在後世的流傳，歷代的辭賦評論家們，不管是元、明、清亦或是當代的賦論賦評著作，在他們的賦論賦評中，都予蘇軾辭賦作品以崇高的評價，本文在分期、分體兩章多所徵引，此不再覆重。（請參見附錄之蘇軾辭賦彙評）

〔註 51〕參李瓊英，《宋代散文賦研究》，國立台灣師範大學國文所，碩士論文，1991 年，頁 119～124。

膾炙人口的前後〈赤壁賦〉，是辭賦中不可多得的佳作，以其最具藝術魅力，在北宋當代便已家喻戶曉，歷代編纂的文選，更直以前、後〈赤壁賦〉爲宋代辭賦文學的代表作。今人編輯的辭賦選如：劉禎祥、李方晨選注，《歷代辭賦選》，1984；尹賽夫，吳坤定，趙乃增編，《中國歷代賦選》，1991；畢萬忱、何沛雄、洪順隆，《中國歷代賦選》，1996，均將此二名篇選入集中。而近人編輯之辭賦典如：遲文浚、許志剛、宋緒連主編之《歷代賦辭典》，1992；霍旭東、趙呈元、阿芷主編之《歷代辭賦鑒賞辭典》，1992；霍松林主編，《辭賦大辭典》，1996，亦有專篇介紹蘇軾之前、後〈赤壁賦〉。以上可見〈赤壁賦〉千古流傳，魅力不衰。在台灣，蘇軾的〈赤壁賦〉更選入高中、職及專科學校的文學教材，只要是受過中等教育以上的人，對蘇軾的〈赤壁賦〉都是耳熟能詳的。

〈赤壁賦〉的確具有豐富的藝術魅力，在歷代受到極高的推崇，無論是純就文學的欣賞或義理的探討，歷朝書法家以它爲寫本、畫家以它爲題材，畫下千古流傳的圖繪。不僅是書家、畫家常以之爲題材作書構圖，便是工藝品中也常將赤壁賦引爲主題。台灣故宮博物院在1984 年推出的「赤壁特展」中，便有雕漆插屏、雕石印章、雕竹筆筒、掐絲琺瑯壺等四件器物配合展出，足見赤壁題材之普徧〔註 52〕。其配合該次展覽《故宮文物月刊》更編〈赤壁賦特展專輯〉一文，茲錄其引言如下：

> 前、後赤壁二賦，是北宋大文學家、書法家蘇東坡的曠世奇文，歷經千古，迄當代傳誦不已，幾乎可以說是無人不知、無人不曉的文學鉅構。賦中，東坡借古抒懷，同時表現出曠達的人生觀，寫景寫情，直達物我兩忘的情境。後世畫家取以爲繪畫題材，書法家亦留存了不少以赤壁作品，器物雕刻也可見以此爲創作主題之工藝作品，赤壁賦

〔註 52〕參蔡玫芬，〈雕刻家的赤壁賦——簡介院藏赤壁圖器物〉，《故宮文物月刊》，1984 年，二卷，九期，頁 30～33。

對中國文學、藝術的影響，可謂至深且遠。〔註 53〕

後人對〈赤壁賦〉的喜愛，可以說是「歌詠之不足，振筆以書之」，又「書之不足，丹青以繪之」〔註 54〕，此乃緣於對蘇軾的尊崇或對赤壁賦的喜愛，於是使用各種書體或繪畫技巧以至構景佈局的方式，竭盡所能地來闡釋賦中的意境，可見蘇軾的賦作〈赤壁賦〉在歷代的傳播是持續不斷且影響深遠的。

蘇軾的賦名甚至影響至外土，在韓國喜愛〈赤壁賦〉的文人，擬把漢江當赤壁，爲之舉辦「壽蘇會」，甚至有學者涉及蘇軾辭賦的研究〔註 55〕；在日本〈赤壁賦〉亦屢屢被中學選爲漢文課本教材；在美國，堪薩斯市納爾遜美術館藏，宋喬仲常（活躍於 1125）的後赤壁賦圖，是存世關於赤壁賦最早的畫作〔註 56〕。此外，1935 年格勒克（Le Gros Clark）有〈蘇東坡之賦〉一書，內譯東坡賦二十三篇，何沛雄《讀賦拾零》云：「專譯一家之賦者，以此爲最。該書注釋頗詳，並附中文，可值一讀。初版於 1935 年在上海印行，今坊間有一九六四年翻印本。」〔註 57〕以上可見蘇軾辭賦之傳播，已遍及日、韓和西方世界。其中以〈赤壁〉二賦影響最爲深遠，誠如饒學剛所言，此「二賦像夜明珠一樣，在中國文學史、世界文學史上閃閃發光；中外大學的文科，還把它列爲傳統的典範教材；二賦確實給蘇軾一生增添光彩，成爲古今所仰慕的大文豪。」〔註 58〕

〔註 53〕見編者語，〈赤壁賦特展專輯〉，《故宮文物月刊》，1984 年，二卷，九期，頁 9。

〔註 54〕參譚怡今，〈赤壁書畫特展簡介——江流有聲斷岸千尺〉，《故宮文物月刊》，1984 年，二卷，九期，頁 10～29。

〔註 55〕如朴永煥著有〈蘇軾的楚辭觀及其詞賦創作〉一篇；禹埈浩著有《蘇東坡辭賦研究》（韓文寫成），乃其博士論文，文中將蘇軾辭賦譯爲韓文，對蘇軾辭賦在韓國的傳播有其貢獻。

〔註 56〕參譚怡今，〈赤壁書畫特展簡介——江流有聲斷岸千尺〉，頁 17。

〔註 57〕見何沛雄，《賦話六種》，頁 155。

〔註 58〕見饒學剛，〈蘇軾與〈赤壁賦〉——〈蘇軾在黃州〉之二〉，《長江文藝》，1981 年，第十期，頁 65。

要之，蘇軾現存辭賦二十九篇，與其政治生涯相終始，是他一生眞實而具體的反映。他的辭賦創作廣備眾體，姿態橫生，雄健奔放，揮灑自如，圓熟流美，新意不窮。蘇軾在〈灩澦堆賦〉中論水云：「唯其不自為形，而因物以賦形，是故千變萬化」其實這句話，正可用來概括蘇軾自己的詩歌理論和實踐。蘇軾辭賦的理論與實踐是合一的，其藝術特色主要表現出觸處皆理，議論縱橫、題材多樣，涉筆成趣、廣備眾體，改舊造新、因物賦形，姿態橫生、文理自然，明白曉暢等方面，無論是內容情感還是藝術形式都表現了對辭賦傳統的繼承、開拓和創新。他的辭賦創作，不僅是他文學創作中，「最能傳其風神」的「炯炯雙眸」和「眉後三紋」，亦代表宋代辭賦的最高成就，其於辭賦史之價值，乃在於他開創賦體新局面、藝術新成就，標志了賦體文學發展的新方向。其辭賦理論與創作不僅在當時獲得巨大聲譽，開了一代文風，而且在後世的傳播更是持續不斷且影響深遠的，後代的辭賦家、賦評家、選文家、書畫家都喜愛蘇軾的辭賦作品，深受其辭賦理論之影響，最關鍵的是他們景仰蘇軾在作品中樂觀曠達，永不向惡劣環境低頭的精神，是以其影響不僅在中土千古傳誦，今日蘇賦的流傳更跨越國際，無遠弗屆。以此他精湛特出的辭賦理論、曠世絕倫的辭賦作品、曠達自適的人格精神，亦將永遠影響、感動世界各個角落讀者的心。

第八章　結　論

宋代的辭賦發展，尚處於辭賦發展高峰的另一側，在此一發展過程中，蘇軾作出了重大貢獻，他的辭賦創作正處於宋代這群峰的峰頂上，而這一峰頭是深值吾人去一探究竟的。本文在前賢的研究基礎上，將蘇軾辭賦研究作橫向拓展，並從縱向作累積堆高的工作，以新的方法途徑，整合蘇軾辭賦的理論與作品，進而勾勒出蘇軾辭賦作品所呈現的風貌，賦予它在辭賦史上應有的地位和價值。

蘇軾不僅是一位辭賦作家，更是一位辭賦理論家、批評家；他的辭賦作品標志著宋代辭賦的最高成就，而他的理論批評則影響了一代文人的辭賦創作傾向。他的辭賦創作不僅在數量超過以賦名世的大家，而且在題材、內容、體式、風格、語言、表現手法等方面，都有重大創造和突破。其體裁豐富而多樣，其內容亦融說理議論、詠物述事、抒情言志於一爐，是研究東坡生平出處、思想情感重要之文學作品。通過他的辭賦，可見其文才學識，亦可見其心理情感，甚至可覘其政治理想以及當時的社會問題。蘇軾的辭賦同其詩詞一樣，皆體現其一生之精力、學識和才情之文學作品。此外，可貴的是蘇軾還能將長期創作和鑒賞批評的實踐經驗加以總結，形諸文字。這些意見廣泛地總結了前人的經驗，也是他自己豐富的創作實踐的結晶，探討蘇軾的辭賦理論，無論是對於文學理論的研究，還是對蘇軾辭賦創作的深入發掘，都是很有意義的。茲將論文各章的研究成果，敘述如下：

就蘇軾辭賦創作的背景而言，任何文學作品都是一定歷史時期社會生活的反映，不但受到當時政治的制約，也受到當時文風的影響，辭賦亦然。本文先從橫向的社會聯繫，考查蘇軾當代的政治環境、社會思潮、文學運動；再從縱向的辭賦發展歷史概況，探究當時辭賦體裁和題材的轉變。透過這樣一經一緯，橫向縱向的全面深入探究，將當時的政治、思想、文學、文體發展的趨勢，分別在「政治重文，科舉試賦」、「三教合流，理性思辨」、「古文運動，平易文風」、「辭賦發展，各體兼備」四節的論述中清楚地呈現出來。就蘇軾習賦的淵源而言，本文分蘇軾的習賦時間、習賦的取資、習賦的方法途徑三節來探討蘇軾習賦的淵源和歷程。就習賦的時間來看，辭賦在蘇軾的文學活動、生命歷程中占有相當重要的地位，蘇軾的習賦時間是貫串其幼年、中年和老年的。就習賦的取資來說，從蘇軾詩文集中考查蘇軾學習的取資，包括了歷代的名家名作，時代跨越了先秦至唐代歷朝，此外，他亦熟稔歷代賦論作品，而這些都是蘇軾辭賦創作、辭賦評論的基本素養。他識見廣、用力深，是以其辭賦批評持論公允，不流於偏狹；也因此其辭賦創作能拾餘緒於往古，鑄新體於當代，在理論及實踐方面皆有相當高度之成就。就習賦的方法途徑而言，蘇軾的辭賦能達到純熟的境地，與他虛心向前人學習、刻苦實踐是分不開的，他學習辭賦的途徑主要有閱讀、朗誦、抄寫、習作、創作、評論等，對傳統長處都是廣泛吸收的，他轉益多師，俱納各家精華，從來不固定學某一古人或某一流派，也不專主哪一種風格，而是薈粹各家之長，旁收博取，融會貫通。這是蘇軾在辭賦創作上獲得巨大成就的一個重要的原因，也是他留給後學的一個極大啓示。

就蘇軾辭賦數量而言，歷來諸家所輯之蘇軾辭賦作品數量不盡一致，本研究採取了「辭賦兼收」的作法，雖然比只取「以賦名篇」來得繁重，卻可以更全面探究蘇軾的辭賦創作。《宋文鑑》、《御定歷代賦彙》、《全宋文》等，或收賦不全，或將蘇過之作收入，或散見四處，不利查閱。本文從分集編訂之《東坡七集》、分類合編之《東坡全集》作綜合考查，刪去蘇過之作品二首，共得蘇軾辭賦二十五首。此外，又參照《重編東坡先生外集》得前二本所無之賦四首，共得蘇軾辭賦二十九首。至於辭賦之繫年，本文搜羅北宋迄今相關之見解，參考其得失，輔以蘇軾詩文集、各家年譜、歷史地圖及賦文之內容，詳加考論，將二十九篇辭賦作品各繫於合理之時間與寫作地點。本論文完成作品數量及繫年考查的基礎工作，將方便日後學術研究，使專業研究者省卻繁重的考論之勞。最重要的是，經由此一基礎研究工作之進行，筆者已對蘇軾辭賦創作背景、時間地點有深刻的認識，是論文各章展開更深入、更廣泛研究的重要基石。

就蘇軾的辭賦理論而言，蘇軾不僅在辭賦創作實踐上成就卓著，而且在批評理論上有著很多重要的建樹。蘇軾雖無一本理論專著，但其批評觀點散見於詩文、序跋、書信等作品之中，數量可觀。本文完成蘇軾相關賦觀見解的蒐集整理，將散在其詩文、書牘、題跋的賦觀，作一系統、條理的分析。蘇軾是一位大文學家，他的賦學理論承先啓後，他主張「以詩賦取士」，繼承了詩騷的諷諭精神，強調辭賦要有爲而作，重視內容的實用性，然而又不局限於傳統的儒道。他的辭賦創作除了原有的儒家「美刺」精神的作品外，更多的是自己的心情思想的呈現。除了重視辭賦的實用性之外，蘇軾更強調辭賦創作應有的藝術創造和藝術風格。他崇尚自然，強調一種天才洋溢、自得天成的創作個性，反對雕琢摹擬、刻鏤組絹，以及迂怪艱僻的文風。對語言文辭的創作要求，蘇軾主張平易、通達中顯出豐富、多樣，反對尚奇獵險、艱深詭澀的文字。在風格上力主多樣化，強調清新、創造，反對拘守成法、摹擬學步。對於古今辭賦作家的評論，蘇軾稱心而言，認爲好的就肯定，認爲壞的就批評，有自己的見地，精闢的分析，不屈從他人的成說，因此我們能夠看到他的很多創見，都是比較客觀、公允的立論，而非拘泥、偏激、或雷同的陋說。蘇軾的這些理論與批評的意見，對於當時的種種文弊，無不具有針砭作用，對後世也都產生很大的啓發作用。

就蘇軾辭賦的分期研究而言，關於蘇軾辭賦中內容、情感、思想的探討，前賢多採單篇分論的方式進行，本文將在此研究基礎之上，將蘇軾辭賦分仁宗嘉祐中舉初仕時期（1059～1063）、神宗熙寧外任知州時期（1075～1078）、神宗元豐貶謫黃州時期（1082～1083）、哲宗元祐在京侍君時期（1086～1089）、哲宗元祐出入京師時期（1091～1093）、哲宗元符流放海南時期（1098～1099）六個小節，用比較廣角的視野、作主題式的綜合討論。從蘇軾辭賦創作的時間來看，他的辭賦創作貫串其一生，與其政治生涯相終始，現存最早的作品，始於二十四歲即將入仕所作，最後的作品則作於遠貶海南的最後一年，也是臨終的前一年。從創作的動機來看，蘇軾的辭賦作品可說是實踐了他的辭賦理論，他的辭賦不論寫景、詠物、記事或言志、說理等都不是爲文造情、賣弄才華，而是「不爲空言」、「有爲而作」，他始終堅持著自己的創作原則，不勉強爲文，所以他的辭賦創作都是「有觸於中」，而發於言。就辭賦創作的題材而言，蘇軾辭賦一反漢人執著於游獵、京都、宮室、山川的鋪張揚厲地描述，亦不同於六朝賦家借登臨、憑弔、悼亡、傷別而抒寫一己之情，他喜歡描寫親身經歷之境和所見所聞的趣事，又愛好撿出身邊的細事微物，闡發物理，題材傾向於日常生活、人倫事理的觀察與描述。再從蘇軾的創作主題思想來看，現存的辭賦作品反映了這幾個時期政治鬥爭的風雲變幻，以及蘇軾情感思想起伏跌宕的某些側面。可以說，蘇軾辭賦作品，是其一生的具體眞實的寫照，從中我們可以親切地瞻望到蘇軾豐富飽滿的自我形象，與高尚的精神人格。這些作品中有蘇軾初入仕途的徬徨、也有流放江畔的低迴吟唱、還有他諄諄教誨太子的老臣風骨、以及海南島天容海色般的曠達胸懷，還有他友于情篤的兄弟之情、師友酬答的深厚情誼，故讀其賦，如與蘇軾面語共遊，其平生心事，宛然相見。如果要精要深入地呈現東坡一生的思想情感，這二十九篇辭賦，形象地、傳神地、生動地代表了蘇軾精彩的一生。

就蘇軾辭賦分體的研究而言，本文分就騷、駢、律、文四體，依其內容及形式特點，來析論蘇軾各體辭賦的創作成就。蘇軾兼善各體，分別都取得極高成就，他的騷體「足以賦〈遠遊〉而續〈離騷〉也」(〈中山松醪賦〉)；駢賦則「有意擺落隋唐五季蹊徑，而獨闢異境。」(孫梅《四六叢話》)；律賦則「寓議論於排偶之中」，「爲律賦之創調」(李調元《賦話》)；文賦亦能達到「唯其不自爲形，而因物以賦形，是故千變萬化而有必然之理」(〈灩澦堆賦〉)。總之，他辭賦創作的形式特點，充分表現出他師古而不墨守成規，立足於變革，力求創新的精神，他拾餘緒於往古，不僅改造騷、駢、律等各種舊體式；又能鑄新體於當代，奠定文賦之新體式，在賦學發展史留下璀燦的一頁。

就蘇軾辭賦的成就而言，「出新意於法度之中」、「文理自然，姿態橫生」是蘇軾各體文學的藝術特色，這樣的特色亦充份體現在他的辭賦創作上。在內容方面，蘇軾一改漢代敘事體物、魏晉抒情感懷的主流，將各體辭賦在體物、抒情的基礎上引入說理，從而使賦在表現手段上變得更加豐富多采，不拘一格，能鎔抒情、寫景、說理於一爐，而以議論爲主。在題材方面，不僅能在前人基礎上加以擴大，且專就日常生活所見各種具體名物及身邊瑣事，加以描述、立議興慨，普普通通的題材，信手拈來，寓以深意，即成佳作。在體制方面，豐富多樣，充分表現出他師古而不墨守成規，立足於變革，力求創新的精神。在風格方面，以變化多姿稱勝，其辭賦創作能根據不同的表現對象尋求最佳的表現形式，因而能多姿多態。在語言方面，其用語以簡省自然、平正通達爲尚，無艱深華麗之辭、晦澀難懂之語，樹立簡淡平實的文風。蘇軾在〈灩澦堆賦〉中論水云：「唯其不自爲形，而因物以賦形，是故千變萬化」，這幾句正可用來概括蘇軾自己的辭賦理論和實踐。

就蘇軾辭賦的價值而言，他的辭賦不僅是其文學作品中「最能傳其風神」的「炯炯雙眸」和「眉後三紋」，亦代表宋代辭賦的最高成就。其於辭賦史之價值，乃在於他開創賦體新局面、藝術新成就，標志了賦體文學發展的新方向。就蘇軾辭賦的影響而言，蘇軾主張科舉試賦的辭賦觀，使得北宋再次恢復科舉試賦，奠定了辭賦繼續發展的主要誘因；他帶動辭賦寫作風氣，提拔揄揚後進辭賦家不遺餘力，成爲北宋後期辭賦發展的最大推手；此外在他的辭賦理論的指導及創作的示範下，爲宋辭賦的發展下了一帖興奮的激素，促進了有宋一代辭賦的散文化、議論化、平易化、多元化。其辭賦理論與創作不僅在當時獲得巨大聲譽，開了一代文風，而且在後世的傳播更是持續不斷且影響深遠的，後代的辭賦家不僅喜愛、熟讀其賦作，甚至在寫作上亦深受影響；賦評家皆予蘇軾辭賦作品以崇高的評價；選文家將蘇軾之名篇選爲示範教材；書畫家更以蘇軾的辭賦作品爲創作題材。然而最重要的是他們景仰蘇軾在辭賦作品中樂觀曠達，永不向惡劣環境低頭的精神，是以其影響不僅在中土千古傳誦，今日蘇軾辭賦的流傳更跨越國際，無遠弗屆。

論文雖至此告一段落，對筆者而言，蘇軾辭賦的研究卻只是起了頭，檢視整個研究過程，與原先的目標設定，似乎還有一段遙遠的路程，然而「路漫漫其脩遠兮，吾將上下而求索」（屈原〈離騷〉），對於蘇軾辭賦理論與作品之研究工作，將持續關注，隨著新文物、新學科、新方法的不斷出現，蘇軾辭賦的研究仍有許多發展。且待來茲。

附表：蘇軾辭賦創作年表〔註1〕

紀　　年	蘇軾生平出處	蘇軾辭賦作品
仁宗 景祐三年丙子 （1036）	十二月十九日卯時生於眉山縣紗縠行私第。	
景祐四年丁丑 （1037）	二歲。	
寶元元年戊寅 （1038）	三歲，兄景先卒。	
寶元二年己卯 （1039）	四歲。	
康定元年庚辰 （1040）	五歲。	
慶曆元年辛巳 （1041）	六歲。	
慶曆二年壬午 （1042）	七歲。	
慶曆三年癸未 （1043）	八歲，入小學，以道士張易簡爲師。	

〔註1〕以下年表之蘇軾出處乃參考宋施宿編撰之《東坡先生年譜》、王宗稷編撰之《東坡先生年譜》、傅藻編撰之《東坡紀年錄》，錄其要而成。

慶曆四年甲申（1044）	九歲。	
慶曆五年乙酉（1045）	十歲，父洵舉制策，東游京師，宦學四方，母程氏夫人親授以書。	
慶曆六年丙戌（1046）	十一歲，父洵舉茂材異等，不中。	
慶曆七年丁亥（1047）	十二歲，祖父序卒。	
慶曆八年戊子（1048）	十三歲，蘇軾兄弟與家勤國兄弟同游西社劉巨。	
皇祐元年己丑（1049）	十四歲。	
皇祐二年庚寅（1050）	十五歲。	
皇祐三年辛卯（1051）	十六歲。	
皇祐四年壬辰（1052）	十七歲，幼姐八娘因受程家虐待而死，蘇程兩家遂絕交。	
皇祐五年癸巳（1053）	十八歲。	
至和元年甲午（1054）	十九歲，娶青神貢士王方之女王弗爲妻，王弗年十六。	
至和二年乙未（1055）	二十歲，游成都，以所作文謁張方平。	
嘉祐元年丙申（1056）	二十一歲，三月，隨父赴京。八月，考舉人於京師，牓出，公第二。	
嘉祐二年丁酉（1057）	二十二歲，赴試禮部，奏名居第二。御試中乙科。四月，奔蜀國夫人程氏喪還蜀。	〈民監賦〉（已佚）
嘉祐三年戊戌（1058）	二十三歲，先生居憂。	
嘉祐四年己亥（1059）	二十四歲，秋七月，免喪。九月，侍宮師自蜀還朝，舟行適楚，凡六十日，過郡十一，縣二十有六。十二月八日抵江陵驛，留荊度歲。長子邁生。	〈灩澦堆賦〉〈屈原廟賦〉

嘉祐五年庚子（1060）	二十五歲，正月，自荊門出陸，經宜城、襄、鄧、唐、許諸州。三月抵京師。授河南府福昌主簿，不赴。五月，王安石召入爲三司度支判官。上萬言書，言治財之道，此其變法之始也。	〈昆陽城賦〉
嘉祐六年辛丑（1061）	二十六歲。七月，秘閣試六論合格。八月，赴崇政殿對制策，入第三等。授大理評事，簽書鳳翔府簽判。冬，赴鳳翔任。	
嘉祐七年壬寅（1062）	二十七歲，先生在鳳翔，督運南山木閥，赴轄屬各縣決囚。	
嘉祐八年癸卯（1063）	二十八歲，先生在鳳翔。三月二十九日英宗皇帝即位。	〈上清詞〉
英宗 治平元年甲辰（1064）	二十九歲，先生在鳳翔。十二月，磨勘轉殿中丞。冬，任滿還京。	
治平二年乙巳（1065）	三十歲，正月，還朝，與蘇轍同侍父洵於南園。差判登聞鼓院。五月，元配王弗卒。	
治平三年丙午（1066）	三十一歲，在京師直史館。丁老蘇憂，扶護歸蜀，葬父洵于彭山縣安鎮鄉可龍里。	
治平四年丁未（1067）	三十二歲。正月，神宗皇帝即位。四月，護喪還家。	
神宗 熙寧元年戊申（1068）	三十三歲，居喪。七月，除宮師喪。十月，娶王閏之爲繼室，閏之爲亡妻之堂妹。	
熙寧二年己酉（1069）	三十四歲，春，至京師。二月，以王安石參知政事，開始變法。安石素惡東坡議論異己，東坡以殿中丞直史館抑置官告院。	
熙寧三年庚戌（1070）	三十五歲，在京師，監官告院。	
熙寧四年辛亥（1071）	三十六歲，任監官告院，兼判尚書祠部。全面批評新法。王安石大怒，先生乞外任避之，除通判杭州。十一月，到杭州。	

熙寧五年壬子（1072）	三十七歲，在杭州通判任。是時四方行青苗法等，東坡常因法以便民。	
熙寧六年癸丑（1073）	三十八歲，在杭州通判任。協助知州陳述古修復錢塘六井。冬，赴常、潤等地賑災。	
熙寧七年甲寅（1074）	三十九歲，在杭州通判任。四月，王安石罷相。九月，先生知密州。十一月，到任。	
熙寧八年乙卯（1075）	四十歲，在密州任。二月，王安石復相。十一月，葺園北舊臺，登眺其上，蘇轍名其臺曰超然，作〈超然臺賦〉。	〈後杞菊賦〉
熙寧九年丙辰（1076）	四十一歲，在密州任。十月，王安石再次罷相，從此閒居金陵。十二月，以祠部員外郎直史館，移知河中府。	〈服胡麻賦〉
熙寧十年丁巳（1077）	四十二歲，二月，抵陳橋驛，告下，改知徐州，不得入國門。是年徐州水患大作，先生率軍民防洪，治水有功，朝廷降詔獎諭。	
元豐元年戊午（1078）	四十三歲，在徐州任。九月九日，先生大合樂於黃樓，以蘇轍黃樓賦刻石，先生書其後。	〈快哉此風賦〉
元豐二年己未（1079）	四十四歲，在徐州任。二月，先生罷徐州，改知湖州。四月二十日，到湖州任。十二月二十八日，責授檢校尚書員外郎，充黃州團練副使，本州安置，不得簽書公事。	
元豐三年庚申（1080）	四十五歲。二月一日到黃州貶所，寓居定惠院，閉門卻掃。五月二十九日，遷居臨皋亭。	
元豐四年辛酉（1081）	四十六歲，在黃州。二月，故人馬正卿，憐先生貧困，爲請城東故營地數十畝，躬耕其中。	
元豐五年壬戌（1082）	四十七歲，在黃州。寓居臨皋亭，就東坡築雪堂，自號東坡居士。	〈黃泥坂詞〉〈赤壁賦〉〈後赤壁賦〉
元豐六年癸亥（1083）	四十八歲，在黃州。六月，南堂成。十月十二日，夜過承天寺訪張夢得，相與步月。	〈酒隱賦〉

元豐七年甲子（1084）	四十九歲，在黃州。正月移汝州團練副使，本州安置。四月，自黃移汝。九月，買田宜興，上乞常州居住表。十二月抵泗州，在泗州渡歲。	
元豐八年乙丑（1085）	五十歲，正月離泗，再上乞常州居住表。及到南京，有放歸陽羨之命，遂居常州。三月，哲宗皇帝即位，宣仁皇后高氏垂簾聽政。以司馬光爲門下侍郎。六月，內復朝奉郎，知登州。十月十五日，到郡五日，以禮部郎中召還。十二月，至京，到省半月，除起居舍人。	〈清溪詞〉
哲宗 元祐元年丙寅（1086）	五十一歲，先生在京師。三月，遷中書舍人。七月，先生奏乞罷青苗。八月，遷翰林學士知制誥。蘇軾基本支持司馬光廢新法，逐新黨，但反對盡廢新法，特別是免役法，主張兼用其長。	〈復改科賦〉 〈通其變使民不倦賦〉
元祐二年丁卯（1087）	五十二歲，在京，爲翰林學士。正月，朱光庭、王巖叟、傅堯俞等先後上疏爭論。公上辨箚，並請外。七月，兼侍讀。	〈明君可與爲忠言賦〉 〈三法求民情賦〉 〈六事廉爲本賦〉
元祐三年戊辰（1088）	五十三歲，在京任翰林學士。九月，先生因侍上讀祖宗寶訓，遂及時事，力言今賞罰不明，當軸者恨之。先生知不見容，再引疾乞外，特降詔不允。十月，復以疾乞郡，臥病逾月，請郡不允。	〈延和殿奏新樂賦〉
元祐四年己巳（1089）	五十四歲，在京師。正月，累章乞郡。三月，除龍圖閣學士，出知杭州。七月，到杭州任。	〈龍團稱屈賦〉（已佚）
元祐五年庚午（1090）	五十五歲，在杭州。浚西湖，築長堤，修六井。	
元祐六年辛未（1091）	五十六歲，在杭州。正月，除吏部尚書。二月，改翰林學士承旨。三月，離杭，沿途具辭免狀，至闕復上疏自辨乞去。六月，兼侍讀。七月，累疏乞外。八月，除龍圖閣學士知潁州。	〈黠鼠賦〉 〈秋陽賦〉 〈洞庭春色賦〉

元祐七年壬申（1092）	五十七歲，在潁州。二月，移知揚州，三月到任。七月，除兵部尚書充南郊鹵簿使。八月，兼侍讀。先生上章求補外，不許。九月，至闕。十一月，乞越州，不允，告下，遷端明殿學士兼翰林侍讀學士守禮部尚書。	
元祐八年癸酉（1093）（九月三日宣仁皇后崩）	五十八歲，在京師。六月，乞越州，不允。九月三日，太皇太后高氏崩。十三日，告下，以端明殿學士兼翰林學士知定州，罷禮部尚書任。十月，到定州任。	〈中山松醪賦〉
紹聖元年甲戌（1094）	五十九歲，在定州。四月，詔落二學士，責知英州。六月，再責授寧遠軍節度副使惠州安置。先生獨與幼子過及侍妾朝雲同行。十月，到惠州，寓居合江樓。俄遷於嘉祐寺。	
紹聖二年乙亥（1095）	六十歲，在惠州。三月，表兄程正輔來訪，因程之故，遷居合江樓。	
紹聖三年丙子（1096）	六十一歲，在惠州。四月，始營白鶴新居，作長住打算。助修惠州東西二橋。又遷居嘉祐寺。七月，侍妾朝雲卒。	
紹聖四年丁丑（1097）	六十二歲，在惠州。二月，白鶴新居成，始自嘉祐寺遷入。四月，聞責授瓊州別駕，昌化軍安置，挈幼子過起程。六月十一日，軾轍兄弟訣別于海濱。七月二日，到昌化軍貶所，僦官屋數椽以居。	
紹聖五年（六月一日改元）元符元年戊寅（1098）	六十三歲，在儋州。二月，蘇轍六十生日，以沉香山子寄之作賦。四月，提舉湖南董必察訪廣西，至雷州，遣人過海，逐出官舍，遂買地城南，爲屋五間，土人畚土運甓以助之。五月屋成，名曰桄榔庵。	〈沉香山子賦〉 〈和陶歸去來兮辭〉 〈酒子賦〉 〈濁醪有妙理賦〉 〈天慶觀乳泉賦〉 〈菜羹賦〉
元符二年己卯（1099）	六十四歲，在儋州。二月，轍生日，以黃子木柱杖爲寄並作詩。	〈老饕賦〉

元符三年庚辰（1100）	六十五歲，在儋州。正月十二日哲宗崩，徽宗即位，欽聖皇后向氏垂簾，大赦天下。五月，告下，仍以瓊州別駕，徙廉州安置。六月二十日夜渡海。七月，皇太后還政，徽宗親政。八月，遷舒州團練副使，永州居住。十一月，至英州得旨，復朝奉郎提舉成都玉局觀，在外軍州任便居住。	
徽宗 建中靖國元年辛巳（1101）	六十六歲，度嶺北歸。五月，次當塗、金陵、眞州。初，先生決計與子由同居潁昌，俄聞時論已變，自度不可居近地，遂居常州。六月，至常，病甚，遂上表請老，以本官致仕。七月二十八日，公薨於常州，年六十六歲。	

〈蘇軾辭賦編年彙評集〉

〈蘇軾辭賦編年彙評集〉凡例

一、本集依蘇軾辭賦作品寫作先後，輯錄蘇軾辭賦編年之結果、作品之全文以及歷代之評論，名爲〈蘇軾辭賦編年彙評集〉。

二、本書所輯蘇軾辭賦數量及編年的參考依據爲：

1. 《東坡七集》，蘇軾，《四部備要》集部，台灣：中華書局據匋齋校刊本校刊，1981 年 6 月豪華一版。
2. 《東坡全集》，蘇軾，《影印文淵閣四庫全書》集部四十六 v1107，台北：台灣商務印書館據國立故宮博物院藏本影印，1983 年。
3. 《重編東坡先生外集》，蘇軾撰、明毛九苞編，《四庫全書存目叢書》集部，台南：莊嚴文化事業有限公司，1997 年 6 月初版一刷。

三、本編所引蘇軾辭賦原文版本依據爲：

1. 《蘇軾文集》，蘇軾撰、孔凡禮點校，北京：中華書局，1996 年 2 月第一版第四刷。
2. 《蘇軾詩集》，蘇軾撰、孔凡禮點校，北京：中華書局，1996 年 11 月第一版第四刷。

四、本編所輯蘇軾辭賦彙評依據爲：

1. 《蘇文彙評》，曾棗莊、曾濤編，台北：文史哲出版社，1998 年 5 月初版。
2. 《蘇軾資料彙編》，四川大學中文系唐宋文學研究室編，北京：中華書局，1994 年 4 月第一版第一刷。

並非所有辭賦都有彙評，本編乃轉錄二曾先生的彙編成果，益以《蘇軾資料彙編》中未收入《蘇文彙評》者，筆者增補二曾《彙評》本之闕漏，方便學人參考。

五、所輯之辭賦作品先標題名，次標辭賦體製、再標原文版本依據、頁碼，以方便查閱。例如一、〈灩澦堆賦〉（文賦）；《文集》，冊一，頁 1。〈灩澦堆賦〉表題名；（文賦）表辭賦體製；《文集》，冊一，頁 1，表原文版本依據、冊數、頁碼。

六、簡單列出各種資料後，題下先列繫年結果，（詳細繫年，請見論文第三章），再詳錄全文，再列出彙評資料。

七、賦文中之字加□者，表該字爲韻腳。

一、〈灩澦堆賦〉（文賦）：《文集》，冊一，頁1。

（一）繫　年

此賦作於宋仁宗嘉祐四年（1059）十一月內作，蘇軾年二十四。母喪守制期滿，蘇軾侍父偕弟自蜀舟行適京師，至夔州瞿塘而作此賦。

（二）全文并敘

世以瞿塘峽口灩澦堆爲天下之至險，凡覆舟者，皆歸咎於此石。以余觀之，蓋有功於斯人者。夫蜀江會百水而至於夔，瀰漫浩汗，橫放於大野，而峽之大小，曾不及其十一。苟先無以齟齬於其間，則江之遠來，奔騰迅快，盡銳於瞿塘之口，則其嶮悍可畏，當不啻於今耳。因爲之賦，以待好事者試觀而思之。

天下之至信者，唯水而已。江河之大與海之深，而可以意揣。唯其不自爲形，而因物以賦形，是故千變萬化而有必然之理。掀騰勃怒，萬夫不敢前兮，宛然聽命，惟聖人之所使。余泊舟乎瞿塘之口，而觀乎灩澦之崔嵬，然後知其所以開峽而不去者，固有以也。蜀江遠來兮，浩漫漫之平沙。行千里而未嘗齟齬兮，其意驕逞而不可摧。忽峽口之逼窄兮，納萬頃於一盃。方其未知有峽也，而戰乎灩澦之下，喧豗震掉，盡力以與石鬬，勃乎若萬騎之西來。忽孤城之當道，鉤援臨衝，畢至於其下兮，城堅而不可取。矢盡劍折兮，迤邐循城而東去。於是滔滔汩汩，相與入峽，安行而不敢怒。嗟夫，物固有以安而生變兮，亦有以用危而求安。得吾說而推之兮，亦足以知物理之固然。

（三）彙評，頁266

郎曄《經進東坡文集事略》卷一：杜甫《灩澦堆》詩云：「沉牛答雲雨，如馬戒舟航。天意存傾覆，神功接混茫。」公之此賦，頗存其意。

李耆卿《文章精義》：子瞻《灩澦堆賦》辭到。

二、〈屈原廟賦〉（騷賦）；《文集》，冊一，頁2。

（一）繫　年

此賦作於宋仁宗嘉祐四年（1059）十一月內作，且作於〈灩澦堆賦〉之後，蘇軾年二十四。母喪守制期滿，蘇軾侍父偕弟自蜀舟行適京師，經歸州屈原廟而作此賦。

（二）全　文

浮扁舟以適楚兮，過屈原之遺宮。覽江上之重山兮，曰惟子之故鄉。伊昔放逐兮，渡江濤而南遷。去家千里兮，生無所歸而死無以爲墳。悲夫！人固有一死兮，處死之爲難。徘徊江上欲去而未決兮，俯千仞之驚湍。賦〈懷沙〉以自傷兮，嗟子獨何以爲心。忽終章之慘烈兮，逝將去此而沉吟。吾豈不能高舉而遠遊兮，又豈不能退默而深居？獨噭噭其怨慕兮，恐君臣之愈疏。生既不能力爭而強諫兮，死猶冀其感發而改行。苟宗國之顚覆兮，吾亦獨何愛於久生。託江神以告冤兮，馮夷教之以上訴。歷九關而見帝兮，帝亦悲傷而不能救。懷瑾佩蘭而無所歸兮，獨惸惸乎中浦。峽山高兮崔嵬，故居廢兮行人哀。子孫散兮安在，況復見兮高臺。自子之逝今千載兮，世愈狹而難存。賢者畏譏而改度兮，隨俗變化斲方以爲圓。黽勉於亂世而不能去兮，又或爲之臣佐。變丹青於玉瑩兮，彼乃謂子爲非智。惟高節之不可以企及兮，宜夫人之不吾與。違國去俗死而不顧兮，豈不足以免於後世。嗚呼！君子之道，豈必全兮。全身遠害，亦或然兮。嗟子區區，獨爲其難兮。雖不適中，要以爲賢兮。夫我何悲，子所安兮。

（三）彙評，頁266

郎曄《經進東坡文集事略》卷一：晁無咎云：《屈原廟賦》者，蘇公之所作也。公之初仕京師，遭父喪而浮江歸蜀也，過楚屈原之祠，爲賦以弔。末云「嗟子區區，獨爲其難兮。雖不適中，要以爲賢兮。」竊謂漢以來原之論定於此矣。又公嘗言：「古爲文譬造室，賦之於文，譬丹刻其楹桷也，無之不害於爲室。」故公之文常以用爲主，賦亦不皆仿《離騷》。雖然，非不及騷之辭也。因附見於此云。

李調元《賦話》卷一〇：兩蘇皆有《屈原廟賦》，宋祝堯夫謂大蘇賦如危峰特立，有嶄然之勢；小蘇賦如深淇不測，有淵然之光。

儲欣《東坡先生全集錄》卷一：品隲靈均，絕確。

三、〈昆陽城賦〉（騈賦）：《文集》，冊一，頁 3。

（一）繫　年

此賦作於宋仁宗嘉祐五年（1060）二月，蘇軾年二十五。母喪守制期滿，蘇軾侍父偕弟自蜀適京師，行經昆陽城舊址而作此賦。

（二）全　文

> 淡平野之靄靄，忽孤城之如塊。風吹沙以蒼莽，悵樓櫓之安在。橫門豁以四達，故道宛其未改。彼野人之何知，方傴僂而畦菜。嗟夫，昆陽之戰，屠百萬於斯須，曠千古而一快。想尋、邑之來陣，兀若驅雲而擁海。猛士扶輪以蒙茸，虎豹雜沓而橫潰。罄天下於一戰，謂此舉之不再。方其乞降而未獲，固已變色而驚悔。忽千騎之獨出，犯初鋒於未艾。始憑軾而大笑，旋棄鼓而投械。紛紛藉藉死於溝壑者，不知其何人，或金章而玉佩。彼狂童之僭竊，蓋已旋踵而將敗。豈豪傑之能得，盡市井之無賴。貢符獻瑞一朝而成群兮，紛就死之何怪。獨悲傷於嚴生，懷長才而自浼，豈不知其必喪，獨徘徊其安待。過故城而一弔，增志士之永慨。

（三）彙評，頁 267

吳子良《荊溪林下偶語》卷三《詞人懷古思舊》：詞人即事睹景，懷古思舊，感慨悲吟，情不能已。今舉其最工者，如（略）東坡《昆陽城賦》：「橫門豁以四達，故道宛其未改。彼野人之何知，方傴僂而畦菜。」（略）蓋人已逝而蹟猶存，蹟雖存而景隨變。《古今詞》云，語言百出，究其意趣，大概不越諸此。而近世仿效尤多，遂成塵腐，亦不足貴矣。

劉壎《隱居通議》卷五：東坡先生有《昆陽城賦》，殊俊健痛快。詞人即事睹景，懷古思舊。

四、〈上清詞〉（騷賦）；《詩集》，冊八，頁 2644。

（一）繫　年

此篇作於宋仁宗嘉祐八年（1063）冬，蘇軾年二十八，在鳳翔簽判任。

（二）全　文

南山之幽，雲冥冥兮。孰居此者？帝側之神君。君胡爲兮山之幽，顧宮殿兮久淹留。又曷爲一朝去此而不顧兮，悲此空山之人也。來不可得而知兮，去固不可得而訊也。君之來兮天門空，從千騎兮駕飛龍。隸辰星兮役太歲，儼晝降兮雷隆隆。朝發軔兮帝庭，夕弭節兮山宮。懭有妖兮虐下土，精爲星兮氣爲虹。爰流血之滂沛兮，又嗜瘧癘兮與螟蟲。嘯盲風而涕滛雨兮，時又吐旱火之熾融。銜帝命以下討兮，建千仞之修鋒。乘飛霆而追逸景兮，歙砉掃滅而無蹤。忽崩播其來會兮，走海岳之神公，龍車獸鬼不知其數兮，旗纛晻靄而冥蒙。漸俯傴以旅進兮，鏘劍佩之相礱。司殺生之必信兮，知上帝之不汝容。既約束以反職兮，退戰慄而愈恭。澤充塞于四海兮，獨澹然其無功。君之去兮天門開，款閶闔兮朝玉臺。群仙迎兮塞雲漢，儼前導兮紛後陪。歷玉階兮帝迎勞，君良苦兮馬虺頹。閔人世兮迫隘，陳下土兮帝所哀。返瓊宮之嵯峨兮，役萬靈之喧豗。默清靜以無爲兮，時節狩于斗魁。詣通明而獻黜陟兮，軼蕩蕩其無回。忽表裏之煥霍兮，光下燭于九垓。時游目以下覽兮，五岳爲豆，四溟爲杯。俯故宮之千柱兮，若毫端之集埃。來非以爲樂兮，去非以爲悲。謂神君之既返兮，曾顏咫尺之不違。升祕殿以內悸兮，魂凜凜而上馳。忽寤寐以有得兮，敢沐浴而獻辭。是耶非耶，臣不可得而知也。

五、〈後杞菊賦〉（文賦）；《文集》，冊一，頁4。

（一）繫　年

此賦作於宋神宗熙寧八年（1075）秋，蘇軾年四十，在密州任。

（二）全文并敘

天隨生自言常食杞菊。及夏五月，枝葉老硬，氣味苦澀，猶食不已。因作賦以自廣。始余嘗疑之，以爲士不遇，窮約可也，至於飢餓嚼齧草木，則過矣。而余仕宦十有九年，家日益貧，衣食之奉，殆不如昔者。及移守膠西，意且一飽，而齋廚索然，不堪其憂。日與通守劉君廷式，循古城廢圃，求杞菊食之，捫腹而笑。然後知天隨生之言，可信不繆。作《後杞菊賦》以自嘲，且解之云。

「吁嗟先生，誰使汝坐堂上稱太守？前賓客之造請，後掾屬之趨走。朝衙達午，夕坐過酉。曾盃酒之不設，攬草木以誑口。對案顰蹙，舉箸噎嘔。昔陰將軍設麥飯與葱葉，井丹推去而不龥。怪先生之眷眷，豈故山之無有？」先生聽然而笑曰：「人生一世，如屈伸肘。何者爲貧？何者爲富？何者爲美？何者爲陋？或糠覈而瓠肥，或粱肉而墨瘦。何侯方丈，庾郎三九。較豐約於夢寐，卒同歸於一朽。吾方以杞爲糧，以菊爲糗。春食苗，夏食葉，秋食花實而冬食根，庶幾乎西河、南陽之壽。」

（三）彙評，頁2～3

蘇軾《與寶覺禪老》（《蘇文忠公全集》卷六一）：近有《後杞菊賦》一首，寫寄，以當一笑。

朋九萬《烏臺詩案・與王詵往來詩賦》：當年並熙寧九年內作《薄薄酒》，又《水調歌頭》一首，復有《杞菊賦》一首並引。不合云：「及移守膠西，意其一飽。而始至之日，齋館索然，不堪其憂。」以非諷朝廷新法減削公使錢太甚，齋醞廚傳事皆索然無備也〔註1〕。

〔註1〕《蘇文彙評》原作「以非諷朝廷新法，減削公使錢太甚，齋醞廚薄事皆索然無備也」，其斷句及引用有誤，改爲「以非諷朝廷新法減削公

洪邁《容齋五筆》卷七《東坡不隨人後》：賦假爲漁父、日者問答之後，後人作者悉相規仿。司馬相如《子虛》、《上林賦》以子虛、烏有先生、亡是公，揚子雲《長楊賦》以翰林主人、子墨客卿，班孟堅《兩都賦》以西都賓、東都主人，張平子《兩都賦》以憑虛公子、安處先生，左太冲《三都賦》以西蜀公子、東吳王孫、魏國先生，皆改名換字，蹈襲一律，無復超然新意稍出于法度規矩者。晉人成公綏《嘯賦》，無所賓主，必假逸群公子，乃能遣詞。枚乘《七發》，本只以楚太子、吳客爲言，而曹子建《七啓》，遂有玄微子、鏡機子。張景陽《七命》，有冲漠公子、殉華大夫之名。言話非不工也，而此習根著，未之或改。若東坡公作《後杞菊賦》，破題直云：「吁嗟先生，誰使汝坐堂上稱太守？」殆如飛龍搏鵬，騫翔扶搖于煙霄九萬里之外，不可搏詰，豈區區巢林翾羽者所能窺探其涯涘哉？

李耆卿《文章精義》：班固賦設問答最弱，如西都責東都主人之類。至子瞻《後杞菊賦》起句云：「吁嗟先生，誰使汝坐堂上稱太守。」便自風采百倍。

周密《浩然齋雅談》卷上：甫里有《杞菊賦》，東坡有《後杞菊賦》，張南軒有續賦，夏樞密亦有續賦，亦各有意。

王若虛《文辨》（《滹南集》卷三四）：東坡《杞菊賦》云：「或糠覈而瓠肥，或粱肉而墨瘦。」諸本皆同。近觀秘府所藏公手書此賦，此賦無「瓠」、「墨」二字，固當勝也。

白珽《湛淵靜語》卷一：舊讀天隨生、坡公、南軒三君子《杞菊賦》，皆食菊之苗耳。屈子「餐秋菊之落英」，都是食其花。

又：東坡《杞菊賦》末云：「吾方春食苗，夏食葉，秋食花，冬食根，庶幾乎西河南陽之壽。」潁濱則不然，有詩曰：「春初種菊助盤蔬，秋晚開花插滿壺。微物不多分地利，終年乃爾任人須。天隨匕箸幾時輟，彭澤樽罍未遽無。更擬食根花落後，一依本草太傷渠。」

使錢太甚，齋醞廚傳事皆索然無備也」。

長者之言也，不待食菊而自壽矣。

增補：

張耒《張右史文集・卷一・杞菊賦・引》:「予到官之明年，以事之東海，道漣水，漣水令盛僑以蘇子瞻先生〈後杞菊賦〉示余。……既讀〈後杞菊賦〉而後洞然，如先生者猶如是，則余而後可以無嘆也。」賦云:「子聞之乎？膠西先生，爲世達者，文章行義，遍滿天下。出守膠西，曾是不飽，先生不愠，賦以自笑。先生哲人，太守尊官，食若不厭，況於余焉。」

朋九萬《烏臺詩案・後杞菊賦並引》條下云:「熙寧八年秋，軾知密州，漣水縣著作佐郎盛僑〈後杞菊賦並引〉，其詞內譏諷情意，已在王鞏項內聲說。」

六、〈服胡麻賦〉（騷賦）:《文集》，册一，頁4。

（一）繫　年

此賦作於熙寧八年（1075）十一月至熙寧九年（1076）十月之間或略後，蘇軾年四十、一，在密州任。

（二）全文并敘

始余嘗服伏苓，久之良有益也。夢道士謂余:「伏苓燥，當雜胡麻食之。」夢中問道士:「何者爲胡麻？」道士言:「脂麻是也。」既而讀《本草》，云:「胡麻，一名狗蝨，一名方莖，黑者爲巨勝。其油正可作食。」則胡麻之爲脂麻，信矣。又云:「性與伏苓相宜。」於是始異斯夢，方將以其說食之。而子由賦伏苓以示余。乃作〈服胡麻賦〉以答之。世間人聞服脂麻以致神仙，必大笑。求胡麻而不可得，則妄指山苗野草之實以當之。此古所謂道在邇而求諸遠者歟？其詞曰：

我夢羽人，頎而長兮。惠而告我，藥之良兮。喬松千尺，老不僵兮。流膏入土，龜蛇藏兮。得而食之，壽莫量兮。於此有草，眾所嘗兮。狀如狗蝨，其莖方兮。夜炊晝曝，久乃藏兮。伏苓爲君，此其相兮。我興發書，若合符兮。乃淪乃烝，甘且腴兮。補塡骨髓，流髮膚兮。是身如雲，我何居兮。長生不死，道之餘兮。神藥如蓬，生爾廬兮。世人不信，空自劬兮。搜抉異物，出怪迂兮。槁死空山，固其所兮。至陽赫赫，發自坤兮。至陰肅肅，躋於乾兮。寂然反照，珠在淵兮。沃之不滅，又不燔兮。長虹流電，光燭天兮。嗟此區區，何與於其間兮。譬之膏油，火之所傳而已耶？

（三）彙評，頁 267

羅大經《鶴林玉露》甲編卷二：文公每與其徒言：「蘇氏之學，壞人心術，學校尤宜禁絕。」編《楚辭後語》，坡公諸賦皆不取，惟收《胡麻賦》，以其文類《橘頌》。編《名臣言行錄》，於坡公議論，所取甚少。

七、〈快哉此風賦〉（律賦）；《文集》，冊一，頁 30。

（一）繫　年

此賦作於宋神宗元豐元年（1078）八月中旬，蘇軾年四十三，在徐州任。

（二）全　文

時與吳彥律、舒堯文、鄭彥能各賦兩韻，子瞻作第一第五。

賢者之樂，快哉此風。雖庶民之不共，眷佳客以攸同。穆如其來，既偃小人之德；颯然而至，豈獨大王之雄。

若夫鷁退宋都之上，雲飛泗水之湄。寥寥南郭，怒號於萬竅；颯颯東海，鼓舞於四維。固以陋晉人一吷之小，笑玉川兩腋之卑。野馬相吹，摶羽毛於汗漫；應龍作處，作鱗甲以參差。

八、〈黃泥坂詞〉（騷賦）；《詩集》，冊八，頁 2643。

（一）繫　年

此篇作於宋神宗元豐五年（1082）六月，蘇軾年四十七，在黃州貶所。

（二）全　文

出臨皋而東騖兮，並叢祠而北轉。走雪堂之陂陀兮，歷黃泥之長坂。大江洶以左繚兮，渺雲濤之舒卷。草木層累而右附兮，蔚柯丘之蔥蒨。余旦往而夕還兮，步徙倚而盤桓。雖信美而不可居兮，苟娛余于一眄。余幼好此奇服兮，襲前人之詭幻。老更變而自哂兮，悟驚俗之來患。釋寶璐而被繒絮兮，雜市人而無辨，路悠悠其莫往來兮，守一席而窮年。時游步而遠覽兮，路窮盡而旋反。朝嬉黃泥之白雲兮，暮宿雪堂之青烟。喜魚鳥之莫余驚兮，幸樵蘇之我嫚。初被酒以行歌兮，忽放杖而醉偃。草爲茵而塊爲枕兮，穆華堂之清宴。紛墜露之濕衣兮，升素月之團團。感父老之呼覺兮，恐牛羊之余踐。于是蹶然而起，起而歌曰：「月明兮星稀，迎余往兮餞余歸。歲既宴兮草木腓，歸來歸來兮，黃泥不可以久嬉。」

（三）彙評，頁 271

蘇籀《東坡三絕句》（選一）（《雙溪集》卷一）：爲文《赤壁》並《黃坂》，奇韻平生想象中。延目練江嗟逝水，舉頭碧落看飛鴻。

增補：

惲格《甌香館集》卷十二：嘗見王晉卿貽東坡書云：「吾日夕購子書不厭，近又以三縑博兩紙。子有近書，當稍有以遺我，毋多費我絹也。」東坡乃以澄心堂紙、李承宴墨書黃州大醉中作〈黃泥坂詞〉並跋二百餘言以遺之。夫王晉卿因東坡遭貶謫，其交深矣。然愛其書不可得，猶以縑素易之。因知筆墨贈貽，不能獨厚知己，在昔已然，非自今也。

九、〈赤壁賦〉（文賦）：《文集》，冊一，頁 5。

（一）繫　年

此賦作於宋神宗元豐五年（1082）七月十六日，蘇軾年四十七，在黃州貶所。

（二）全　文

壬戌之秋，七月既望，蘇子與客泛舟遊於赤壁之下。清風徐來，水波不興。舉酒屬客，誦明月之詩，歌窈窕之章。少焉，月出於東山之上，徘徊於斗牛之間。白露橫江，水光接天。縱一葦之所如，凌萬頃之茫然。浩浩乎如憑虛御風，而不知其所止，飄飄乎如遺世獨立，羽化而登仙。

於是飲酒樂甚，扣舷而歌之。歌曰：「桂棹兮蘭槳，擊空明兮泝流光。渺渺兮予懷，望美人兮天一方。」客有吹洞簫者，倚歌而和之，其聲嗚嗚然，如怨如慕，如泣如訴。餘音嫋嫋，不絕如縷。舞幽壑之潛蛟，泣孤舟之嫠婦。

蘇子愀然，正襟危坐，而問客曰：「何爲其然也？」客曰：「『月明星稀，烏鵲南飛。』此非曹孟德之詩乎？西望夏口，東望武昌。山川相繆，鬱乎蒼蒼，此非孟德之困於周郎者乎？方其破荊州，下江陵，順流而東也，舳艫千里，旌旗蔽空，釃酒臨江，橫槊賦詩，固一世之雄也，而今安在哉？況吾與子漁樵於江渚之上，侶魚蝦而友麋鹿，駕一葉之扁舟，舉匏尊以相屬。寄蜉蝣於天地，渺滄海之一粟。哀吾生之須臾，羨長江之無窮。挾飛仙以遨遊，抱明月而長終。知不可乎驟得，託遺響於悲風。」

蘇子曰：「客亦知夫水與月乎？逝者如斯，而未嘗往也。盈虛者如彼，而卒莫消長也。蓋將自其變者而觀之，則天地曾不能以一瞬。自其不變者而觀之，則物與我皆無盡也，而又何羨乎？且夫天地之間，物各有主。苟非吾之所有，雖一毫而莫取。惟江上之清風，與山間之明月。耳得之而爲聲，目遇之而成色。取之無禁，用之不竭。是造物者之無盡藏也，而吾與子之所共食。」客喜而笑，洗盞更酌。肴核既盡，杯盤狼籍。相與枕藉乎舟中，不知東方之既白。

（三）彙評，頁4～21

蘇軾《與范子豐》(《蘇文忠公全集》卷五〇)：黃州少西山麓，斗入江中，石室如丹。傳云曹公敗所，所謂赤壁者。或曰：非也。時曹公敗歸華容路，路多泥濘，使老弱先行，踐之而過，曰：「劉備智過人而見事遲，華容夾道皆葭葦，使縱火，則吾無遺類矣。」今赤壁少西對岸，即華容鎮，庶幾是也。然岳州復有華容縣，竟不知孰是？今日李委秀才來相別，因以小舟載酒飲赤壁下。李善吹笛，酒酣作數弄，風起水湧，大魚皆出。山上有棲鶻亦驚起，坐念孟德、公瑾，如昨日耳。適會范子豐兄弟來求書字，遂書以與之。李字公達云。

蘇軾《朱照僧》(《蘇文忠公全集》卷七二)：朱氏子名照僧。少喪父，與其母尹皆願出家，禮僧守素。守素，參寥弟子也。照僧九歲，舉止如成人，誦予《赤壁》二賦，鏘然鸞鶴聲也。不出十年，名冠東南。此參寥法孫，東坡門僧也。

蘇軾《與欽之》(《庚子銷夏記》卷八)：軾去歲作此賦，未嘗輕出以示人，見者蓋一二人而已。欽之有使至，求近文，遂親書以寄。多難畏事，欽之愛我，必深藏之不出也。又有《後赤壁賦》，筆倦未能寫，當俟後信。

蘇籀《欒城遺言》：子瞻諸文皆有奇氣，至《赤壁賦》，髣彿屈原、宋玉之作，漢、唐諸公皆莫及也。

《唐子西文錄》：余作《南征賦》，或者稱之，然僅與曹大家輩爭衡耳。惟東坡《赤壁》二賦，一洗萬古，欲彷彿其一語，畢世不可得也。

葛立方《韻語陽秋》卷一三：黃州亦有赤壁，但非周瑜所戰之地。東坡嘗作賦曰：「西望夏口，東望武昌，非孟德之困于周郎者乎？」蓋亦疑之矣。故作長短句云：「人道是三國周郎赤壁。」謂之「人道是」，則心知其非矣。

周必大《閑居錄》：《天竺僧傳》：公有蘇子《赤壁》墨本，與今本有數字不同。「嗚嗚然」作「焉」，「鬱乎蒼蒼」作「蔚」，「釃酒臨江」作「舉酒」，「渺滄海之一粟」作「浮海」，「盈虛者如彼」，作「贏」，

「之所共樂」作「共適」。字法甚逸，當是初成此作，佳客在座，且誦且書，故心與神變，字隨興會而得。

袁文《甕牖閑評》:「月明星稀，烏鵲南飛。」《文選》載曹丕之詩也。蘇東坡作《前赤壁賦》云:「『月明星稀，烏鵲南飛』，此豈非曹孟德之詩乎！」孟德乃丕之父，亦錯記焉耳。

史繩祖《學齋佔畢》卷二《坡文之妙》:至于《前赤壁賦》尾段一節，自「惟江上之清風，與山間之明月」，至「相與枕藉乎舟中，不知東方之既白」，卻只是用李白「清風明月不用一錢買，玉山自倒非人推」一聯十六字演成七十九字，愈奇妙也。

吳子良《荊溪林下偶談·坡賦祖莊子》:《莊子內篇·德充符》云:「自其異者視之，肝膽楚越也。自其同者觀之，萬物皆一也。」東坡《赤壁賦》云:「蓋將自其變者觀之，雖天地曾不能一瞬。自其不變者觀之，則物與我皆無盡也，而又何羨乎？」蓋用《莊子》語意。

楊萬里《和王才臣再病二首》（選一）（《誠齋集》卷三）:燕外將心遠，鶯邊與耳謀。如何再臥病，對此兩悠悠。赤壁還坡老，黃樓只子由。二蘇三賦在，一覽病應休。

《誠齋詩話》:東坡《赤壁賦》云:「扣舷而歌之，歌曰」云云，「客有吹洞簫者，倚歌而和之，其聲嗚嗚然，如怨如慕。」山谷爲坡寫此賦爲圖障，云「扣舷而歌曰」，又曰「其聲嗚嗚，如怨如慕」。去「之」、「歌」、「然」三字，覺神觀精銳。

《朱子語類》卷一三〇:或問「東坡言『逝者如斯，而未嘗往也；盈虛者如代，而卒莫消長也。』只是《老子》『獨立而不改，周行而不殆』之意否？」曰:「然。」又問:「此語莫也無病？」曰:「便是不如此。既是逝者如斯，如何不往？盈虛如代，如何不消長？既不往來，不消長，卻是個甚底物事？這個道理，其來無盡，其往無窮，聖人不但云『維天之命，于穆不已』；又曰『逝者如斯夫』只是說個不已，何嘗說不消長，不往來？他本要說得來高遠，卻不知說得不活了。既是『逝者如斯，盈虛者如代』，便是這道理流行不已也。東坡之說，便是肇法師『四不遷』之說也。」

羅大經《鶴林玉露》甲編卷六《伯夷傳赤壁賦》：太史公《伯夷傳》，蘇東坡《赤壁賦》，文章絕唱也。其機軸略同，《伯夷傳》以「求仁得仁，又何怨」之語設問，謂夫子稱其不怨，而《采薇》之詩猶若未免於怨，何也？蓋天道無親，常與善人，而達觀古今，操行不軌者多富樂，公正發憤者每遇禍，是以不免於怨也。雖然，富貴何足求，節操爲可尙，其重在此，則其輕在彼。況君子疾沒世而名不稱，伯夷、顏子得夫子而名益彰，則所得亦已多矣，又何怨之有！《赤壁賦》因客吹簫而有怨慕之聲，以此設問，謂舉酒相屬，凌萬頃之茫然，可謂至樂，而簫聲乃若哀怨，何也？蓋此乃周郎破曹公之地，以曹公之雄豪，亦終歸於安在？況吾與子寄蜉蝣於天地，哀吾生之須臾，宜其託遺響而悲怨也。雖然，自其變者而觀之，雖天地曾不能以一瞬；自其不變者而觀之，則物與我皆無盡也，又何必羨長江而哀吾生哉！矧江風山月，用之無盡，此天下之至樂，於是洗盞更酌，而向之感慨風休冰釋矣。東坡步驟太史公者也。

周密《浩然齋雅談》卷上：東坡《赤壁賦》多用《史記》語。如「杯盤狼藉」，「歸而謀諸婦」，皆《滑稽傳》；「正襟危坐」，《日者傳》；「舉網得魚」，《龜策傳》。「開戶視之，不見其處」，則如《神女賦》。所謂以文爲戲者。

又：《赤壁賦》謂：「自其變者而觀之，則天地曾不能以一瞬；自其不變者而觀之，則物與我皆無盡也。」此蓋用《莊子》句法：「自其異者而視之，肝膽楚越也；自其同者而視之，萬物皆一也。」又用《楞嚴經》意：「佛告波斯匿王言：『汝今自傷，髮白面皺，其面必定皺于童年，則汝今時，觀此恆河，與昔童時觀河之見，有童耄不？』王言：『不也，世尊。』佛言：『汝面雖皺，而此見情性未嘗皺。皺者爲變，不皺非變；變者受生滅，不變者元無生滅。』」

李冶《敬齋古今黈》卷八：東坡《赤壁賦》：「此造物者之無盡藏也，而吾與子之所共食。」一本作「共樂」，當以「食」爲正。《賦》

本韻語，此賦自以「月」、「色」、「竭」、「食」、「籍」、「白」爲協，若是「樂」字，則是取下「客喜而笑，洗盞更酌」爲協，不特文勢萎薾，而又段絡叢雜，東坡大筆，必不應爾。所謂「食」者，乃自己之眞味，受用之正地，非他人之所與知者也。今蘇子有得乎此，則其間至樂，蓋不可以容聲矣，又何必言「樂」而後始爲樂哉？《素問》曰：「精食氣，形食味。」啓玄子爲之說曰：「氣化則精生，味和則形長。」又云：「壯火食氣，氣食少火。」啓玄子爲之說曰：「氣生壯火，故云壯火食氣；少火滋氣，故云氣食少火。」東坡賦意，正與此同。

俞文豹《吹劍三錄》：碑記文字鋪敘易，形容難，猶之傳神，面目易模寫，容止氣象難描模。《赤壁賦》：「清風徐來，水波不興」；「白露橫江，水光接天」；「江流有聲，斷岸千尺。山高月小，水落石出。」此類如仲殊所謂「費盡丹青，只這些兒畫不成。」

謝枋得《文章軌範》卷七：此賦學莊騷文法，無一句與美騷相似，非超然之才，絕倫之識，不能爲也。瀟灑神奇，出塵絕俗，如乘雲御風，而立乎九霄之上。俯觀六合，何物茫茫，非惟不挂之齒牙，亦不足入其靈臺丹府也。

陳模《懷古錄》卷下：《赤壁賦》大概是樂極悲生。大凡文字言晝則及夜，言夜則及晝。文字理致相生，當如此。

徐𤊹《徐氏筆精》卷五：東坡《赤壁賦》，古今傳誦，即婦孺亦知之。然一篇大旨，誤以黃州赤鼻山認爲周瑜破曹操處。後人不甚指摘之，實爲盛名所忧耳。若今人有此紕繆，得無群起唾之乎？事不在盤古，地不在荒外，信筆而書，不暇考覈，安足傳信耶？

車若水《腳氣集》：兩《赤壁賦》，見得東坡浩然之氣，是他胸中無累，吐出這般語言，卻又與孟子浩然不同。孟子集義所生，東坡是莊子來人，學不得，無門路，無階梯，成者自成，顚者自顚，不比孟子有繩墨，有積累也。

趙秉文《東坡赤壁圖》（《滏水集》卷三）：連山盤武昌，古木參雲稠。誅茅東坡下，門前江水流。永懷百世士，老氣蓋九州。平生忠義心，雲濤一扁舟。笛聲何處來，喚月下船頭。掬此月中水，簸弄人間秋。蕩搖波中山，光中失林邱。古今一俯仰，共盡隨蚍蜉。孫曹何足弔，我自造物游。尙憐風月好，解與耳目謀。歸來玉堂夢，淸影寒悠悠。一顧能幾何，鶻巢奄不留。遺像不忍挂，尙恐兒輩羞。儼然袖雙手，妙賦疑可求。何時謫仙人，騎鶴下瀛州。相期遊八表，一洗區中愁。

王若虛《文辨》(《滹南集》卷三六)：或疑《前赤壁賦》所用客字不明，予曰：始與泛舟及擧酒屬之者，衆客也，其後吹洞簫而酬答者，一人耳。此固易見，復何疑哉？

王惲《東坡赤壁圖》(《秋澗集》卷三三)：先生胸次有天遊，萬里長江一葉舟。卻託悲風瀉遺響，恐驚幽壑舞潛虯。

又《題東坡赤壁賦後》(《秋澗集》卷七二)：余向在福唐觀公惠州醉書此賦，心手兩忘，筆意蕭散，妙見法度之外。今此帖亦云醉筆，與前略不相類。豈公隨物賦形，因時發興，出奇無窮者也！

胡祗遹《題赤壁圖》(《紫山大全集》卷四)：雪堂胸中十萬兵，西戎東遼何足平。用違所長計已失，黃州一貶良無情。才長定爲衆所忌，直詞更敢相譏評。霜寒木落江水淸，茫然萬頃江月明。扣舷釃酒不一醉，感激俊氣懷群英。千歲一合豈易得，老鶴孰與雞爭鳴。不須遙想周公瑾，只合移文酹賈生。

又《題赤壁圖》：星漢文章王佐才，江山如畫爲公開。只今月白風淸夜，定有神靈數往來。

戴表元《題赤壁圖(《剡源佚詩》卷六)：千載英雄事已休，獨餘明月照江流。畫圖不盡當年恨，卻寫蘇家赤壁遊。

吳澄《題赤壁圖後》(《吳文正集》卷五九)：坡公以卓犖之才，瑰偉之器，一時爲群小所擠，幾陷死地，賴人主保其生，謫處荒僻。公嘗痛恨曹孟德害孔文舉，謂文舉不死，必能誅操，其胸中志氣爲何如哉！身之所經，苟有阿瞞遺蹟，則因之以發其感憤。此壬戌泛江之遊，所以睠睠於赤壁而不能忘也。不然，夫豈不知黃州之非赤壁哉！

一世之雄，而今安在？託客之言，公不自言也。水也月也道士也，神化奇詭，超超乎《遠遊》、《鵩賦》之上，長卿之人，何可彷彿其萬一？公之所造如此，而猶不能不有所託以泄其感憤者，何耶？殆亦示吾善者機爾。公視操如鬼，鬼猶可也，當時害公者，沙蟲糞蛆而已矣。人間升沉興仆，不過夢幻斯須之頃，公豈以是芥蔕于衷也哉？

趙孟頫《赤壁》（《松雪齋集》卷五）：周郎赤壁走曹公，萬里江流鬬兩雄。蘇子賦成奇偉甚，長教人想謫仙風。

許有壬《赤壁》（《至正集》卷九）：坡翁乘興賦《赤壁》，爛漫天機湧毫楮。偶從雪裏寫芭蕉，又似驪黃不毛舉。老圖求故此其地，疾惡千里若躬睹。江山蕭條歲華晚，興廢人間幾今古。買魚沽酒弔阿瞞，醉和漁歌短簑舞。

劉將孫《沁園春》（《養吾齋集》卷七）：近見舊詞，有隱括《前、後赤壁賦》者，殊不佳。長日無所用心，漫塡《沁園春》二闋，不能如公《哨遍》之變化，又局於韻字，不能效公用陶詩字作詩之精整。姑就本語捃拾排比，以自遣云：壬戌之秋，七月既望，蘇子泛舟。正赤壁風清，舉杯屬客，東山月上，遺世乘流。桂棹叩舷，洞蕭倚和，何事嗚嗚怨泣幽？悄危坐，撫蒼蒼東望，渺渺荆州。　客云天地蜉蝣，記千里銜艫旗幟浮。嘆孟德周郎，英雄安在？武昌夏口，山水相繆。客亦知夫，盈虛如彼，山月江風有盡否？喜更酌，任東方既白，與子遨遊。

又：十月雪堂，將歸臨皋，二客從坡。適薄暮得魚，細鱗巨口。新霜脫葉，步影行歌。有客無肴，有肴無酒，如此風清月白何？歸謀婦，得舊藏斗酒，重載婆娑。　登虬踞虎嵯峨，更憑醉，攀翻棲鶻窠。曾歲月幾何？江流斷岸，山川非昔，夜嘯捫蘿。孤鶴橫江，羽衣入夢，應悟飛鳴昔我過。開戶視，但寂寞四顧，萬頃煙波。

又《風月吟所記》（《養吾齋集》卷卷二二）：「惟江上之清風與山間之明月，取之無盡，用之不竭，是造物者之無藏」者，東坡之淋漓放浪，固如在目中也。此風此月，千古常新。吾吟吾所，絕塵奔軼。

二仙（按另仙一指李白）者精意浮動，吟風弄月，如將見之。

戴良《題赤壁圖》(《九仙山房集》卷一七)：千載英雄事已休，獨餘明月照江樓。畫圖不盡當年恨，卻寫蘇家赤壁游。

馬臻《題赤壁夜遊圖》(《霞外詩集》卷一)：絕壁驚濤故壘西，扁舟明月夜何其。樂遊不記元豐事，只有臨臯道士知。

陸文圭《赤壁圖二首》(《牆東類稿》卷一九)：公瑾、子瞻二龍，文辭可敵武功。卻怪紫煙烈焰，不如白月清風。　烏臺夜雨傷神，赤壁秋風岸巾。此老眼空四海，舟中二客何人？

張之翰《赤壁圖》：一時謫向黃州去，四海傳爲《赤壁圖》。爭得謝墩方罷相，有人曾畫半山無？戰艦煙消幾百年，江山風月屬坡仙。玉堂果有容公處，二賦何由世上傳？

祝堯《古賦辯體》卷八：中間賦景物處俊爽之甚。謝疊山云：「此賦學莊、騷文法，無一句與莊騷相似，非超然之才、絕倫之識不能爲也。蕭灑神奇，出塵絕俗，如垂雲御風而立乎九霄之上，俯視六合，何物茫茫！非惟不挂之齒之間，亦不足以入其靈臺丹府也。」

袁桷《題赤壁圖》(《清容居士集》卷四十七)：空濛寒江，望斷壁如日色。羈臣謫子，作淒然懷土語，似傷正氣。余嘗讀《囚山》諸賦，深惜其才。其不遇，果命歟？覽此長卷，益知東坡翁百折不撓，非景物可動，爲之一噱。

吳師道《遊赤壁圖》(《禮部集》卷九)：燒天烈火萬艘空，橫槊英雄智力窮。何似扁舟今夜客，洞簫聲在明月中。

傅與礪《赤壁圖》(《傅與礪詩集》卷八)：憶過臨臯訪大蘇，古祠寥落水禽呼。如何月夜黃州夢，卻在西風赤壁圖。

王沂《赤壁圖》(《伊濱集》卷四)：玉堂仙人雪堂客，夜汎扁舟遊赤壁。世人欲殺了不知，臥聽中流風月笛。清都採詩鶴駕過，江妃起舞襪凌波。向來哀樂眞夢幻，舉酒屬客君當歌。千年曹瞞等螻蟻，一爲周郎酹江水。江水悠悠萬古流，坡翁時復騎鯨遊。

唐元《題赤壁圖》(《筠軒集》卷一一)：赤壁爭戰之地，千載崢嶸，想風蒲雪浪，令人易生感慨。坡仙前後兩賦，可謂能吐胸中之奇者，其與周瑜乘勝意氣不相上下。此卷寫湖山景致，特爲嫵媚，向使長公作賦於此，欲須江山以爲助，吾當三叫於其旁。

又《題廉州太守所得東坡遊赤壁圖》（《筠軒集》卷一一）：江山草樹雲石，閱千百載而形不可變，因人而榮多矣。然江山草樹雲石，正不自知其孰榮也。大蘇公文章妙一世，赤壁之遊，人境俱勝，後之畫史追其勝於毫素間，以極夫江山草樹之榮，必東坡其人始識之。此卷藏之恆陽王家，所托重矣。

劉嵩《題山水畫》之四（《槎翁詩集》卷四）：清夜放船好，長江正渺如。風行流水上，月出遠山初。飛鶴盤空迴，潛蛟隱浪虛。英雄有遺恨，臨泛獨躊躇。自注：右蘇子瞻《赤壁賦》。

方孝孺《赤壁圖贊》（《遜志齋集》卷一九）：群兒戲兵，汙此赤壁。江山無情，猶有慚色。帝命偉人，眉山之蘇。酹酒大江，以滌其污。揮斥玄化，與造物伍。哀彼妄庸，攘敓腐鼠。明月在水，獨鶴在天。勿謂公亡，公在世間。

又《赤壁》（《遜志齋集》卷二四）：東夏口，西武昌，赤壁峭絕當中央。奸雄將軍氣蓋世，敗卒零落慚周郎。得鱸魚，沽美酒，孰若黃州黃子瞻，謫向江湖動星斗。噫吁戲，曹公氣勢，蘇子文章，人物銷鑠，塵蹟荒涼。惟有江水，千古萬古空流長。

王直《題赤壁圖後》（《抑菴文集》卷一二）：東坡先生謫黃州，以李定輩之譖也。《赤壁》二賦，其用意邃矣。當曹操欲東下時，視吳已若無有，而卒僨於赤壁。今江山猶在，而操已影滅蹟絕，然則英雄如操者，果何道，况李定輩邪！先生雖爲所困，然胸次悠然，無適而非樂，其直節自足以照映千古，不特文章之美也，而定輩皆已潰敗臭腐而無餘矣。先生嘗憤操害孔北海，謂北海如龍而操如鬼，予於定輩亦云。

吳寬《赤壁圖》（《匏翁家藏集》卷二○）：西飛孤鶴記何祥，有客吹簫楊世昌。當年賦成誰與註，數行石刻舊曾藏。

都穆《寓意編》：蘇文忠《前後赤壁賦》，李龍眠作圖，隸字書旁，注云：「是海岳筆，共八節，惟前賦不完。」

婁堅《學古緒言》卷二三：友人有致二卷乞書前後《赤壁賦》者。展卷見畫，固已不樂。既而思之，此二賦誠謫仙人語，豈容俗工便知。若後賦，不畫「山高月小，水落石出」，乃悟今世畫手，蓋未嘗讀賦者爲不少矣。至舟中畫一人若僧者，似謂同遊果是元公，此又不足怪也。又嘗見他書有謂坡公誤以赤鼻爲赤壁者，非也。公別有書賦後約二百言，是元豐六年秋題。首言「黃州少西，山麓斗入江中，石色如丹，傳云曹公敗處，所謂赤壁者，或曰：非也。曹公敗，歸由華容路。今赤壁少西對岸即華容鎮，庶幾是也。然岳州復有華容縣，竟不知孰是？」蓋公既借曹公以發妙論，猶後賦鶴與道士云爾，豈必求核。而不知者遽謂公未暇考，所見殆與此畫手同，信知癡人前決不可說夢也。

又卷二四：東坡此賦，予嘗見雙鉤郭塡本，淳古，無沓拖筆，蓋得意書也。恨不獲覩眞蹟耳。未幾，或以勒石，亦自可喜，不逮摹本遠矣。頃有以素卷索書，念眞者在前，欲肖彌遠，不若自爲書應之。間有似摹倣者，記憶在心，手適與俱也。此文與世俗異者二字，自注者一。「滄海」作「浮」，信是句中有眼。「共適」做「食」，蓋用釋氏書：「聲是耳之食，色是眼之食」，味長不可與「適」等也。又「更」字下注「平」，不注，則讀者必且謂意同復字矣。以長公雄文，意到筆隨，何嘗作如此推敲。識此，即於讀古文詞，庶不草草。然非獨此也。有好爲高論者，其失與此異，而其妄尤不可不拈出爲狂率之戒。公之謫居，豈遂無動於中傷之徒！此賦篇終借水月發端，以暢所欲言，固騷人之重曰也。其誤以赤鼻爲赤壁，或以故爲錯謬以避讒歟？不然，以公博洽，未應於平生數過及久羈之地，猶未識曹公喪師逃竄處也。又賦乃騷類，往往寓近於遠，借淺爲深，此賦卒章，正其本指。首言曹困於周，終於一毫莫取，人生有盡，長江無窮，首尾相應。而近有好爲高論者，訾末段爲蛇足，立論爲腐迂。若然，則此賦雖不作可也。未知結撰，安論文章？後生誤信，將墮渺茫，誠不可以不辨。

又《學齋佔畢》卷二：至于《前赤壁賦》尾段一節，自「惟江上之清風，與山間之明月」，至「相與枕藉乎舟中，不知東方之既白，卻只是用李白「清風明月不用一錢買，玉山自倒非人推」一聯十六字演成七十九字，愈奇妙也。

李東陽《懷麓堂詩話》：蘇子瞻在黃州，夜讀《阿房宮賦》數十遍，每遍必稱好，非其誠有所好，殆不至此。然後之誦《赤壁》二賦者，奚獨不如子瞻之于《阿房》及李杜諸作也邪？

茅坤《蘇文忠公文鈔》卷二八：予嘗謂東坡文章，仙也。讀此二賦，令人有遺世之想。

《升庵詩話》卷八《日抱黿鼉》蘇子《赤壁賦》云：「踞虎豹，登虬龍，攀棲鶻之危巢，俯馮夷之幽宮。」亦是此意，豈眞有烏鵲、黿鼉、虬龍、虎豹哉？

孫承澤《庚子銷夏錄》卷八《蘇東坡書前赤壁賦》：《赤壁賦》爲東坡得意之作，故屢書之。此本小字楷書，尤爲精采。後自跋云：軾去歲作此賦，未嘗輕出以示人。見者蓋一二人而已。欽之有使至，求近文，遂親書以寄。多難畏事，欽之愛我，必深藏之不出也。

《古文釋義新編》卷八：起首一段就風月上寫遊赤壁情景，原自含「共適」之意。入後從渺渺予懷引出客簫，復從客簫借弔古意發出物我皆無盡的大道理。說到這個地位，自然可以共適，而平日一肚皮不合時宜都消歸烏有，那復有人世興衰成敗在其意中。尤妙在「江上」數語，回應起首，始終總是一個意思。遊覽一小事耳，發出這等大道理，遂堪不朽。若不是此篇妙賦，千載下誰知赤壁曾爲蘇子遊耶。篇中韻凡十三易。

又：東坡年四十七謫居黃州，寓居臨皐亭，遊赤壁而作。是賦曰前賦，別于後也。江漢之間名赤壁三焉，一在漢水側竟陵東，即復州；一在齊安郡步下即黃州；一在江夏西南一百里許，屬漢陽縣。破曹赤壁乃江夏西南者，東坡赤壁則係黃州，與復州赤壁皆是天生赤石之壁，非猶江夏西南緣火攻而赤者也。東坡特借景以弔古耳。「壬戌」

八字，從遊之年月日起，確是「敷陳其事而直言之」之語。「蘇字」二句，夫客夫舟夫遊赤壁。以上四語，題面點清，下面全皆從此生出。「清風」句點出風，「少焉」句點出月。「風月」二字，一篇張本。署「少焉」二字妙，恰是既望之月。「徘徊」句亦妙，見月之遲遲而出也。「白露」八字，恰是秋夜之景。讀此等處，當悟篇首著年月之妙。「於是」句緊接上來。前「屬客」句以點飲酒，此又借以生出樂字，伏後悲字。「桂棹」四句，從《楚詞》脫化來。「客有」段極摹其聲之悲，以起下「愀然」之問。當知此是借客作波是實，口是妙文，會心人自能得之。「月明」一段觸景生情，卻借客發出，是立言最妙處。「逝者」句說水，「盈虛」句說月。（略）「客喜」句收前悲樂二層。

《古文辭類纂》卷七一方苞評：所見無絕殊者，而文境邈不可攀。良由身閑地曠，胸無雜物，觸處流露，斟酌飽滿，不知其所以然而然。豈惟他人不能摹倣，即使子瞻更爲之，亦不能如此調適而暢遂也。

浦起龍〔註2〕《古文眉銓》卷六九：二賦皆志游也。記序之體，出以韻語，故曰「賦」焉。其託物也不黏，其感興也不脫，純乎化機。潘稼堂《赤壁》詩：「亦知孫曹爭戰處，遠在鄂渚非齊安。聊借英雄發感慨，移山走海騁筆端。」曉事人也。

又：（「西望夏口」一段）孫曹遇兵，非此赤壁。今曰「蒼蒼相望」仍是活句，亦仍即江月悵觸，以我馭古。

又：（「蓋將自其變者而觀之」一段」）變不變，指點舒促無定，破除一粟，須臾之見耳。有斥爲說輪迴者，拈死句矣。

《唐宋八家鈔》卷七高嵣評：有摹景處，有寄情處，有感慨處，有灑脫處，此賦仙也。

吳闓生《古文範》下編：東坡天仙化人，其于文章，驅使惟心，無不如志，最爲流俗所慕愛，學者紛紛摹擬，徒茲流弊。不知公文，天馬行空，絕去羈絆，固無軌轍可尋也。

〔註 2〕《蘇文彙評》未標著者，補上作者浦起龍。

又：即如此篇，初何嘗爲古今賦家體格所拘，而縱意所如，自抒懷抱，空曠高邈，敻出不可攀，豈復敢有學步者哉。

姜宸英《李蒼存詩序》(《湛園未定稿》卷五)：杜牡之《阿房宮》、蘇子瞻前後《赤壁賦》，則賦而文矣。作者心思蹙縮，壅閼於內，挾其才氣，坌憤欲出，則飆發泉湧，不可以古法繩尺裁量。讀者洞心駭目，不能執此而廢彼也。斯已奇矣。

田雯《題赤壁圖》(《古歡堂集》卷一三)：曹公橫槊蘇公賦，殘壘寒江夕照黃。詞客英雄兩奇絕，不須成敗說周郎。

李調元《賦話》卷一〇《舊話》四：蘇東坡前後《赤壁賦》，高出歐陽文忠《秋聲賦》之上。謝疊山云：「學莊、騷文，卻無一句與莊、騷相似。」見《辯體》。

儲欣《東坡先生全集錄》卷一：行歌笑傲，憤世嫉邪。又：(「客曰」數句)就客中感慨榮謝，得體。未免難爲孟德耳。又：(「蘇子曰」以下)出入仙佛，賦一變矣。

袁枚《隨園詩話》卷一：東坡《赤壁賦》「而吾與子之所共適」，適，閑適也。羅氏《拾遺》以爲「當是『食』字」，引佛書以睡爲食。則與上文文義平險不倫。東坡雖佞佛，必不自亂其例。

王文誥《蘇文忠公詩編注集成》卷二二《海棠》：(東風渺渺泛崇光)施注既以「嫋嫋」爲「渺渺」，即不當以白樂天「青雲高渺渺」句釋詩，雲高可見，風高不可見也。《楚辭》「嫋嫋兮秋風」，謂風細而悠揚也。公《赤壁賦》「餘音嫋嫋，不絕如縷」，其命意正同。由是推之，則此句正用《楚辭》也。

胡懷琛《海天琴思錄》卷一九：東坡《赤壁賦》「西望夏口，東望武昌」，昔人已辨其誤。曹孟德鏖兵之地，非坡翁所謂赤壁也。(略)濟陽張稷若引張公如命云：「東坡文字亦有信筆亂寫處，如《前赤壁賦》『壬戌之秋，七月既望』，下云『少焉，月出于東山之上，徘徊于斗牛之間』，七月日在鶉尾，望時，日月相對，月當在陬訾，斗牛二宿在星紀，相去甚遠，何緣徘徊其間？坡公于象緯未嘗留心，臨文乘快，不復深考耳。」侯官吳少山茂才文海詩云：「壯色江山蘇子賦，只嫌赤壁考非眞。」斯言得之。

沈祥龍《論詞隨筆》：坡公《赤壁賦》云：「如怨如慕，如泣如訴，餘音嫋嫋，不絕如縷。」詞之音節意旨，能合乎此，庶可吹洞簫以和之。

高步瀛《唐宋詩舉要》卷三引吳汝綸評：全不經意，妙合自然，《赤壁賦》亦如此。

增補：

《經進東坡文集事略》卷一引晁補之〈續離騷敘〉云：「〈赤壁前後賦〉者，蘇公之所作也。曹操氣呑宇內，樓船浮江，以謂遂無吳矣；而周瑜少年，黃蓋裨將，一炬而焚之。公輒黃崗，數遊赤壁之下，蓋忘意於世矣，觀江濤洶湧，慨然懷古，猶壯瑜事而賦之云。」

張表臣《珊瑚鉤詩話》卷一：「東坡〈黃樓賦〉〔註 3〕氣力同乎〈晉問〉，〈赤壁賦〉卓絕近於〈雄風〉，則知有自來矣。」

蘇籀《東坡三絕句》（選一）（《雙溪集》卷一）：「爲文〈赤壁〉並〈黃坂〉，奇韻平生想象中。延目練江嗟逝水，舉頭碧落看飛鴻。」

蘇籀〈跋任氏東坡詩及所書黃門記〉（《雙溪集》卷十一）：「子瞻諸文皆有奇氣。至〈赤壁賦〉髣髴屈原、宋玉之作，漢、唐諸公皆莫及也。」

朱弁《曲洧舊聞》卷五：「東坡與客論食次，取紙一幅，書以示客云：『爛蒸同州羊羔，灌以杏酪食之，以匕不以箸。南都麥心麵，作槐芽溫淘、糝襄邑抹豬，薦以蒸子鵝。吳興庖人斫松江鱠，既飽，以廬山康王谷簾泉，烹曾坑鬬品茶。少焉，解衣仰臥，使人誦東坡先生〈赤壁前、後賦〉，亦足一笑也。』」

葛立方《韻語陽秋》卷十三：「曹操入荊州，孫權遣周瑜與劉備併力逆曹公，遇於赤壁，曹公軍馬燒溺死者甚眾，軍遂大敗，蓋謂

〔註 3〕〈黃樓賦〉乃蘇轍作，張表臣誤以爲蘇軾作。

鄂州蒲圻縣赤壁也。黃州亦有赤壁，但非周瑜所戰之地。東坡嘗作賦曰：『西望夏口，東望武昌，非孟德之困於周郎者乎？』蓋亦疑之矣，故作長短句云：『人道是三國周郎赤壁。』謂之『人道是』，則心知其非矣。」

楊萬里《誠齋集・卷七十八・無盡藏記》：「覽觀未竟，雲起禾山，意欲急雨。有風東來，吹而散之，不見膚寸。義山之背，忽白光燭天，若有推挽。一玉盤急馳而上山之顛者，蓋月已出矣。景明賀曰：『惟江上之清風，與山間之明月，耳得之而爲聲，目遇之而成色，取之無禁，用之不竭，是造物者之無盡藏也。』東坡嘗爲造物者守是藏矣」

王明清《揮麈前錄・卷十一・曾宏父小鬟誦赤壁二賦》：「舅氏曾宏父生長綺紈，而風流蘊藉。聞於薦紳。長於歌詩，膾炙人口。紹興中，守黃州，有雙鬟小鬟者，頗慧黠，宏父令誦東坡先生前後赤壁二賦，客至代謳，人多稱之。見於謝景思所敘刊行詞策。後歸上饒。時鄭顧道、呂居仁、晁恭道俱爲寓客，日夕往來，杯酒流行，顧道教其小獲，亦爲此技，宏父顧鄭笑曰：『此眞所謂效顰也。』」

朱熹《朱子語類》卷一三〇：「『盈虛者如代』，『代』字，今多誤作『彼』字；『而吾與子之所共食』，『食』字多誤作『樂』字。嘗見東坡手寫本，皆作『代』字『食』字。頃年蘇季眞刻東坡文集，嘗見問『食』字之義，答之云：如『食邑』之『食』，猶言享也。史書言『食邑其中』，『食其邑』，是這樣『食』字。今浙江陂唐之民謂之『食利民戶』，亦此意也。」又云：「碑本〈後赤壁賦〉『夢二道士』，『二』字當作『一』字，疑筆誤也。」

盛如梓《庶齋老學叢談》卷下：「甄龍友題赤壁：『峨嵋仙客，四海文章伯。來向東坡，遊戲人間，世著不得。去國誰愛惜，在天何處覓？但見尊前人，唱前赤壁後赤壁。』」

黃溍《金華黃先生文集・卷二十一・續藁十八・跋東坡書秦少游龍井題名》：「元豐元年，東坡先生謫黃州。少游以二年秋至龍井。三年秋，先生乃爲書此題名而記其後，言與兒子邁棹小舟至赤壁，西望武昌山谷，喬木蒼然，雲濤際天。而先生作〈赤壁賦〉，則五年之秋冬也。」

陳基《夷白齋稿・卷三十二・跋蘇文忠公自書前赤壁賦》：「余偶過東武山，與寶林師語，已覺精神蕭散。師又出蘇長公自書〈前赤壁賦〉，對山展玩，無異汎舟從公之快，此亦一時之奇遇也。」

楊慎《楊升庵全集・卷二十・題赤壁圖》：「懷哉玉堂仙，逖矣黃州客。文光貫斗牛，天遊忘遷謫。名姓識兒童，畫圖燦金碧。赤壁幾千秋，山青江月白。」

又〈坡賦具禪機〉：〈高僧傳〉：「神鼎問於利貞曰：『萬物定已否？』貞曰：『定已。』鼎曰：『高岸爲谷，深谷爲陵，有生必死，有死即生，何得定耶？』貞曰：『萬物不定。』鼎曰：『若不定，何不指天爲地，呼地爲天，召星爲月，命月爲星耶？』貞無以應。」大理楊伯清舉此以問余，余曰：「東坡有案答矣：『自其變者而觀之，則萬物不能以一瞬；自其不變者而觀之，則萬物與我皆無盡也。』」伯清曰：「是則拈古，欲公重說。」余曰：「定者，有物渾成，先天地生；不定者，一彈指間經千萬劫也。」

俞弁《逸老堂詩話》卷上：鄂州蒲圻縣赤壁，正周瑜所戰之地；黃州亦有赤壁，東坡夜游之地。詩人托物比興，故有「西望夏口，東望武昌，非孟德之困於周郎者乎？」蓋坡翁亦有疑之之辭矣。韓子蒼亦承東坡之誤，有「齊安城畔山危立，赤壁磯頭水倒流。此地能令阿瞞走，小偷何敢下蘆洲。」元人陳菊南，上虞人，博古士也。其詠蒲圻赤壁詩云：「往事何消問阿瞞，到頭呑不去江山。自從羽鑑（艦）隨煙盡，惟有漁舟竟日閒。碑字雷皴漫墨本，弩機土蝕點朱斑。淒其古思誰分付，白鳥蒼煙滅沒間。」噫。千載之下，獨宋葛常之、元陳菊南二人之卓見耳。

郎瑛《七修續稿・卷四・東坡赤壁考》：東坡遊赤壁者三，今人知其二者，由其有二賦也。余嘗讀其〈跋龍井題名記〉云：「予謫黃州，參寥使人示以題名，時去中秋十日，秋濤方漲，水面十里，月出房心間，風露浩然。所居去江無十步，獨與兒子邁棹小舟，至赤壁。望武昌山谷，喬木蒼然，雲濤際天，因錄以寄。元豐三年八月記。」今《古文》〈赤壁賦〉註，謂指赤壁者三，非此之謂乎。據二賦在六年，此則第一遊也。且二賦情景，不過衍此數語，略少增其事耳。若前賦，佳固佳矣，入曹操事，恐亦未穩。晁補之因其「而今安在」之言，遂誤指赤壁爲破曹之地，後人因之紛紛，併辯赤壁之有五，尤可笑也。殊不思周瑜破曹者，在今武昌之嘉魚，自有壁上「周瑜破曹處」數字；東坡之遊，自在黃州。《一統志》下已明白註之矣。且其文曰：「去江無十步，望武昌山谷」，又曰：「西望夏口」，可知矣。況武昌正當黃州東南，今以前人之言爲主，不深思而細考錯也。

李日華《六研齋三筆》卷一：先生謫黃州，僕亦有事於黃，竹逸方君寄此卷素以乞先生竹石。至則先生往蘄水，俟旬餘始還，得拜見於臨皋亭中，握手問故。飲半劇，述前望游赤壁之勝，起而撫松長嘯，朗誦〈赤壁賦〉一過。……武林金鏡敬跋。

袁宏道《袁宏道集・卷二十五・過赤壁》：駢石奔雲浪幾春，黃泥坂底射洄鱗。周郎事業坡公賦，遞與黃州作主人。

宋長白《柳亭詩話・卷八・赤壁》：曹虛齋翰卿〈過赤壁〉詩：「白石江頭烈火紅，千年遺事說東風。不知畫史將何意，不畫周郎畫長公。」此詩殊有意味，一則可見文士有靈，一則可訂赤鼻之誤。

吳寬《赤壁圖》（《匏翁家藏集》卷二〇）：西飛孤鶴記何祥，有客吹簫楊世昌。當年賦成誰與註，數行石刻舊曾藏。

袁枚《隨園詩話》卷一：東坡〈赤壁賦〉：「而吾與子之所共適。」適，閒適也。羅氏《拾遺》以爲「當是『食』字」。引佛書以睡爲食。則與上文文義平險不倫。

姚鼐《惜抱軒詩集・卷三・唐伯虎赤壁圖》：東坡居士賦有畫，風月無窮瀉清快。畫中有賦情亦奇，唐寅使筆能爾爲。登高臨水秋氣悲，山空夜明木見枝。憑虛欲望天涯處，可似湘中瞻九疑。九疑山高湘水深，重華不作哀至今。青楓搖落幽竹林，湘君竚立風滿襟。江妃海若夜起會，或有雲中竽瑟音。雲開月出天寥闊，俛首悲風興大壑。不見帝子乘飛龍，但有橫江之一鶴。橫江鶴，何徘徊，蘇子乘之去不回。賢者挺生當世才，重之九鼎輕塵哀。脫屣竟從赤松子，賦懸日月何爲哉？情往一樂復一哀，後六百歲余茲來。曳杖江頭看山碧，思得公語從追陪，請與圖中二客偕。今夕何夕月當戶，霜落收潦面深渚。涼風吹林蕩空宇，作詩要公公豈許。

翁方綱《復初齋詩集・卷三十一・文衡山赤壁圖王雅宜書赤壁賦合卷爲邱東河郡丞題》：蕭寥西蜀思，繾綣東吳彥。鏗然玉磬響，儼見坡翁面。夢中飛空仙，素羽照江練。四百四十年，倏過如飛電。江山英靈氣，文采又一變。韡韡辛夷館，蒼蒼石湖院。猗彼娜如子，長離翽芳甸。英名盛一時，南省方七戰。借酒吸明月，可漱不可嚥。雪堂萬丈光，噴薄來變眩。維時衡山翁，歸來初息趼。築室哦雙桐，信宿共行衍。豈必赤壁乎？即此湖山眄。一縷江東雲，蕩出空青片。坡與二客貌，君從何處見？一笑到蘇齋，孤鶴乘風便。東河磊落人，南嶺留題徧。墨花捲大海，知我瓣香薦。橫空長笛聲，繚繞青山轉。別寫坡公眞，不落楮與絹。

又〈顧南雅從遊赤壁圖〉：坡公攝衣時，斷岸俯千尺。周郎安在哉，誰論彼二客。氣躋萬物表，舌捲空江碧。李委笛聲外，孰可同帆席。顧子起江東，胸有萬古積。寒溪臨皋詩，日饜若親炙。夢到巉崖間，絕境劃開闢。前有策杖者，飄如舉仙翮。後即南雅來，追摹笠與屐。畫手寫大意，未遑心志逆。中間笑語言，多少精微獲。下瞰馮夷宮，欲吞雲夢澤。先生語顧子，記此長嘯夕。是乃詩夙盟，一笑水雲白。所以叩蘇齋，印此眞赤壁。旁有孤鶴飛，爪痕在厓石。

林昌彝《海天琴思錄》卷十九：坡翁〈赤壁賦〉「西望夏口，東望武昌」，昔人已辨其誤。曹孟德鏖兵之地，非坡翁賦所謂赤壁也。然坡翁文集書〈與范子豐〉云：「黃州少西，山麓斗入江中，石室如舟，傳云：曹公敗所謂赤壁。或曰：非也，時曹公敗歸華容，路多泥濘，使老弱先行，踐之而過曰：『劉備智過人而見事遲，華容夾道皆葭葦，使縱火，則吾無遺類矣。』使赤壁少西對岸即華容鎮，庶幾是也。然岳州復有華容縣，竟不知孰是。」據此書，是坡翁明不知赤壁所在也。濟陽張稷若引張公如命云：「東坡文字亦有信筆亂寫處，如〈前赤壁賦〉『壬戌之秋，七月既望』，下云：『少焉，月出於東山之上，徘徊於斗牛之間。』七月，日在鶉尾，望時，日月相對，月當在陬訾，斗牛二宿在星紀，相去甚遠，何緣徘徊其間？坡公於象緯未嘗留心，臨文乘快，不復深考耳。」候官吳少山茂才文海詩云：「壯色江山蘇子賦，只嫌赤壁考非眞。」斯言得之。

平步青《霞外攟屑・卷五・三游赤壁》：《歸田瑣記》卷三「按：〈跋龍井題名記〉云：『予謫黃州，參寥使人示以題名。時去中秋十月，秋濤方壯，水面十里，月出房心間，風露浩然，所居去江無十步。獨與兒子邁棹小舟至赤壁，望武昌山谷，喬木蒼然，雲濤際天。因錄以寄。元豐三年八月記。』此公第一次遊赤壁也。元豐三年爲庚申，越二年爲壬戌，始再游赤壁。今人但知後二游而已。」庸按：梁說本之黃右原，見《消暑筆談》子目下九。黃則本之明王一槐《玉壺唾》，見《四庫全書總目》子部提要。

又《霞外攟屑・卷七・赤壁》：《東坡集》卷六十八記赤壁云：「黃州守居之數百步爲赤壁。或言即周瑜破曹公處，不知果是否？」又卷五十一〈與范子豐尺牘〉七云：「黃州少西，山麓斗入江中，石室如舟，傳云曹公敗所，所謂赤壁者。或曰非也，時曹公敗歸華容云云。今赤壁少西對岸即華容鎮，庶幾是也。然岳州復有華容縣，竟不知孰是。」庸按：據此二條，則〈赤壁賦〉所云，乃姑以是爲文字波瀾。後人動言赤鼻非赤壁訛，東坡昧於地理，何耶。《墨莊漫錄》卷九「黃之赤壁，土人云：本赤鼻磯也。故東坡長短句『故壘西邊，人道是三國周郎赤壁』，則亦是傳疑而云也。《古文集評》引潘稼堂赤壁詩云：「亦知孫曹爭戰處，遠在鄂渚非齊安。聊借英雄發感慨，移山走海騁筆端。」可謂知言。

《廣輿記》：「蘇指黃州赤鼻山爲赤壁。劉備居樊口，進兵逆操，遇於赤壁。則赤壁當在樊口之上。又赤壁初戰不利，引次江北，則赤壁當在江南。今江漢間言赤壁者五：漢陽、漢川、黃州、嘉魚、江夏，言嘉魚者合於史。」

《青門簏稿》卷七〈遊黃州赤壁記〉云：「豈文人之言，少實而多虛，雖子瞻不免耶？」《青門旅稿》卷三〈送翁武原詩序〉云：「子瞻博極群書，不當從俗，譌鼻爲壁。豈其撫江山之如昨，悲英雄之易逝，偶借以發一時憑弔之感，其誤繆有不足深論者耶？」

〈管城碩記〉卷九十云：「《續明道雜志》周瑜破曹公於赤壁云：陳於江北。而黃州江東西流，無江北。至漢陽，江西北流；復有赤壁，疑漢陽本瑜戰處。東坡賦以『孟德之困於周郎』爲在黃州，誤也。」《元和志》：「赤壁山在鄂州蒲圻縣西一百二十里，北岸烏林與赤壁相對。」杜牧詩「烏林芳草合，赤壁飽帆開」是也。而〈齊安晚秋〉詩有「可憐赤壁爭雄渡」之句，郝注：赤壁屬黃州。隋黃州本南齊安郡。是誤始於牧，坡賦又以牧誤也。位山亦未檢文忠全集，故以爲誤於牧詩耳。

又《霞外攟屑・卷八・楊世昌》：《柳亭詩話》卷二十一：「吳匏菴過赤壁詩『西飛孤鶴記何詳，有客吹簫楊世昌。當年賦成誰與註？數行石刻舊曾藏。』自注云：『世昌，綿竹道士，與東坡同遊赤壁，所謂客有吹洞蕭者，即其人也。』按：玉局文云：『元豐五年十二月十九日，東坡生辰，置酒赤壁，有進士李委作〈鶴南飛〉以獻。』豈所謂二客者，即楊、李二人耶？抑郭、石二生耶？世昌又見〈蜜酒歌〉序並〈次韻孔毅父〉三首之末。今畫家作赤壁圖，不畫道士，而畫一僧，指爲佛印。且又指一人爲黃山谷，不知何所據耶？〈長公外記〉作郭、尤二生。」庸按：《施注蘇詩》傳本久佚。康熙中，宋商邱得其殘帙，屬青門補綴刊行。《堅匏丁集》卷三亦謂：「微匏庵表而出之，世昌幾無聞矣。」職是故也。高似孫《緯略》載綿竹道士楊世昌。《南雷詩歷》卷三自注同。若《潛邱札記》卷一東坡〈次孔毅父韻〉第三首云云，此綿竹武都山道士楊世昌，字子京也。又云西蜀道人楊世昌，則在施注已行之後，然皆不引與滕牘。蓋蘇集詩文繁夥，翻檢難周，非憚於搜討也。《蒿庵閒話》卷二則引〈與范子豐書〉，謂吹洞簫者即李委。乃云是陽世昌，得之石刻，則何說？不知委善吹笛，與洞簫不同也。

林紓《文微》:〈卜居〉、〈漁父〉皆父也。歐公〈秋聲賦〉，東坡之〈赤壁賦〉皆導源於斯焉。

十、〈後赤壁賦〉（文賦）:《文集》，冊一，頁8。

（一）繫　年

此賦作於宋神宗元豐五年（1082）十月十五日，蘇軾年四十七，在黃州貶所。

（二）全　文

是歲十月之望，步自雪堂，將歸于臨皋。二客從予，過黃泥之坂。霜露既降，木葉盡脫。人影在地，仰見明月。顧而樂之，行歌相答。已而歎曰:「有客無酒，有酒無肴，月白風清，如此良夜何？」客曰:「今者薄暮，舉網得魚，巨口細鱗，狀似松江之鱸，顧安所得酒乎？」歸而謀諸婦。婦曰:「我有斗酒，藏之久矣，以待子不時之須。」於是攜酒與魚，復遊於赤壁之下。江流有聲，斷岸千尺。山高月小，水落石出。曾日月之幾何，而江山不可復識矣。予乃攝衣而上，履巉巖，披蒙茸。踞虎豹，登虬龍。攀栖鶻之危巢，俯馮夷之幽宮。蓋二客不能從焉。劃然長嘯，草木震動。山鳴谷應，風起水涌。予亦悄然而悲，肅然而恐，凜乎其不可久留也。反而登舟，放乎中流，聽其所止而休焉。時夜將半，四顧寂寥，適有孤鶴，橫江東來，翅如車輪，玄裳縞衣，戛然長鳴，掠予舟而西也。須臾客去，予亦就睡，夢一道士，羽衣翩躚，過臨皋之下，揖予而言曰:「赤壁之游樂乎？」問其姓名，俛而不答。嗚呼噫嘻，我知之矣，疇昔之夜，飛鳴而過我者，非子也耶？道士顧笑，予亦驚悟。開戶視之，不見其處。

（三）**彙評**，頁 22～28

郎曄《經進東坡文集事略》卷一：此賦結處用韓文《石鼎》敘彌明意。指鶴爲道士，亦暗使《高道傳》青城山道士徐佐卿化鶴事。公元豐六年，嘗自書此賦後云：「黃州少西（略）。」比見詩人所賦赤壁，多指在于齊安，蓋齊安與武昌相對，意以孫氏居武昌，而嘗爲曹公所攻，即戰于此者邪？是信流俗之過也。雖辨疑考證如此，然公既言此非曹孟德之困于周郎者乎」，又云「竟不知孰是」，而樂府中又有「人道是三國周郎赤壁」之句，是公亦未敢以黃州之赤壁爲然也。

《石渠寶笈》卷三二《宋喬仲常後赤壁賦圖一卷》趙令時跋：觀東坡公賦赤壁，一如自黃泥坂遊赤壁之下。聽誦其賦，眞杜子美所謂「及玆煩見示，滿目一悽惻。悲風生微綃，萬里起古色」者也。宣和五年八月七日，德麟題。

又武聖可跋云：東坡山人書赤壁，夢江山景趣，一如遊往，何其眞哉？武安道東齋聖可謹題。（後有題句云：此老游戲處，周郎事已非。人牛俱不見，山色但依依。）

又跋云：孟德爭雄赤壁，氣吞中夏，周郎方年少，以幅巾羽扇，用焚舟計敗魏水步軍八十萬，昔人壯之。彼方長老爲言，東坡居黃州，得佳時，必造赤壁下偶會。東坡一日與一二客，踞層峰，俛鵲巢，把酒吟詠，忽聞笛起於江山，有穿雲裂石之聲。使人問之，即進士李委至磯下，度新曲爲先生壽也。於是相邀，以小舟載酒，飲於中流。李酒酣，復作數弄，風起水湧，大魚皆出。山上有棲鶴亦驚起，而舟且掀舞。先生坐念孟德周郎，如旦暮之遇，歸而作是賦云。

又題云：方瞳仙人辭蓬瀛，逸韻拔俗九萬程。行行興與煙霞并，喜對赤壁高崢嶸。物外二客人中英，得魚攜酒相邀行。江頭皎月照沙明，夷猶一艇破浪輕。笑談不覺連飛觥，幽宮馮夷應暗驚。掠舟野鶴橫天鳴，翻然大翼如雲軿。四顧寂寂無人聲，銀潢耿耿風露清。歸來一枕猶未醒，彷佛羽衣雲已征。霜綃誰爲寫幽情？披圖似與相逢迎。雪堂作賦詞抨紘，追思往事心如酲。周郎空餘千載名，大江依舊還東傾。

又題云：先生賦赤壁，錦繡裏山川。氣壓三國豪，似與江呑天。酒酣欲仙去，孤鶴下翩蹮。歸來夢清淑，此秘初不傳。先生定神交，形容到中邊。風流兩崛奇，名字記他年。（前署「書畫《赤壁賦》後」五字。）

又題云：赤壁周郎幾百秋，雪堂夫子更重遊。旋攜魚酒歌明月，空對長江滾滾流。（又書蘇軾《赤壁懷古》詞一闋。又跋云：仲常之畫已珍，隱居之跋難有。子孫其永寶之。）

又趙巖題云：江卷千堆雪浪寒，雲嵐如畫憶憑闌。重遊赤壁人何處，誰把江山作畫看。趙巖。

朱翌《猗覺寮雜記》卷上：《後赤壁賦》：「舉網得魚，巨口細鱗，狀如松江之鱸。」多不知爲何等魚。攷之乃鱖魚也。《廣韻》注：「鱖，巨口細鱗。」《山海經》云：「鱖，巨口細鱗，有斑彩。」以是知東坡一言一句無所苟也。

吳曾《能改齋漫錄》卷六：東坡謫居於黃五年。赤壁有巨鶻，棲於喬木之上，後賦所謂「攀棲鶻之危巢，俯馮夷之幽宮」是也。韓子蒼靖康初守黃州，三月而罷。因游赤壁，而鶻巢已亡，作詩示何次仲迂叟云：「緩尋翠竹白沙遊，更挽藤梢上上頭。豈有危巢尙棲鶻，亦無塵蹟但飛鷗。經營二頃將歸老，眷戀羣山爲少留。百日使君何足道，空餘詩句滿江樓。」次仲答云：「兒時宗伯寄吾州，諷誦高文至白頭。二賦人間眞吐鳳，五年溪上不驚鷗。蟹嘗見水人猶怒，鶻有危巢孰敢留？珍重使君尋故蹟，西風悵望古城樓。」二詩皆及鶻巢，蓋推賦而云也。

俞文豹《清夜錄》：東萊先生注《觀瀾文》謂《後赤壁賦》結尾用韓文公《石鼎聯句》敘彌明意。文豹謂不然，蓋彌明眞異人，文公眞紀實也，與此不同。《金剛經》曰：「一切有爲法，如夢幻泡影。」東坡先生貫通內典，深悟此理，嘗賦《西江月》云：「休言萬事轉頭空，未轉頭時皆夢。」赤壁之遊，樂則樂矣，轉眼之間，其樂安在？

以是觀之，則我與二客，鶴與道士，皆一夢也。

黃震《跋赤壁後賦圖》(《黃氏日鈔》卷九一)：東坡再遊赤壁，霜露既降時也，盈虛消息之妙，至此嶄然畢露。坡之逆順兩忘，浩然與造物者游，蓋契之矣。觀此圖者，盍于其水落木脫？

文天祥《讀赤壁賦前後二者》(《文山先生全集》卷一四)：昔年仙子謫黃州，赤壁磯頭汗漫游。今日興亡眞過影，乾坤俯仰一虛舟。人間憂患何曾少，天上風流更有否？我亦洞簫吹一曲，不知身世是蜉蝣。　一笑滄波浩浩流，隻鷄斗酒更扁舟。八龍寫作詩中案，孤鶴來爲夢裏游。楊柳遠煙連北府，蘆花新月對南樓。玉仙來往清風夜，還識江山似舊不？

釋善住《後赤壁圖》(《谷響集》卷一)：眼中風物舊曾過，歲月重游復幾保。長嘯一聲天上去，月明千古屬江波。

方回《追和東坡先生親筆陳季常見過三首》(選一)(《桐江續集》卷二八)：前後《赤壁賦》，悲歌慘江風。江山元不改，在公神游中，《三經》及《字說》，胎禍垂無窮。想如季常輩，對寤三嘆同。

王若虛《文辨》(《滹南集》卷三六)：《赤壁後賦》自「夢一道士」至「道士顧笑」，皆覺後追記之辭也。而所謂「疇昔之夜飛鳴過我者」，卻是夢中問答語。蓋「嗚呼噫嘻」上少勾喚字。

陳秀明《東坡文談錄》：碑本《後赤壁賦》，「夢二道士」，「二」字當作「一」字，疑筆誤也。

《古文釋義新編》卷八：前篇無從照管後篇，後篇必要照管前篇，此人所知也。然此賦與前賦有同處，有異處，有同而異處，有異而同處，尤不可不知。何謂同？兩篇皆以客作波，風月生情，酒餚點綴，口爲歸結，此同處也。前賦確切前遊情景，後賦則又確切後遊情景，種種各別，豈不迥異？至前賦各用渾言，此明指二客；前賦風月，首尾照應，此只一二處點染；前賦三及飲酒，此一入題便止；前賦與客枕藉舟中，此賦客去就睡屋內，筆法隨處變換，故曰同而異也。究之兩賦情景與兩賦筆法雖皆異，而着思之奇同，措詞之工同，見地之高同，結搆之妙同，語語之皆仙，筆筆之入化，亦無一不同。人能詳所兩賦同異而熟讀之，何患不增長許多學問，開悟無限法門。此篇計十一換韻。

又：「是歲」遙接前篇「壬戌」二字來。此篇亦從年日月直起，總之，賦體斷無不賦起者。（略）「顧而」二句，未遊先樂先歌，與前篇遊而後樂後歌亦異。「已而」二字妙，方漸轉得到遊上。「有客」二句，酒殽從客、主出，不似前篇點在遊後，是其變換之巧。「所止」二句仍從風月上坐清。「於是」句便結過酒，故以後勿復再提，不似前篇三點「欲酒」，亦是變換之巧。「江流」十六句是七月江山之景。（略）「予乃」句爲舍舟上岸，口開一遊法，視前篇終始在舟亦變換矣。「履巉巖」八句，字句奇甚，「蓋二客」句借二客以起下文孤往不能久留之意。回視前番與客共遊，到底又變換矣。「須臾」二句，又不復前番相與枕藉舟中矣。「赤壁」句，如此了結，猶出入意表。「問其」句問得奇。「俯而」句，不名更奇，俱是夢中幻覺。「道士」句，仍是不答意，卻又復前篇「笑」字，但道士與客有異耳。「開戶」二句，結得入化。

卞永譽《書畫匯考》卷一「蘇軾」條《蘇文忠公後赤壁賦卷》文伯仁跋：右《赤壁後賦》東坡眞蹟，舊傳吳匏翁家物。前王晉卿圖，後宋元人題跋甚多，今皆不存。豈轉徒散失故耶？東坡文筆固無容議，惟因此展玩，殊深慨歎。後之收藏者，尤宜保惜。萬曆改元春三月，後進文伯仁書。

《蘇長公合作》卷一袁宏道評：《前赤壁賦》爲禪法道理所障，如老學究着深衣，遍體是板；後賦平敘中有無限光景，至末一段，即子瞻亦不知其所以妙。

李贄評：前評說道理，時有頭巾氣。此則空靈奇幻，筆筆欲仙。

又華淑評：《赤壁》後賦，直平敘去，有無限光景。

茅坤《蘇文忠公文鈔》卷二八：蕭瑟。借鶴與道士之夢，以發胸中曠達今古之思。

浦起龍〔註4〕《古文眉銓》卷六九：後賦並刷盡文章色相矣。來不相期，游仍孤往，向後空空，人境俱奪。遷謫曠抱，遠過賈傅、白傅。

《唐宋八大家文鈔》卷八張伯行評：上文字字是秋景，此文字字是冬景，體物之工，其妙難言。

《三蘇文評注讀本》卷二沈石民評：飄脫之至。前賦所謂馮虛御風，羽化登仙者，此文似之。

厲鶚《大理石屏歌》(《樊榭山房續集》卷七)：坡公曾賦後赤壁，妙語排空江月白。多年無人更收拾，幻入點蒼山下石。公之遠遊唯儋耳，異域未踰大渡水。山靈豈愛公語，不似紛紛舒與李。

儲欣《東坡先生全集錄》卷一：(「人影在地」數句)天然景。(「時夜將半」以下)此下興趣反減。

又《唐宋八大家類選》卷十四：前賦設為問答，此賦不過寫景敘事。而寄托之意，悠然言外者，與前賦初不殊也。

《古文辭類纂》卷七十一王文濡評：前篇是實，後篇是虛，虛以寫實，至後幅始點醒。奇妙無以復加，易時不能再作。

增補：

《三蘇文範》卷一六引虞集云：「末用道士化鶴之事，尤出人意表。」

《蘇長公合作》卷一引李九我云：「末設夢與道士數句，尤見無中生有。」〔註5〕

張伯行《唐宋八大家文鈔》卷八：以文為賦，藏諧韻于不覺，此坡公筆也。

張邦基《墨莊漫錄》卷九：「靖康中，韓子蒼知黃州，頗訪東坡遺跡。嘗登赤壁，而賦所謂『栖鶻之危巢』者，不復存矣，悼悵作詩

〔註4〕《蘇文彙評》未標著者，補上作者浦起龍。
〔註5〕此兩條《蘇文彙評》置於〈赤壁賦〉條下，誤，今移於〈後赤壁賦〉條下。

而歸。又何頡斯舉者，猶及識東坡，因次韻子獻子蒼云：『兒時宗伯寄吾州，諷誦高文至白頭。二賦人間眞吐鳳，五年溪上不驚鷗。蟹嘗見水人猶怒，鶻有危巢孰敢留？珍重使君尋故蹟，西風悵望古城樓。』然黃之赤壁，土人云：本赤鼻磯也。故東坡長短句『故壘西邊，人道是三國周郎赤壁』則亦是傳疑而云也。今岳陽之下，嘉魚之上，有烏林赤壁，蓋公瑾自武昌列艦，風帆便順，泝流而上，遇戰於赤壁之間也。杜牧有〈寄岳州李使君〉詩云：『烏林芳草遠，赤壁健帆開』，則此眞敗魏軍之地也。」

胡仔《苕溪魚隱叢話・後集・卷二十八》：「苕溪漁隱曰：『〈赤壁後賦〉云：「適有孤鶴，横江東來，翅如車輪，玄裳縞衣，戛然長鳴，掠予舟而西也。須臾客去，予亦就睡，夢二道士，羽衣翩躚，過臨皋之下，揖予而言曰：『赤壁之游樂乎？』問其姓名，俛而不答。嗚呼噫嘻，我知之矣，疇昔之夜，飛鳴而過我者，非子也耶？道士顧笑，予亦驚悟。」此賦初言「適有孤鶴，横江東來」，中言「夢二道士，羽衣翩躚」，末言「疇昔之夜，飛鳴而過我者」，前後皆言孤鶴，則道士不應言二矣。余嘗見陸遠畫〈赤壁〉二賦，因以此詰之，渠爲之閣筆。〈高道傳〉言，天寶十三年重陽日，明皇獵於沙苑，雲間有孤鶴徘翔，上親射之，其鶴帶箭翥於西南，眾極目久之，不見。益州城西有道觀，徐佐卿嘗自稱青城山道士，一歲凡三四至觀。一日，忽自外歸，攜一箭，謂人曰：「吾行山中，偶爲此矢所中，已無恙矣。」然此箭非人間所有。越明年，箭主至此，當付之。復題其詩云：「十三載九月九日也。」明皇狩蜀，至觀，見其箭，命取閱，驚異之，乃知沙苑所射之鶴，即佐卿也。此賦指道士爲鶴，正暗用此事。』」

朱熹《朱子語類》卷一三〇：「碑本〈後赤壁賦〉『夢二道士』，『二』字當作『一』字，疑筆誤也。」

胡應麟《丹鉛新錄・卷二・關山一點》：杜詩「關山同一點。」點字絕妙，東坡亦極愛之，作〈洞仙歌〉云：『一點明月窺人。』用其語也。〈赤壁賦〉云：『山高月小。』用其意也。

又《華陽博議》卷下：蘇〈赤壁〉二賦，清空瀟灑，大得盛唐景趣，而詩反為事束，兩失之云。

尤侗《西堂雜俎一集・卷八・讀東坡志林》：坡又謂：「淵明〈閒情賦〉，所謂國風好色而不淫，正使不及〈周南〉，與屈、宋所陳何異？而統大譏之，此乃小兒強作解事者。」予亡友湯卿謀嘗稱：「〈閒情賦〉，賦之正；〈後赤壁賦〉，賦之變，可為賦法。」予許為知言。今觀坡語，歎其合。所謂荔枝似瑤柱，杜甫似司馬遷，非卿謀知兩人之深，未易開此口也。昭明既取〈巫女〉、〈洛神〉之事，而獨貶〈閒情〉，非但不知賦，且不知人矣。

宋長白《柳亭詩話・卷二十一・西飛孤鶴》：吳匏菴〈過赤壁詩〉：「西飛孤鶴記何詳，有客吹簫楊世昌。當年賦成誰與註？數行石刻舊曾藏。」自注云：「世昌，綿竹道士，與東坡同遊赤壁，所謂『客有吹洞簫者』，即其人也。」按玉局文曰：「元豐五年十二月十九日，東坡生辰，置酒赤壁，有進士李委作〈鶴南飛〉以獻。」豈所謂二客者，即楊、李二人耶？抑郭、石二生耶？世昌又見〈蜜酒歌序〉並〈次韻孔毅父〉三首之末。今畫家作赤壁圖，不畫道士，而畫一僧，指為佛印，且又指一人為黃山谷，不知何所據耶？〈長公外記〉作郭、尤二生。

姚範《援鶉堂筆記》卷五十：〈後赤壁賦〉：「月白風清，如此良夜何。」《後漢・祭遵傳》：「帝幸遵營，饗士卒，作黃門樂舞，良夜乃罷。」章懷注：「良猶深也。」

翁方綱《復初齋詩集・卷五十・韻亭以所藏明賢畫後赤壁賦冊子屬題二首》（錄第二首）：坡像吾齋月萬川，誰摹二客壁停船。摩霄大石橫江起，青到先生竹杖邊。

十一、〈酒隱賦〉（駢賦）；《文集》，冊一，頁 20。

（一）繫　年

此賦作於宋神宗元豐六年（1083），蘇軾年四十八，在黃州貶所。

（二）全文并敘

鳳山之陽，有逸人焉，以酒自晦。久之，士大夫知其名，謂之酒隱君，目其居曰酒隱堂，從而歌詠者不可勝紀。隱者患其名之著也，於是投迹仕途，即以混世，官於合肥郡之舒城。嘗與遊，因與作賦，歸書其堂云。

世事悠悠，浮雲聚漚。昔日滄壑，今爲崇丘。渺萬事於一瞬，孰能兼忘而獨遊？爰有達人，泛觀天地。不擇山林，而能避世。引壺觴以自娛，期隱身於一醉。且曰封侯萬里，賜璧一雙。從使秦帝，橫令楚王。飛鳥已盡，彎弓不藏。至於血刃膏鼎，家夷族亡。與夫洗耳潁尾，食薇首陽。抱信秋溺，徇名立殭。臧穀之異，尚同歸於亡羊。於是笑躡糟丘，揖精立粕。酣羲皇之眞味，反太初之至樂。烹混沌以調羹，竭滄溟而反爵。邀同歸而無徒，每躊躇而自酌。若乃池邊倒載，甕下高眠。背後持鍤，杖頭掛錢。遇故人而腐脇，逢麴車而流涎。暫託物以排意，豈胸中而洞然。使其推虛破夢，則擾擾萬緒起矣，烏足以名世而稱賢者耶？

十二、〈清溪詞〉（騷賦）：《詩集》，冊八，頁2644。

（一）繫　年

此詞作於宋神宗元豐八年（1085）六月，蘇軾年五十，赴登州任途中於眞州作。

（二）全　文

大江南兮九華西，泛秋浦兮亂清溪。水渺渺兮山無蹊，路重複兮居者迷。爛青紅兮粲高低，松十里兮稻千畦。山無人兮朝雲躋，靄濛濛兮淒凄凄。嘯林谷兮號水泥，走鼪鼯兮下梟鷖。忽孤壘兮隱重堤，杳冥茫兮聞犬雞。鬱萬瓦兮鳥翼齊，浮軒楹兮飛棋枅。雁南歸兮寒蜩嘶，弄秋水兮挹玻璃。朝市合兮雜髦齯，挾簞瓢兮佩鋤犁。鳥獸散兮相扶攜，隱驚雷兮鶩長霓。望翠微兮古招提，掛木杪兮翔雲梯。

若有人兮悵幽棲，石爲門兮雲爲閨。塊虛堂兮法喜妻，呼猿狙兮子鹿麛？我欲往兮奉杖藜，獨長嘯兮謝阮、嵇。

（三）彙評，頁 270

袁說友《跋清溪帖》（《東塘集》卷十九）：池陽自唐杜牧之賦《弄水亭詩》，本朝東坡先生賦《清溪詞》，而亭與溪之名遂大聞於世。其風月變態，草木呈露，山川秀遠之狀，二公詩詞盡之矣。（略）元豐間，苻離使君張公翊嘗以清溪之景命良筆圖之，攜至京師。東坡首爲賦詞，又囑秦少游書牧之《弄水亭詩》於圖後。於是一時名公篇什序跋，殆八十餘人，文與名而並傳，景以人而俱重，翰墨璀璨，溢於篇帙。後世誦之者，如生乎其時而身見之，誠池陽之盛事也。

增補：

吳師道《吳禮部詩話》：「張公翊〈清溪圖〉畫池陽清溪也。郭功甫題五絕句，有『惟欠子瞻詩』之語，遂求東坡爲賦清溪詞。蘇公復令某示秦少游，寫小杜〈弄水亭〉詩。其後自元豐以來，諸賢題詠甚多，眞蹟在金華智者寺草堂，蓋宋季王泌元敬使君得之，易世後，其家以售於寺。坡公作詞之後，有長樂張勵深道長句，彷彿蘇體，亦佳。……勵嘗爲江淮制置發運使，名字見王明清《揮麈錄》。」

十三、〈復改科賦〉（律賦）；《文集》，冊一，頁 29。

（一）繫　年

此賦作於宋哲宗元祐元年（1086）閏二月以後作，蘇軾年五十一，在京任官。

（二）全　文

新天子兮，繼體承乾。老相國兮，更張孰先？憫科場之積弊，復詩賦以求賢。探經義之淵源，是非紛若；考辭章之聲律，去取昭然。原夫詩之作也，始於虞舜之朝；賦之興也，本自兩京之世。迤邐陳、齊之代，綿邈隋、唐之裔。故道人徇路，爲察治之本；歷代用之，爲取士之制。近古不易，高風未替。〔註 6〕祖宗百年而用此，號曰得人；朝廷一旦而革之，不勝其弊。謂專門足以造聖域，謂變古足以爲大儒。事吟哦者爲童子，爲雕篆者非壯夫。殊不知採摭英華也簇之如錦繡，較量輕重也等之如錙銖。韻韻合璧，聯聯貫珠。稽諸古其來尚矣，考諸舊不亦宜乎？特令可畏之後生，心潛六義；佇見大成之君子，名振三都。莫不吟詠五字之章，鋪陳八韻之旨。字應周天之日兮，運而無積；句合一歲之月兮〔註 7〕，終而復始。過之者成疣贅之患，不及者貽缺折之毀。曲盡古人之意，乃全天下之美。遭逢日月，忻歡者諸子百家；抖擻歷圖，快活者九經三史。議夫賦曷可已，義何足非。彼文辭泛濫也，無所統紀；此聲律切當也，有所指歸。巧拙由一字之可見，美惡混千人而莫違。正方圓者必藉於繩墨，定櫽括者必在於樞機。所以不用孔門，惜揚雄之未達；其逢漢帝，嘉司馬之知微。噫，昔元豐之《新經》未頒，臨川之《字說》不作。止戈爲武兮，曾試於京國；通天爲王兮，必舒於禁籥。孰不能成始成終，誰不道或詳或略。秋闈較藝，終期李廣之雙鵰；紫殿唱名，果中禰衡之一鶚。大凡法既久而必弊，士貽患而益深。謂罷於開封，則遠方之賤者空自韞玉；取諸太學，則不肖之富者私於懷金。〔註 8〕雖負凌雲之志，未酬題柱之心。三舍既興，賄賂公行於庠序；一年爲限，孤寒半老於山林。自是憤愧者莫不顰眉，公正者爲之切齒。思罷者而未免，欲改之而未止。羽翼成商山之父，謳歌歸吾君之子。諫必行言必聽焉，此道飄飄而復起。

〔註 6〕原作「追古不易」，據對偶詞性及《東坡七集》本改「近古不易」。

〔註 7〕原作「苟合一歲之月兮」，據文意及《東坡七集》本改爲「句合一歲之月兮」，「句」「苟」字形相近，當是形近而誤植。

〔註 8〕此對句孔本原作「謂罷於開封，則遠方之賤者，空自韞玉；取諸太學，則不肖之富者，私於懷金」，蘇軾律賦並無長隔對之例，故將逗號去之。

十四、〈通其變使民不倦賦〉以「通物之變民用無倦」為韻（律賦）；《文集》，冊一，頁25。

（一）繫　年

此賦作於宋哲宗元祐元年（1086）作，蘇軾年五十一，在京任官。

（二）全　文

物不可久，勢將自窮。欲民生而無倦，在世變以能通。器當極弊之時，因而改作；眾得日新之用，樂以移風。昔者世朴未分，民愚多屈，有大人卓爾以運智，使天下羣然而勝物。凡可養生之具，莫不便安；然亦有時而窮，使之弗鬱。下迄堯舜，上從軒羲。作網罟以絕禽獸之害，服牛馬以紓手足之疲。田焉而盡百穀之利，市焉而交四方之宜。神農既沒，而舟楫以濟也；後聖有作，而弧矢以威之。至貴也，而衣裳之有法；至賤也，而臼杵之不遺。居穴告勞，易以屋廬之美；結繩既厭，改從書契之爲。如地也，草木之有盛衰；如天也，日星之有晦見。皆利也，孰識其所以爲利；皆變也，孰詰其所以制變？五材天生而並用，或革或因；百姓日用而不知，以歌以抃。豈不以俗狃其事，化難以神。疾從古之多弊，俾由吾而一新。觀《易》之卦，則聖人之時可以見；觀卦之象，則君子之動可以循。備物致功，蓋適推移之用；樂生興事，故無怠惰之民。及夫古帝既遙，後王繼踵。雖或不繇於聖作，而皆有適於民用。以瓦屋則無茅茨之敝漏，以騎戰則無車徒之錯綜。更皮弁以圜法，周世所宜；易古篆以隸書，秦民咸共。乃知制器者皆出於先聖，泥古者蓋生於俗儒。昔之然今或以否，昔之有今或以無。將何以鼓舞民志，周流化區？王莽之復井田，世滋以惑；房琯之用車戰，眾病其拘。是知作法何常，視民所便。苟新令之可復，雖舊章而必擅。神而化之，使民宜之，夫何懈倦！

（三）彙評，頁268～269

《賦話》卷五：宋蘇軾《通其變使民不倦賦》云：「制器者皆出

乎先聖，泥古者蓋生于俗儒。昔之然今或以否，昔之有今或以無。將何以鼓舞民志。周流化區？王莽之復井田，世滋以惑，房琯之用車戰，眾病其拘。」以策論手段施以帖括，縱橫排奡，仍以議論勝人，然才氣豪上，而率易處亦多，鮮有通篇完善者。（略）寓議論于排偶之中，亦是坡公一派。

十五、〈明君可與爲忠言賦〉以「明則知遠能受忠告」爲韻（律賦）；《文集》，冊一，頁 24。

（一）繫　年

此賦作於宋哲宗元祐三年（1088）左右作，蘇軾年五十三，在京任官，兼侍讀。

（二）全　文

臣不難諫，君先自明。智既審乎情僞，言可竭其忠誠。虛己以求，覽羣心於止水；昌言而告，恃至信於平衡。君子道大而不回，言出而爲則。事父能孝，故可以事君；謀身必忠，而況於謀國。然而言之雖易，聽之實難，論者雖切，聞者多惑。苟非開懷用善，若轉丸之易從；則投人以言，有按劍之莫測。國有大議，人方異詞。佞者莫能自直，昧者有所不知。雖有智者，孰令聽之？皎如日月之照臨，罔有遁形之蔽〔註 9〕；雖復藥石之瞑眩，曾何苦口之疑。蓋疑言不聽，故確論必行；大功可成，故眾患自遠。上之人聞危言而不忌，下之士推赤心而無損。豈微忠之能致，有至明而爲本。是以伊尹醜有夏而歸亳，大賢固擇所從；百里愚於虞而智秦，一身非故相反。噫，言悅於目前者，不見跬步之外；論難於耳順者，有以百年而興。苟其聰明蔽於嗜好，智慮溺於愛憎，因其所喜而爲善，雖有願忠而孰能？心苟無邪，既坐瞻於百里；人思其效，將或錫之十朋。彼

〔註 9〕孔本原作「罔有道形之蔽」，據上下文意及《東坡七集》本改爲「罔有遁形之蔽」。

非謂之賢而欲違，知其忠而莫[受]。目有眯則視白爲黑，心有蔽則以薄爲[厚]。遂使諛臣乘隙以彙進，智士知微而出[走]。仲尼不諫，懼將困於婦言；叔孫詭辭，畏不免於虎[口]。故明主審遜志之非道，知拂心之謂[忠]。不求耳目之便，每要社稷之[功]。有漢宣之賢，充國得盡破羌之計；有魏明之察，許允獲伸選吏之[公]。大哉事君之難，非忠何[報]。雖曰伸於知己，而無自辱於善[道]。《詩》不云乎，哲人順德之行，可以受話言之[告]。

（三）彙評，頁 268

李調元《賦話》卷五：宋蘇軾《明君可與爲忠言賦》云：「非開懷用善，若轉丸之易從；則投人以言，有按劍之莫測。」又：「有漢宣之賢，充國得盡破羌之計；有魏明之察，許允獲申選吏之公。」橫說豎說，透快絕倫，作一篇史論讀，所謂偶語而有單行之勢者，律賦之創調也。

十六、〈三法求民情賦〉以「王用三法斷民得中」爲韻

（律賦）；《文集》，冊一，頁 26。

（一）繫　年

此賦作於宋哲宗元祐三年（1088）作，蘇軾年五十三，在京任官，兼侍讀。

（二）全　文

民之枉直難其辯，王有刑罰從其[公]。用三法而下究，求輿情而上[通]。司刺所專，精測淺深之量；人心易曉，斷依獄訟之[中]。民也性失而習姦邪，訟興而干獄[犴]。殘而肌膚，不足使之畏；酷而憲令，不足制其[亂]。故先王致忠義以核其實，悉聰明以神其[斷]。蓋一成不可變，所以盡心於刑；此三法以求民情，孰有不平之[歎]？若夫老幼之類，蠢愚之[人]。或過失而冒罪，或遺忘而無[倫]。或頑而不識，或冤而未[伸]。一蹈禁網，利口不能肆其辯；一定刑辟，士師不得

私其仁。孰究枉弊？孰明僞眞？刑宥舍以盡公，與原其實；輕重中而制法，何濫於民。雖入鈎金，未可謂之堅；雖入束矢，孰可然其直？召伯之明，猶恐不能以意察；皋陶之賢，猶恐不能以情得。必也有秋官之聯，贊司寇之職。臣民以訊，讞國憲以何疑；寬恕其愆，斷人中而無惑。然則圜土之內，聽有獄正之良。棘木之下，議有九卿之詳。五辭以原其誠僞，五聲以觀其否臧。尚由哀矜而不喜，悼痛以如傷。三寬然後制邦辟，三舍然後施刑章。蓋念罰一非辜，則民情鬱而多怨；法一濫舉，則治道汩而不綱。故折獄致刑，本豐亨而御世；赦過宥罪，取解象以爲亙。得非君示天下公，法與天下共？當赦則赦，姦不吾惠；可殺則殺，惡非汝縱。議獄緩死，以《中孚》之意；明罰勑法，以噬嗑之用。彼呂侯作訓，赦者止五刑之疑；而《王制》有言，本此聽庶人之訟。噫，刑德濟而陰陽合，生殺當而天地參。後世不此務，百姓無以堪。有苗之暴，以虐民者五；叔世之亂，以酷民者亘。因嗟秦氏之峻刑，喪邦甚速；儻踵周家之故事，永世何慚。大哉！唐之興三覆其刑，漢之起三章而法。皆除三代之酷暴，率定一時之檢押。然其猶夷族之令而斷趾之刑，故不及前王之浹洽。

（三）彙評，頁 269

《賦話》卷五：《三法求民情賦》云：「刑德濟而陰陽合，生殺當而天地參。後世不此務，百姓無以堪。有苗之暴以虐民者五，叔世之亂以酷民者三。因嗟秦氏之峻刑，喪邦弄速，倘踵周家之故事，永世何慚。」（略）（評同《通其變使民不倦賦》）

十七、〈六事廉爲本賦〉以「先聖之貴廉也如此」爲韻

（律賦）；《文集》，冊一，頁 28。

（一）繫　年

此賦作於宋哲宗元祐三年（1088）作，蘇軾年五十三，在京任官，兼侍讀。

（二）全　文

事有六者，本歸一焉。各以廉而爲首，蓋尚德以求全。官繼條分，雖等差而立制；吏功旌別，皆清慎以居先。器爾眾才，由吾先聖。人各有能，我官其任；人各有德，我目其行。是故分爲六事，悉本廉而作程；用啓庶官，俾厲節而爲政。善者善立事，能者能制宜。或靖恭而不懈，或正直而不隨。法則不失，辨別不疑。第其課兮，事區別矣；舉其要兮，廉一貫之。蔽吏治之否臧，必旌美效；爲民極之介潔，斯作丕基。所謂事者，各以一人之攸能；所謂賢者，通眾賢之咸暨。擬之網罟，先綱而後目；況之布帛，先經而後緯。於冢宰處八法之末，厥執既分；在西京同大孝之科，於斯爲貴。乃知功廢於貪，行成於廉。苟務瀆貨，都忘屬厭。若是則善與能者爲汗而爲濫，恭且正者爲詖而爲憸。法焉不能守節，辨焉不能明賢。故聖人惡彼敗官，雖百能而莫贖；上茲潔行，在六計以相兼。此蓋周公差次之，小宰分掌者。考課則以是黜陟，大比則以爲用捨。彼六條四曰潔，晉法有所虧焉；四善二爲清，唐制未之得也。曷曰獨標茲道，分貫其餘？始於善而迄辨，皆以廉而爲初。念厥德之至貴，故他功之莫如。譬夫五事冠於周家，聞之詩雅；九疇統之皇極，載自箕書。噫，績效皆煩，清名至美。故先責其立操，然後褒其善理。是以古者之治，必簡而明，其術由此。

（三）彙評，頁 269

《賦話》卷五：《六事廉爲本賦》云：「此蓋周差次之，小宰分掌者，考課則以是黜陟，大比則以爲用舍。彼六條四曰潔，晉法有所虧焉；四善二爲清，唐制未之得也。」（評同《通其變使民不倦賦》）

十八、〈延和殿奏新樂賦〉以「成德之老來奏新樂」爲韻

（律賦）；《文集》，冊一，頁 22。

（一）繫　年

此賦作於宋哲宗元祐三年（1088）十二月二十八日作，蘇軾年五十三，在京任官，兼侍讀。

（二）全　文

皇帝踐祚之三載也，治道旁達，王功告成。御延和之高拱，奏元祐之新聲。翕然便坐之前，初觀擊拊；允也德音之作，皆協和平。自昔鍾律不調，工師失職。鄭衛之聲既盛，雅頌之音殆息。時有作者，僅存遺則。於魏則大樂令夔，在漢則河間王德。俾後世之有考，賴斯人之用力。時移事改，嗟制作之各殊；昔是今非，知高下之孰得？爰有耆德，適丁盛時。以謂樂之作也，臣嘗學之。顧近世之所用，校古人而失宜。峴下朴律，猶有太高之弊；瑗改照尺，不知同失於斯。是用稽《周官》之舊法而均其分寸，驗大府之見尺而審其毫釐。鑄器而成，庶幾改數以正度；具書以獻，孰謂體知而無師。時繼帝俞，眷茲元老。雖退身而安逸，未忘心於論討。鏗然鐘磬之調適，燦然筍簴之華好。聊即便安之所，奏黃鐘而歌大成；行詠文明之章，薦英祖而享神考。爾乃停法部之役，而眾工莫與；肄太常之業，而邇臣必陪。天聽聰明而下就，時風和協以徐回。歌曲既登，將歎貫珠之美；韶音可合，庶觀儀鳳之來。斯蓋世格文明，俗躋仁壽。天地之和既應，金石之樂可奏。延英旁矚，念故老之不來；講武前臨，消群慝之交構。然則律制既立，治功日新。號令皆發而中節，磬筦無聞於奪倫。上以導和氣於宮掖，下以胥悅豫於臣隣。以清濁任意而相譏，何憂工玉；謂宮商各諧而自遂，無愧音臣。嗚呼，趙鐸固中於宮商，周尺仍分於清濁。道欲詳解，事資學博。儻非夔、曠之徒，孰能正一代之樂？

十九、〈黠鼠賦〉（文賦）：《文集》，冊一，頁 9。

（一）繫　年

此賦作於宋哲宗元祐六年（1091）八月作，蘇軾年五十六，在京任官。

（二）全　文

蘇子夜坐，有鼠方齧。拊床而止之，既止復作。使童子燭之，有橐中空。嘐嘐聱聱，聲在橐中。曰：「嘻，此鼠之見閉而不得去者也。」發而視之，寂無所有。舉燭而索，中有死鼠。童子驚曰：「是方齧也，而遽死耶？向爲何聲，豈其鬼耶？」覆而出之，墮地乃走。雖有敏者，莫措其手。蘇子歎曰：「異哉，是鼠之黠也。閉於橐中，橐堅而不可穴也。故不齧而齧，以聲致人，不死而死，以形求脫也。吾聞有生，莫智於人。擾龍、伐蛟，登龜、狩麟，役萬物而君之，卒見使於一鼠。墮此蟲之計中，驚脫兔于處女。烏在其爲智也？」坐而假寐，私念其故。若有告余者曰：「汝惟多學而識之，望道而未見也。不一于汝，而二于物，故一鼠之齧之而爲之變也。人能碎千金之璧，不能無失聲於破釜；能搏猛虎，不能無變色于蜂蠆。此不一之患也。言出於汝，而忘之耶？」余俛而笑，仰而覺。使童子執筆，記余之作。

（三）彙評，頁 265

吳开《優古堂詩話・東坡作夏侯太初論》：《王直方詩話》記東坡十歲時，老蘇令作《夏侯太初論》，其間有「人能碎千金之璧，不能無失聲於破釜；能搏猛虎，不能無變色於蜂蠆」之語。老蘇愛之，以少時所作故不傳。然東坡作《顏樂亭記》與《黠鼠賦》，凡兩次用之。以上皆王記。予按晉《劉毅傳》鄒湛曰：「猛獸在田，荷戈而出，凡人能之，蜂蠆作於懷袖，勇夫爲之驚駭，出於意外故也。」乃知東坡意發於此。

陳天定〔註 10〕《古今小品》卷一：許大名理，說來如此透脫，前後點染，歷歷落落。

王聖俞評選《蘇長公小品》：莊生之文以小物逗玄理，如解牛、

〔註 10〕《蘇文彙評》未標著者，補上作者陳天定。

承蜩之類。是作可與驂駕。

又引卓語評：譎甚怪甚，好摹寫更譎更怪。

又：(「言出於汝而忘之耶」)東坡十來歲作《夏侯太初論》，用「碎壁」四語，為老蘇極愛，故曰「言出於汝而忘之耶？」

增補：

葉夢得《避暑錄話》：「蘇子瞻揚州題詩之謗，作〈黠鼠賦〉。」〔註 11〕

王若虛《滹南遺老集》卷三十六：〈黠鼠賦〉云：「吾聞有生，莫智於人。擾龍、伐蛟，登龜、狩麟，役萬物而君之，卒見使於一鼠。墮此蟲之計中，驚脫兔于處女。」夫「役萬物」者，通言人之靈也；「見使於鼠」者，一己之事也：似難承接。

二十、〈秋陽賦〉（文賦）：《文集》，冊一，頁 9。

（一）繫 年

此賦作於宋哲宗元祐六年（1091）十一月作，蘇軾年五十六，在潁州任。

（二）全 文

越王之孫，有賢公[子]，宅於不土之[里]，而詠無言之[詩]。以告東坡居士曰：「吾心皎然，如秋陽之[明]；吾氣肅然，如秋陽之[清]；吾好善而欲成之，如秋陽之堅百[穀]；吾惡惡而欲刑之，如秋陽之隕羣[木]。夫是以樂而賦之。子以爲何如？」居士笑曰：「公子何自知秋[陽]哉？生於華屋之下，而長遊於朝廷之上，出擁大蓋，入侍幃幄，暑至於溫，寒至於[涼]而已矣。何自知秋[陽]哉？若予者，乃眞知之。方夏潦之淫也，雲烝雨[泄]，雷電發[越]，江湖爲[一]，后土冒[沒]，舟行城郭，魚龍入[室]。菌衣生於用器，蛙蚓行於几[席]。夜違濕而五遷，晝燎衣而三[易]。是猶未足病也。耕於三吳，有田一[廛]。禾

〔註 11〕《蘇文彙評》〈黠鼠賦〉條下並未收入此條，葉夢得此說是很重要的參考資料，今附於此以補其脫漏。

> 已實而生耳，稻方秀而泥蟠。溝塍交通，牆壁頹穿。面垢落塈之塗，目泣濕薪之烟。釜甑其空，四鄰悄然。鸛鶴鳴於户庭，婦宵興而永歎。計有食其幾何，矧無衣於窮年。忽釜星之雜出，又燈花之雙懸。清風西來，鼓鐘其鏜。奴婢喜而告余，此雨止之祥也。蚤作而占之，則長庚澹澹其不芒矣。浴於暘谷，升於扶桑。曾未轉盼，而倒景飛於屋梁矣。方是時也，如醉而醒，如瘖而鳴。如痿而起行，如還故鄉初見父兄。公子亦有此樂乎？」公子曰：「善哉！吾雖不身履，而可以意知也。」居士曰：「日行於天，南北異宜。赫然而炎非其虐，穆然而溫非其慈。且今之溫者，昔之炎者也。云何以夏爲盾而以冬爲衰乎？吾儕小人，輕慍易喜。彼冬夏之畏愛，乃羣狙之三四。自今知之，可以無惑。居不瑾户，出不仰笠，暑不言病，以無忘秋陽之德。」公子拊掌，一笑而作。

（三）彙評，頁 268

郎曄《經進東坡文集事略》卷二：晁補之云〔註 12〕：「《秋陽賦》者，蘇公所作也。或曰：『越王孫者』，蓋趙令畤學於公，恭儉如寒士，有文義慷慨。而公猶曰：『公子何自知秋陽？』此如呂后謂朱虛侯不知田耳。而公自謂少貧賤暴露，乃知秋陽，以諷公子，學問知世艱難之義也。」令畤乃世曼之子。

阮閱《詩話總龜》後集卷四八：「白藕作花風已秋，不堪殘睡更回頭。晚雲帶雨歸飛急，去作西窗一夜愁。」此趙德麟細君王氏所作也。德麟既鰥居，因見此篇，遂與之爲親。余以爲乃二十八蓋「畤」字也。坡云：「教人別處使不得。」

李耆卿《文章精義》：「文字有反類尊題者，子瞻《秋陽賦》，先說夏潦之苦憂，卻說秋陽之可喜，絕妙。若出《文選》諸人手，則通篇說秋陽，斬無餘味矣。」

〔註 12〕《彙評》原作晁輔之，誤，當改爲晁補之。

廿一、〈洞庭春色賦〉（駢賦）；《文集》，冊一，頁11。

（一）繫　年

此賦作於宋哲宗元祐六年（1091）十二月作，蘇軾年五十六，在潁州任。

（二）全文并引

安定郡王以黃柑釀酒，名之曰洞庭春色。其猶子德麟得之以餉予。戲作賦曰：

吾聞橘中之樂，不減商山。豈霜餘之不食，而四老人者遊戲於其間？悟此世之泡幻，藏千里於一斑。舉棗葉之有餘，納芥子其何艱。宜賢王之達觀，寄逸想於人寰。嫋嫋兮秋風，泛天宇兮清閒。吹洞庭之白浪，漲北渚之蒼灣。攜佳人而往游，勒霧鬢與風鬟。命黃頭之千奴，卷震澤而與俱還。糅以二米之禾，藉以三脊之菅。忽雲烝而冰解，旋珠零而涕潸。翠勺銀罌，紫絡青綸。隨屬車之鴟夷，款木門之銅鐶。分帝觴之餘瀝，幸公子之破慳。我洗盞而起嘗，散腰足之痺頑。盡三江於一吸，吞魚龍之神姦。醉夢紛紜，始如髦蠻。鼓包山之桂楫，扣林屋之瓊關。卧松風之瑟縮，揭春溜之淙潺。追范蠡於渺茫，吊夫差之惸鰥。屬此觴於西子，洗亡國之愁顏。驚羅襪之塵飛，失舞袖之弓彎。覺而賦之，以授公子曰：「嗚呼噫嘻，吾言夸矣，公子其為我刪之。」

（三）彙評，頁28～31

蘇軾《自跋洞庭春色賦、中山松醪賦》（《三希堂石刻》）：始，安定郡王以黃柑釀酒，名之曰「洞庭春色」。其猶子德麟，得之以餉余，戲爲作賦。後余爲中山守，以松節釀酒，復爲賦之。以其事同而文類，故錄爲一卷。紹聖元年閏四月廿一日，將適嶺表，遇大雨，留襄邑，書此。東坡居士記。

《吳都文粹》卷六：眞柑出洞庭東西山。柑雖橘類而其品特高，芳香超勝爲天下第一。浙東、江西及蜀果州皆有柑。香氣標格，悉出洞庭下，土人亦甚珍貴之。其木畏霜雪，又不宜旱，故不能多植。及遲久方結實。時一顆至値百錢，猶是常品，稍大者倍價。 枝葉剪之飣盤時，金碧璀璨，已可人矣。安定郡王以釀酒，名洞庭春色，蘇文忠公為作賦，極道包山震澤土風而極於追鴟夷大而酌西子。其珍貴之至矣。又有「三日手猶香」之詞，則其芳烈不待言而可知。

邵博《邵氏聞見後錄》卷一九：柑橘二物，《草木書》各為一條。安定郡王以黃柑釀酒，曰「洞庭春色」。東坡之賦，皆用橘事。豈以橘條下云，「其類有朱柑、乳柑、黃柑、石柑」乎？夫柑無故事，名「洞庭春色」，亦橘也。

胡仔《苕溪漁隱叢話》後集卷三三：《詩說雋永》云：「秦湛處度為韓膺冑作《枝巢詩》。建炎間在會稽，一日語仮云：『先得兩句：大勝商山老，同居一木奴。杌隉危中壘，高聳垛中雛。』未知後成篇否？」苕溪漁隱曰：《玄怪錄》云：「巴邛人家有橘園，霜後諸橘盡收，餘二大橘如三、四斗盎，巴人異之，即令攀摘，輕重亦如常橘。剖開，每橘有二老人，相對象戲，談笑自若。一叟曰：「橘中之樂，不減商山，但不得深根固蔕，為人摘耳。」處度此詩，殊不善用事，此但言橘中之樂，不減商山，烏得便謂商山老？每橘有二老人，亦烏得謂之同居也？若東坡《洞庭春色賦》云：「吾聞橘中之樂，不減商山，豈霜餘之不食，而四老人者游戲於其間。」謝無逸《詠橘詩》云：「巴邛清霜後，獨餘兩大橘。朝剖而食，四老欣然出。乃知避世士，退藏務深密。」皆善用事，無疵病可指摘也。

王世貞《跋坡老洞庭春色中山松醪二賦》（《弇州續稿》卷一六一）：《洞庭春色》、《山中松醪》二賦，實此公《酒經》之羽翼，成而絕愛之，往往為客書，所謂「人間合有數十本」者。余與敬美所見石本，一則草而瘦，一則楷而放，與此蹟頗不同。此蹟不惟以古雅勝，則姿態百出，而結構緊密，無一筆失操縱，當是眉山最上乘，觀者毋以墨豬跡之可也。賦語流麗伉浪，亦自可兒。計此公將過嶺，留襄城，恰得五十九歲，與余正同。余不赴刑部侍郎，庶可免嶺外游。第斷米汁來僅旬日，已與二賦無緣，不知此公而在，能首肯否？

婁堅《學古緒言》卷二三：信筆作草書，素盡又及於楮，覺筆墨氣韻，便爾有分，非楮不逮素也。聞之郡中善裝潢一老人，自嘉靖中倭夷人犯後，絕無佳紙。其言殆不妄。今吳俗雖趨於靡，工巧或有加於前，而絕無注意於紙者，可見俗之所騖，於文字筆札，獨草草不能精諦矣。東坡諸賦，世人知有《前、後赤壁》，皮相者猶或訾之。能言《秋陽》者有幾，矧於《松醪》耶？記公小簡有手書此賦寄人子弟云：「以發少年妙思。」又有書賦後云：「予與吳傳正爲世外之遊，將赴中山，贈予張遇易水供堂墨一丸而別。始予嘗作《洞庭春色賦》，傳正獨愛重之，求予親書一本。近又作《中山松醪賦》，不減前作，而傳正尚未見，乃取李氏澄心堂紙，杭州程奕鼠筆及其所贈易水供堂墨，錄本以授其甥歐陽思仲，使面授傳正，且祝深藏之」云云。公之遺蹟，或尚留人間，或已化爲塵土，所不可知，而斯文之傳，固無窮期也。予好公詩文，前後所書甚多，雖字畫不足珍，或託於公文而俱永。然意尤在世人能得之於語言蹊徑之外，何必區區求之字畫哉！

增補：

胡仔《苕溪魚隱叢話・前集・卷四》：「《宋景文筆記》云：『蜀人見物驚異，輒曰噫嘻。李太白作〈蜀道難〉，因用之。……』苕溪漁隱曰：『蘇子瞻，蜀人也。作〈後赤壁賦〉云：「嗚呼噫嘻，我知之矣。」〈洞庭春色賦〉云：「嗚呼噫嘻，我言夸矣。」皆用此語。』」

郎曄《經進東坡文集事略・卷三十四・薦宗室令時狀》：「令畤，字德麟。元祐中，東坡知潁州，令畤爲簽判，喜其才善，爲作〈字說〉。同陳履常、歐陽叔弼昆季，從公詩九勝集。〈秋陽賦〉、〈洞庭春色賦〉，皆爲德麟作也。」

魏了翁《鶴山先生大全文集・卷六十四・跋東坡趙德麟字說眞蹟》：「趙德麟始以僚屬受知於蘇公，今蘇集有倡酬、〈字說〉與〈秋陽〉、〈春色〉二賦，世之賢德麟者以此。雖然，嘉祐、元祐之蘇公，孰不知趨而和之。迨蘇公度嶺，諸賢皆坐廢錮，德麟與焉，而尤卷卷於片文遺墨之是寶，於是有以知德麟之所存者遠矣。予歸自謫所，今安德節度趙公之子與洸武叔攜〈字說〉眞蹟相眎。安德以儒科發身，器周才裕，而局不得施，而有子是紹，茲其爲麟，不已多乎！嗚呼，武叔其尚勉之哉！」

廿二、〈中山松醪賦〉（騷賦）；《文集》，冊一，頁 12。

（一）繫　年

此賦作於宋哲宗元祐八年（1093）十二月，蘇軾年五十八，在定州任。

（二）全　文

> 始予宵濟於衡漳，車徒涉而夜號。燧松明而識淺，散星宿於亭皋。鬱風中之香霧，若訴予以不遭。豈千歲之妙質，而死斤斧於鴻毛。效區區之寸明，曾何異於東蒿。爛文章之糾纏，驚節解而流膏。嗟構厦其已遠，尚藥石而可曹。收薄用於桑榆，製中山之松醪。救爾灰燼之中，免爾螢爝之勞。取通明於盤錯，出肪澤於烹熬。與黍麥而皆熟，沸舂聲之嘈嘈。味甘餘而小苦，歎幽姿之獨高。知甘酸之易壞，笑涼州之蒲萄。似玉池之生肥，非內府之烝羔。酌以癭藤之紋樽，薦以石蟹之霜螯。曾日飲之幾何，覺天刑之可逃。投拄杖而起行，罷兒童之抑搔。望西山之咫尺，欲褰裳以遊遨。跨超峰之奔鹿，接挂壁之飛猱。遂從此而入海，渺飜天之雲濤。使夫嵇、阮之倫，與八仙之羣豪。或騎麟而翳鳳，爭榼挈而瓢操。顚倒白綸巾，淋漓宮錦袍。追東坡而不可及，歸餔歠其醨糟。漱松風於齒牙，猶足以賦《遠遊》而續《離騷》也。

（三）彙評，頁 32～33

蘇軾《書松醪賦後》（《蘇軾文集》卷六六）：予在資善堂，與吳傳正爲世外之遊。及將赴中山，傳正贈予張遇易水供堂墨一丸而別。紹聖元年閏四月十五日，予赴英州，過韋城，而傳正之甥歐陽思仲在焉。相與談傳正高風，嘆息久之。始予嘗作《洞庭春色賦》，傳正獨愛重之，求予親書其本。又近作《中正松醪賦》，不減前作。獨恨傳正未見，乃取李氏澄心堂紙、杭州程奕鼠須筆，傳正所贈易水供堂墨，錄本以授思仲，使面授傳正，且祝深藏之。傳正平生學道，既有得矣，予亦竊聞其一二。今將適嶺表，恨不及一別，故以此賦爲贈而致思於卒章，可以超然相望而常相從也。

胡仔《苕溪漁隱叢話前集》卷四〇：《王直方詩話》云：「東坡在定武，作《松醪賦》，有云：『遂從此而入海，渺翻天之雲濤。』蓋自定再謫惠州，自惠而遷昌化，人以爲語讖。」

《經進東坡文集事略》卷二：晁補之云：「《松醪賦》者，蘇公之所作也。公帥定武，飭廚傳，斷松節以釀酒，云：『飲之愈風扶衰。』松，大廈材也。摧而爲薪，則與蓬蒿何異。今雖殘，猶可收功於藥餌。則世之用材者，雖斷而小之，爲可惜矣。儻因其能，轉敗而爲功，猶無不可也。」

張邦基《墨莊漫錄》卷四：東坡知徐州，作黃樓，未幾，黃州安置。爲定帥作《松醪賦》，有云：「遂從此而入海，渺翻天之雲濤。」俄貶惠州，移儋耳，竟入海矣。在京師《送人入蜀》云：「莫欺老病未歸身，玉局他年第幾人？」北歸，果得提舉成都玉局觀。三事皆讖也。

葉寘《愛日齋叢鈔》卷二：東坡《松醪賦》。李仁甫侍郎舉賦中語謂東坡，蓋知之矣；又云：「東坡既再謫，親舊或勸益自儆戒。坡笑曰：『得非賜自盡乎？何至是？』顧謂叔黨曰：『吾甚喜《松醪賦》，盍秉燭，吾爲汝書此，倘一字誤，吾將死海上；不然，吾必生還。』叔黨苦諫，恐偏傍點畫偶有差訛，或兆憂耳。坡不聽，徑伸紙落筆，終篇無秋毫脫謬，父子相與粲然。」《松醪賦》之讖渡海，人知之，而未知其以驗生還也。

劉壎《隱居通議》卷四：東坡賦《中山松醪》〔註13〕，有曰：「遂

〔註13〕劉壎誤將蘇公〈中山松醪賦〉作〈山中松醪賦〉，誤，此更正。

從此而入海，眇翻天之雲濤。」句語奇健，可以見其胸次軒豁、筆端浩渺也。

《（康熙）御製詩二集》卷二一《題蘇軾中山松醪賦眞蹟卷》：中山停蹕憶松醪，開卷如親書興豪。大令漫教誇裏鐵，曹郎差可擬持螯。文章爛豈驚黴纆，拄杖投仍起續騷（二語檃括蘇句）。雪浪齋前重俯仰，髯翁曾此一揮毫。

增補：

陳善《捫蝨新話．卷八．東坡詩讖》：「東坡〈遊金山寺〉詩云：『我家江水初發源，宦遊直送江入海。』〈松醪賦〉亦云：『遂從此而入海，渺飜天之雲濤。』人以此語爲晚年謫遷之讖。」

胡仔《苕溪魚隱叢話．前集．卷四十》：「王直方《詩話》云：『東坡在定武，作《松醪賦》，有云：「遂從此而入海，渺翻天之雲濤。」蓋自定再謫惠州，自惠而遷昌化，人以爲語讖。』苕溪漁隱曰：『人之得失生死，自有定數，豈容前逃，烏得爲以讖言之，何不達理如此，乃庸俗之論也。如東坡自黃移汝，別雪堂鄰里，有詞云：「百年強半少，來日苦無多。」蓋用退之詩「年皆過半百，來日苦無多」之語。然東坡自此脫謫籍，登禁從，累帥方面，晚雖南遷，亦幾二十年乃薨，則「來日苦無多」之語，何不成讖邪？』」

廿三、〈沉香山子賦〉（文賦）；《文集》，冊一，頁 13。

（一）繫　年

此賦作於宋哲宗元符元年（1098）二月作，蘇軾年六十三，在海南貶所。

（二）全　文

> 古者以芸爲香，以蘭爲芬。以鬱鬯爲祼，以脂蕭爲焚。以椒爲塗，以蕙爲薰。杜衡帶屈，菖蒲薦文。麝多忌而本羶，蘇合若薌而實葷。嗟吾知之幾何，爲六入之所分。方根塵之起滅，常顚倒其天君。每求似於髣髴，或鼻勞而妄聞。

獨沉水爲近正，可以配薝蔔而並云。矧儋崖之異產，實超然而不羣。既金堅而玉潤，亦鶴骨而龍筋。惟膏液之內足，故把握而兼斤。顧占城之枯朽，宜爨釜而燎蚊。宛彼小山，巉然可欣。如太華之倚天，象小孤之插雲。往壽子之生朝，以寫我之老懃。子方面壁以終日，豈亦歸田而自耘。幸置此於几席，養幽芳於帨帉。無一往之發烈，有無窮之氤氳。蓋非獨以飲東坡之壽，亦所以食黎人之芹也。

廿四、〈和陶歸去來兮辭〉（騷賦）：《詩集》，冊八，頁2560。

（一）繫　年

此辭作於宋哲宗元符元年（1098）三月作，蘇軾年六十三，在海南貶所。

（二）全文并引

子瞻謫居昌化，追和淵明〈歸去來辭〉，蓋以無何有之鄉爲家，雖在海外，未嘗不歸云爾。

歸去來兮，吾方南遷安得歸。臥江海之澒洞，弔鼓角之悽悲。迹泥蟠而愈深，時電往而莫追。懷西南之歸路，夢良是而覺非。悟此生之何常，猶寒暑之異衣。豈襲裘而念葛，蓋得觕而喪微。我歸甚易，匪馳匪奔。俯仰還家，下車闔門。藩垣雖缺，堂室故存。挹吾天醴，注之窪尊。飲月露以洗心，飡朝霞而眩顏。混客主而爲一，俾婦姑之相安。知盜竊之何有，乃掊門而折關。廓圜鏡以外照，納萬象而中觀。治廢井以晨汲，滃百泉之夜還。守靜極以自作，時爵躍而鯢桓。歸去來兮，請終老於斯游。我先人之敝廬，復舍此而焉求？均海南與漢北，挈往來而無憂。畸人告予以一言，非八卦與九疇。方饑須糧，已濟無舟。忽人牛之皆喪，但喬木與高丘。警六用之無成，自一根之返流。望故家而求息，曷中道之三休。已矣乎，吾生有命歸有時，我初無行亦無留。駕言隨子聽所之，豈以師南華而廢從安期。謂湯稼之終枯，遂不溉而不耔。師淵明之雅放，和百篇之新詩。賦〈歸來〉之清引，我其後身蓋無疑。

（三）彙評，頁 270

晁說之《答李持國先輩書》（《嵩山文集》卷一五）：足下愛淵明所賦《歸去來辭》，遂同東坡先生和之，是則僕之所未喻也。建中靖國間，東坡《和歸去來》，初至京師，其門下賓客又從而和之者數人，皆謂自得意也。陶淵明紛然一日滿人目前矣。參寥忽以所和篇視予，率同賦，予謝之曰：「造之者富，隨之者貧。童子無居位，先生無並行。與吾師共推東坡一人於淵明間可也。」參寥即索其文袖之，出吳音曰：「罪過公，悔不先與公語。」今輒以厚於參寥者厚於吾姪，何如？抑又聞焉，大宋相公謂陶公《歸去來》是南北文章之絕唱，五經之鼓吹，近時繪畫《歸去來》者皆作大聖變，和其辭者如即時遣興小詩，皆不得正中者也。

增補：

蘇轍《欒城集・卷五・和子瞻歸去來詞一首・引》：「昔予謫居海康，子瞻自海南以和淵明歸去來之篇要予同作，時予方再遷龍川，未暇也。辛巳歲，予既還穎川，子瞻渡海浮江至淮南而病，遂沒於晉陵。是歲十月，理家中舊書，復得此篇，乃泣而和之。蓋淵明之放與子瞻之辯，予皆莫及也，示不逆其遺意焉耳。」

張耒《張右史文集・卷七・子由先生》云：東坡公所和陶靖節〈歸去來辭〉及侍郎先生之作，命之同賦。耒輒自憫其仕之不偶，又以弔東坡先生之亡，終有以自廣也。（文長不錄）

王應麟《困學紀聞》卷十八：《宋書・樂志》：「〈陌上桑〉《楚辭》鈔，以〈九歌・山鬼〉篇增損爲之。東坡因〈歸去來〉爲辭，亦此類也。」

葉寘《愛日齋叢鈔》卷二：李之儀云：「東坡平日自謂淵明後身，晚和〈歸去來辭〉，始載其語。要是胸中自負如此。魯直爲『千載人』、『百世士』之評的矣。」

溫汝能《和陶合箋・卷四・和歸去來兮辭》：樊潛庵曰：「公昔評淵明此篇云：『俗傳書生入官庫，見錢不識，或怪而問之，生曰：固知其爲錢，但怪其不在紙裹中耳。偶讀淵明〈歸去來辭〉云：幼稺盈室，瓶無儲粟，乃知俗傳信而有證。使瓶有儲粟，亦甚微矣。此翁平生只於瓶中見粟也耶？』公至是和此，其序先云：『以無何有之鄉爲家』。回憶淵明不屈腰督郵，解印綬去，浩浩落落，眞古今第一流人品，倘守瓶中儲粟，奚至垂老海外哉？」愚暗：先生以垂老之年遷謫海外，其不晝夜思歸者非人情也。故其欲歸不得之懷，時露於言外。此篇情意尤復悽惻。按查氏編次，應是元符庚辰之春作於儋耳。觀其詩序，已有明言。考《年譜》：是歲五月，被命移廉州安置。六月渡海。八月被命授舒州團練副使、永州安置。十一月拜玉局之除。明年辛巳，即度嶺北歸，行抵常州而卒。聞其臨終出一帖云：「某嶺海萬里不死，而歸宿里，有不起之憂，非命也耶？」由此觀之，先生未嘗不歸，先生思歸之心，未嘗不遂，以視他人之老死謫所而子孫流離者，因爲不幸中之幸，然則天之所以報先生者，又未嘗不厚也。至其甫歸而卒，是蓋有存數焉，則亦天實爲之，謂之何哉？

廿五、〈酒子賦〉（騷賦）；《文集》，冊一，頁 14。

（一）繫　年

此賦作於宋哲宗元符元年（1098）四月作，蘇軾年六十三，在海南貶所。

> 南方釀酒，未大熟，取其膏液，謂之酒子，率得十一。既熟，則反之醅中。而潮人王介石，泉人許玨，乃以是餉予。寧其醅之漓，以蘄予一醉。此意豈可忘哉，乃爲賦之。
>
> 米爲母，麴其父。烝羔豚，出髓乳。憐二子，自節口。餉滑甘，輔衰朽。先生醉，二子舞。歸瀹其糟飲其友。先生既醉而醒，醒而歌之曰：「吾觀椰酒之初泫兮，若嬰兒之未孩。及其溢流而走空兮，又若時女之方笄。割玉脾於蠭室兮，氄鶵鵝之毯毢。味盎盎其春融兮，氣凜冽而秋淒。自

我膰腹之瓜罌兮，入我凹中之荷盃。瞰朝霞於霜谷兮，濛夜稻於露畦。吾飲少而輒醉兮，與百榼其均齊。游物初而神凝兮，反實際而形開。顧無以酹二子之勤兮，出妙語爲瓊瑰。歸懷璧且握珠兮，挾所有以傲厥妻。遂諷誦以忘食兮，殷空腸之轉雷。」

廿六、〈濁醪有妙理賦〉以「神聖功用無捷於酒」爲韻

（律賦）；《文集》，冊一，頁21。

（一）繫　年

此賦作於宋哲宗元符元年（1098）四月至六月間作，蘇軾年六十三，在海南貶所。

（二）全　文

酒勿嫌濁，人當取醇。失憂心於昨夢，信妙理之疑神。渾盎盎以無聲，始從味入；杳冥冥其似道，徑得天眞。伊人之生，以酒爲命。常因既醉之適，方識此心之正。稻米無知，豈解窮理；麴櫱有毒，安能發性。乃知神物之自然，蓋與天工而相並。得時行道，我則師齊相之飲醇；遠害全身，我則學徐公之中聖。湛若秋露，穆如春風。疑宿雲之解駁，漏朝日之暾紅。初體粟之失去，旋眼花之掃空。酷愛孟生，知其中之有趣；猶嫌白老，不頌德而言功。兀爾坐忘，浩然天縱。如如不動而體無礙，了了常知而心不用。坐中客滿，惟憂百榼之空；身後名輕，但覺一盃之重。今夫明月之珠，不可以襦。夜光之璧，不可以餔。芻豢飽我而不我覺，布帛燠我而不我娛。惟此君獨遊萬物之表，蓋天下不可一日而無。在醉常醒，孰是狂人之藥；得意忘味，始知至道之腴。又何必一石亦醉，罔間州閭；五斗解酲，不問妻妾。結襪廷中，觀廷尉之度量；脫靴殿上，夸謫仙之敏捷。陽醉逷地，常陋王式之褊；烏歌仰天，每譏楊惲之狹。我欲眠而君且去，有客何嫌；人皆勸我而不聞，其誰敢接。殊不知人之齊聖，匪昏之如。古者晤語，必旅之於。

獨醒者，汨羅之道也；屢舞者，高陽之徒歟？惡蔣濟而射木人，又何狷淺；殺王敦而取金印，亦自狂疎。故我內全其天，外寓於酒。濁者以飲吾僕，清者以酌吾友。吾方耕於渺莽之野，而汲於清泠之淵，以釀五醪，然後舉窪樽而屬予口。

（三）彙評，頁 41

釋惠洪《冷齋夜話》卷一《鳳翔壁上題詩》：東坡曰：予少官鳳翔，行山求邸，見壁間有詩曰：「人間無漏仙，兀兀三杯醉。世上沒眼禪，昏昏一覺睡。雖然沒交涉，其奈略相似。相似尚如此，何況眞箇是。」故其海上作《濁醪有妙理賦》曰：「嘗因既醉之適，方識人心之正。」然此老言人心之正，如孟子言性善，何以異哉！

黃徹《䂬溪詩話》卷八：子瞻賦《濁醪有妙理》，首句云：「酒勿嫌濁，人當取醇。」其末乃曰：「濁者以飲吾僕，清者以酌吾友。」復立分別，則是濁醪無妙理矣，豈非萬斛洶湧，不暇點檢故歟！

姚寬《西溪叢語》卷上：東坡《濁醪有妙理賦》云：「濁者以飲吾僕，清者以飲吾友。」僕謂我也，或以爲奴僕，誤矣。

李調元《賦話》卷三《新話》三：宋蘇軾《濁醪有妙理賦》云：「得時行道，我則師齊相之飲醇；遠害全身，我則學徐公之中聖。」窮通皆宜，纔是妙理。通篇豪爽，而有雋致，眞率而能細入，前無古人，後無來者。

廿七、〈天慶觀乳泉賦〉（文賦）；《文集》，冊一，頁 15。

（一）繫　年

此賦作於宋哲宗元符元年（1098）六月作，蘇軾年六十三，在海南貶所。

（二）全　文

陰陽之相化，天一爲水。六者其壯，而一者其穉也。夫物老死於坤，而萌芽於復。故水者，物之終始也。意水之在人稟也，如山川之蓄雲，草木之含滋，漠然無形而爲往來之氣也。爲氣者水之生，而有形者其死也。死者鹹而生者甘，甘者能來往能來，而鹹者一出而不復返，此陰陽之理也。吾何以知之？蓋嘗求之於身而得其說。凡水之在人者，爲汗、爲涕、爲洟、爲血、爲溲、爲淚、爲矢、爲涎、爲沫，此數者，皆水之去人而外騖，然後肇形於有物，皆鹹而不能返。故鹹者九而甘者一。一者何也？唯華池之眞液，下涌於舌底，而上流於牙頰，甘而不壞，白而不濁，宜古之仙者以是爲金丹之祖，長生不死之藥也。今夫水之在天地之間者，下則爲江湖井泉，上則爲雨露霜雪，皆同一味之甘，是以變化往來，有逝而無竭。故海洲之泉必甘，而海雲之雨不鹹者，如涇渭之不相亂，河濟之不相涉也。若夫四海之水，與凡出鹽之泉，皆天地之死氣也。故能殺而不能生，能槁而不能浹也，豈不然哉？吾謫居儋耳，卜築城南，隣於司命之宮，百井皆鹹，而醪醴湩乳，獨發於宮中，給吾飲食酒茗之用，蓋沛然而無窮。吾嘗中夜而起，挈缾而東。有落月之相隨，無一人而我同。汲者未動，夜氣方歸。鏘瓊佩之落谷，灩玉池之生肥。吾三嚥而遄返，懼守神之訶譏。卻五味以謝六塵，悟一眞而失百非。信飛仙之有藥，中無主而何依。渺松喬之安在，猶想像於庶幾。

（三）彙評，頁 35～37

葛立方《韻語陽秋》卷一二：蘇子由病酒，肺疾發。東坡告之以修養之道，有曰：「寸田可治生，誰勸耕黃穤。探懷得眞藥，不待君臣佐。初如雪花積，漸作櫻珠大。隔牆聞三嚥，隱隱如轉磨。」（略）故《天慶觀乳泉賦》及《養生論》、《龍虎鉛汞論》，皆析理入微，則知東坡於養生之道深矣。

胡仔《苕溪漁隱叢話》後集卷三〇：《次韻沈長官》詩云：「聞道山中食無肉，玉池清水自生肥。」《天慶觀乳泉賦》云：「鏘瓊佩之落谷，灩玉池之生肥。」《澄邁驛通潮閣》詩云：「杳杳天低鶻沒處，青山一髮是中原。」《伏波將軍廟碑》有云：「南望連山，若有若無，杳杳一髮耳。」皆兩用之，其語倔奇，蓋得意也。

費袞《梁谿漫志》卷四：展如曰：《天慶乳泉賦》詞意高妙，當在第一。

李耆卿《文意精義》：《天慶乳泉賦》，理到。

吳萊《南海山水人物古迹記》（《淵穎集》卷九）：東坡泉在西城內天慶觀，蘇文忠公初鑿得一石，狀如龜，泉涌出，號龜泉，清冽亞達磨泉。淳祐間，經略使方大琮浚泉，護以定林廢寺鐵井欄。大琮有《鐵井欄銘》。

《石渠寶笈》卷一三《宋蘇軾書天慶觀乳泉賦一卷》李心傳跋云：趙京兆所藏此軸，奇偉特甚。以歲月驗之，蓋蘇公元符北歸所書也。時方厄于章、蔡之餘，而人之貴重如此，豈待百年而後定耶？夫筆老墨秀，挾海上風濤之氣，以平生所見論之，當爲海內蘇書第一。紹定癸巳歲九月七日陵陽李心傳謹書。

又王遂題：天一生兮上浮，羽入竢兮舟邱。遡儋耳兮東注，夾崑崙兮倒流。嘉熙三年四月旦王遂題。

又尤焴題云：萬籟既寂，一氣孔神。吸彼沆瀣，沃此肺膺。至陽之精，天一所生。欽哉此詞，展也大成。

又孫子秀題云：腥波暗天，濁浪翻日。蛟蜃元鼉，之所出沒。有屹其島，清泉中發。靜涵太虛，寒侵孤月。汲之無窮，元氣所泄。古今正理，不可泯滅。抑斯泉也，爲斯人設。會稽孫子秀書。

又宋濂跋云：蘇長公以紹聖四年丁丑二月，謫授瓊州別駕，安置儋州。六月渡海，七月十三日至儋，僑寄城南，鄰于天慶觀。觀有乳泉，故公爲援筆賦此。元符三年庚辰，公居儋已四年，會正月祐陵登極，大赦天下，五月移公廉州，六月還瓊，復渡海至廉。七月又以皇長子生，國有大慶，遷舒州團練副使，量移永州。八月終，方自廉啓行。賦後題云「庚辰七月十三日書」，則正在廉時也。十一月行至英州，又復朝奉郎提舉成都府玉局觀，任便而居。公遂度嶺南還。明年爲建中靖國元年辛巳，五月至毗陵，六月因疾告老，以本官致仕。七月廿八日遂薨。公之書是賦，時年已六十有五，距其薨僅隔一歲，實爲晚年之筆。李侍郎微之謂其筆老墨秀，挾海上風濤之氣，當爲海內蘇書第一。誠知言也哉！濂嘗見漳水酈元與跋公《眉子石硯歌》四十五字斷簡，謂曰百閱而弗之厭，使其見此，吾知其必曰百拜而不止也。然公之薨未幾，辭翰皆爲世大禁，而狗鼠之徒，如霍謹英輩猶嗚吠不已，磨剗焚炳，無所不用其極，而斯卷無纖毫不完，豈公妙墨所在，或有鬼物呵護之耶？金華宋濂謹書。

卞永譽《書畫匯考》卷一〇「蘇軾」條《乳泉賦》引陳仁玉詩：坡翁謫海上，人傳已仙去。道逢章子厚，遄復返塵路。至言想世驚，猶閟《乳泉賦》。遙憐嵩山丘，千古不可駐。是日，仙居陳仁玉同書後。

李日華《六研齋二筆》卷二：宋王亞夫題：蘇公蚤聞道，文章乃其戲。乳泉出重海，作賦聊紀異。玉池嚥中夜，挈瓶非小智。氣者水之生，此語可深味。

又謝奕修題：《乳泉賦》不待多贊，特此軸尙有餘紙，安得起坡翁書滿卷後耶？

又楊一清題：此卷爲蘇書第一，前輩已有定論。衡其所著述，亦第一等議論也。

《古文辭類纂》卷七一方苞評：所見無絕殊者，而文境邈不可攀。良由身閑地曠，胸無雜物，觸處流露，斟酌飽滿，不知其所以然而然。豈惟他人不能摹倣，即使子瞻更爲之，亦不能如此調適而暢遂也。

增補：

費袞《梁谿漫志・卷四・柳展如論東坡文》：「東坡歸自海南，遇其甥柳展如（閎），出文一卷示之曰：『此吾在嶺南所作也，甥試次第之。』展如曰：『《天慶乳泉賦》詞意高妙，當在第一；《鍾子翼哀詞》別出新格，次之；他文稱是。舅老筆，甥敢優劣邪？』坡歎息以爲知言。展如後舉似洪慶善，慶善跋東坡帖，具載其語。」

王惲《秋澗先生大全文集・卷十九・東坡汲乳泉圖》：「儋州遷客

玉堂仙，服食天教得乳泉。三嚥遽驚滋皓氣，一甘無壞是泠淵。中朝清議孤忠裏，瘴海鯨波九死邊。落月澹隨人不見，滿襟風露獨翛然。道宮獨發乳泉香，似與坡仙養浩方。井冽不從炎海障，味甘還比上池觴。化機軒豁元胎濕，孤影追隨月色蒼。天地此身忠義在，一杯三嚥濯肝腸。」

李日華《六研齋二筆》卷二：蘇東坡〈乳泉賦〉，文載全集。其眞蹟行楷，在一友人處，余得借觀。秀朗華潤，大約與公所書〈赤壁賦〉向得見於黃又玄中丞家者，同一結構，皆公極得意筆也。此卷乃爲歐陽晦夫書者。前有手柬一通云：「軾數日病痢，不果往謁，想起居佳勝。餞行詩輒跋尾，匹紙亦作數百字，餘皆馳納。軾再行。晦夫推官閣下，七月十三日。〈乳泉賦〉切勿示人。切懇切懇。」趙京兆所藏此軸，奇偉特甚。以歲月驗之，蘇公元符北歸所書也。時方厄於章蔡之餘，而人之貴重如此，豈待百年而後定耶。若夫筆老墨秀，挾海上風濤之氣，以平生所見論之，當爲海內蘇書第一。紹定癸巳歲九月七日，陵陽李心傳謹書。

天一生兮上浮，羽人俟兮丹丘，迴儋耳兮東注，夾崑崙兮倒流。嘉熙三年四月旦，王遂題。

……

蘇公蚤聞道，文章乃其戲。乳泉出重海，作賦聊紀異。玉池嚥中夜，挈瓶非小智。氣者水之生，此語可深味。淳祐甲辰孟夏朔，峴山王亞夫書於西湖孤山之陽。

坡翁謫海上，人傳已仙去。道逢章子厚，揣復返塵路。至言恐世驚，猶閟〈乳泉賦〉。遙憐嵩山丘，千古不可駐。是日仙居陳仁玉同書後。

《乳泉賦》不待多贊，特此軸尚有餘紙，安得起坡翁書滿卷後耶？天台謝奕修書於西湖。淳祐甲辰首夏望後二日。

……

蘇長公以紹聖四年丁丑二月，責授瓊州別駕，安置儋州。六月渡海。七月十三日至儋，僑寄城南，鄰於天慶觀。觀有乳泉，故公援筆賦此。元符三年庚辰，公居儋已四年。會正月祐陵登極，大赦天下。五月，移公廉州。六月還瓊，復渡海至廉。七月，又以皇長子生，國有大慶，遷舒州團練副使，量移永州。七月終，方自廉起行。賦後題云「七月十三日書」，則正在廉時也。十一月行至英州，又復朝奉郎，提舉成都玉局觀，任便而居。公遂度嶺南還。明年爲建中靖國元年辛巳，五月至毘陵，六月因疾告老，以本官致仕。七月廿八日遂薨。公之書是賦，時年已六十有五，距其薨僅隔一歲，實爲晚年之筆。李侍朗微之謂其筆老墨秀，挾海上風濤之氣，當爲海內蘇書第一，誠知言也哉。濂嘗見漳水酈元輿跋公〈眉子石歌〉四十五字斷簡，謂日百謁之而弗之厭，使其見此，必日百拜而不止也。然公之薨未幾，詞翰皆爲世大禁，而狗鼠之徒，如霍漢英輩，猶嗚吠不已，磨剗焚炳，無所不用其極，而斯卷無纖毫不完，豈公妙墨所在，或有鬼物呵護之耶？金華宋濂謹書。

此卷爲蘇書第一，前輩已有定衡。其所著述，亦第一等議論也。予渡清淮，盱眙陳質出以見示。不圖今日得數奇觀，非平生第一快事耶？弘治丙辰仲冬望後三日，陝西按察司提學副使石淙楊一清。

廿八、〈菜羹賦〉（騈賦）；《文集》，冊一，頁 17。

（一）繫　年

此賦作於宋哲宗元符元年（1098）十月作，蘇軾年六十三，在海南貶所。

（二）全文并敘

東坡先生卜居南山之下，服食器用，稱家之有無。水陸之味，貧不能致，煮蔓菁、蘆菔、苦薺而食之。其法不用醯醬，而有自然之味。蓋易具而可常享。乃爲之賦，辭曰：

嗟余生之褊迫，如脫兔其何[因]。般詩腸之轉雷，聊禦餓而食[陳]。無芻豢以適口，荷鄰蔬之見[分]。汲幽泉以揉濯，摶露葉與瓊根。爨鉶錡以膏油，泫融液而流津。湯濛濛如松風，投糝豆而諧匀。覆陶甌之穹崇，謝攪觸之煩勤。屏醯醬之厚味，却椒桂之芳辛。水初耗而釜泣，火增壯而力均。滃嘈雜而麋潰，信淨美而甘分。登盤盂而薦之，具七箸而晨飧。助生肥於玉池，與五鼎其齊珍〔註 14〕。鄙易牙之效技，超傅說而策勳。沮彭尸之爽惑，調竈鬼之嫌嗔。嗟丘嫂其自隘，陋樂羊而匪人。先生心平而氣和，故雖老而體胖。計餘食之幾何，固無患於長貧。忘口腹之爲累，以不殺而成仁。竊比予於誰歟？葛天氏之遺民。

廿九、〈老饕賦〉（騈賦）；《文集》，冊一，頁 16。

（一）繫　年

此賦作於宋哲宗元符二年（1099）九月作，蘇軾年六十四，在海南貶所。

（二）全　文

庖丁鼓刀，易牙烹熬。水欲新而釜欲潔，火惡陳而薪惡勞〔註 15〕。九蒸暴而日燥，百上下而湯鏖。嘗項上之一臠，嚼霜前之兩螯。爛櫻珠之煎蜜，滃杏酪之蒸羔。蛤半熟而含酒，蟹微生而帶糟。蓋聚物之夭美，以養吾之老饕。婉彼姬姜，顏如李桃。彈湘妃之玉瑟，鼓帝子之雲璈。命仙人之萼綠華，舞古曲之鬱輪袍。引南海之玻瓈，酌涼州之蒲萄。願先生之耆壽，分餘瀝於兩髦。候紅潮於玉頰，驚暖響於檀槽。忽纍珠之妙唱，抽獨繭之長繰。閔手倦而少休，疑吻燥而當膏。倒一缸之雪乳，列百柂之瓊艘。各眼灩於秋水，咸骨醉於春醪。美人告去已而雲散，先生方兀然而禪逃。響松風於蟹眼，浮雪花於兔毫。先生一笑而起，渺海闊而天高。

〔註 14〕孔本作「與吾鼎其齊珍」，據所用之典故及《東坡七集》本，改爲「與五鼎其齊珍」。所謂「五鼎」，乃牛、羊、豕、魚、麋。

〔註 15〕孔本作「水惡陳而薪惡勞」，據上下文意及《東坡七集》改爲「火惡陳而薪惡勞」，以與上句「水欲新而釜欲潔」相對。

（三）彙評，頁 38～39

《苕溪漁隱叢語》後集卷二八《東坡三》：苕溪漁隱曰：東坡於飲食，作詩賦以寫之，往往皆臻其妙。如《老饕賦》、《豆粥》詩是也。

吳曾《能改齋漫錄》卷七：顏之推云：「眉毫不如耳毫，耳毫不如項條，項條不如老饕。」此言老人雖有壽相，不如善飲食也。故東坡《老饕賦》蓋本諸此。然《左氏傳》「縉雲氏有不才子，貪於飲食，冒於貨賄。天下之民，以比二凶，謂之饕餮。」杜預注曰：「貪財爲饕，貪食爲餮。」何耶？無乃與東坡之說牾耶？予又按，漢服虔引《神異經》云：「饕餮，獸名。身如羊，人面，目在腋下，食人。」然則饕餮均能食人。且字皆從食，雖不以財食分別亦可矣。惟《離騷經》「眾皆競進以貪婪兮，憑不厭乎求索。」王逸注云：「愛財曰貪，愛食曰婪。」蓋此二字，或可分別，以貪字從貝故耳。

李冶《敬齋古今黈》卷八：東坡有《老饕賦》，前後皆說飲食。按《左傳・文十八年》云：「縉雲氏有不才子，貪于飲食，冒于貨賄，天下之民謂之饕餮。」說者皆曰：「貪財爲饕，貪食爲餮。」然則東坡此賦，當云老餮，不當云老饕。

謝枋得《碧湖雜記》：東坡《老饕賦》，蓋文章之游戲耳。

王聖俞評選《蘇長公小品》：夭美老饕，設語甚新，雖標艷賞意，不屑屑。

陳天定〔註 16〕《古今小品》卷一：流麗清曠，如春帆映日，浮於雲渚。

李調元《賦話》卷五《新話》五：古人作賦，未有一韻到底，創之自坡公始，《老饕賦》題涉于游戲，而篇幅不長，偶然弄筆成趣耳。元人於《石鼓》等作，動輒學步，剌剌數百言不休，直如跛鱉之追騏驥矣。

〔註 16〕《蘇文彙評》未標著者，補上作者陳天定。

增補：

梁章鉅《浪跡叢談・卷四・老饕》：余酒戶不大，而好爲豪飲；家本貧儉，而好講精饌。……然歷觀古近之人，不好此者蓋鮮。坡公詩：「我生涉世本爲口」，乃眞實無妄之語，非流俗所可詆譏也。惟性不佞佛，而雅不喜殺生……近年於腳魚、水雞、黃鱔、白鱔諸物，皆不入廚下，有與坡公〈岐亭〉詩旨正合。……中年以後，每作詩自稱老饕……余謂「老饕」字見用於坡公，宋人詩中亦屢見，《甕牖閒評》引諺云：「眉毫不如耳毫，耳毫不如老饕。」故蘇東坡作〈老饕賦〉，蓋眉毫耳毫皆壽徵，老而能健飲健啖，則亦壽徵，故諺語連類及之。

增補其它：

朱弁《曲洧舊聞》卷五：「東坡在儋耳，謂子過曰：『吾嘗告汝，我決不爲海外人！近日頗覺有還中州氣象。』乃滌硯、索紙筆，焚香曰：『果如吾言，寫吾平生所作八賦，當不脫誤一字。』既寫畢，讀之大喜曰：『吾歸無疑矣！』後數日，而廉州之命至。八賦墨蹟，始在梁師成家，或云入禁中矣。」

周煇《清波雜志》卷二：「東坡在海外，語其子過曰：『我決不爲海外人。近日頗覺有還中州氣象。』乃滌硯焚香，寫平生所作八賦，當不脫一字以卜之。寫畢，大喜曰：『吾歸無疑矣。』後數日，廉州之命至。八賦墨蹟，初歸梁師成，後入禁中。」

李東陽《懷麓堂詩話・卷十九・蘇子瞻》：「兩國山川一戰功，子瞻詞賦亦爭雄。江流自古愁無限，落木長天萬里風。」

重要參考書目

（依書名首字筆畫順序排列）

一、蘇軾之屬

（一）著作版本、選集、注本

1. 《三蘇文選校注評析新編》，陳雄勳、范月驕評注（台北：文史哲出版社，1997 年）。
2. 《三蘇全書》，曾棗莊、舒大剛主編（北京：語文出版社，2001 年）。
3. 《三蘇選集》，曾棗莊、曾濤選注（哈爾濱：黑龍江人民出版社，1993 年）。
4. 《赤壁賦墨跡精華》，孫寶文編（瀋陽：遼寧美術出版社，1993 年）。
5. 《東坡七集》，（宋）蘇軾撰，《四部備要》集部（台北：中華書局據匋齋校刊本校刊，1981 年）。
6. 《東坡全集》，（宋）蘇軾撰，《影印文淵閣四庫全書》（台北：臺灣商務印書館據國立故宮博物院藏本影印，1983 年）。
7. 《東坡詞選析》，陳師伯元著（台北：五南圖書公司，2000 年）。
8. 《東坡詩選析》，陳師伯元著（台北：五南圖書公司，2003 年）。
9. 《東坡樂府箋》，龍榆生校箋（台北：華正書局，1990 年）。
10. 《東坡樂府編年箋注》，（宋）蘇軾撰，石聲淮、唐玲玲箋注（台北：華正書局，1993 年）。
11. 《東坡賦譯注》，孫民著（四川：巴蜀書社，1995 年）。
12. 《重編東坡先生外集》，（宋）蘇軾撰，（明）毛九苞編，《四庫全書存目叢書》集部（臺灣：莊嚴文化事業有限公司，1997 年）。

13. 《雪泥鴻爪》，張境校訂、朱昆槐選註（台北：時報文化出版事業，1988 年）。
14. 《經進東坡文集事略》，（宋）蘇軾撰，（宋）郎曄注（上海：上海書店印行，據商務印書館 1926 年版重印。）。
15. 《詩詞吟唱與賞析》（附錄影帶），陳師伯元著（台北：東大圖書，1994 年）。
16. 《蘇文忠公詩編註集成》，（清）王文誥輯訂（台北：臺灣學生書局，1987 年）。
17. 《蘇東坡全集》，（宋）蘇軾撰，段書偉、李之亮、毛德富主編（北京：北京燕山出版社，1997 年）。
18. 《蘇東坡寓言大全詮釋》，朱靖華（北京：京華出版社，1998 年）。
19. 《蘇東坡詞》，曹樹銘校編（台北：臺灣商務印書館，1983 年）。
20. 《蘇東坡詩文選》，戴麗珠（台北：學海出版社，1997 年）。
21. 《蘇軾》（唐宋八大家散文欣賞），呂晴飛主編（台北：地球出版社，1992 年）。
22. 《蘇軾文集》，（宋）蘇軾撰，孔凡禮點校（北京：中華書局，1996 年）。
23. 《蘇軾全集》，（宋）蘇軾撰，傅成、穆儔標點（上海：上海古籍出版社，2000 年）。
24. 《蘇軾散文研讀》，王更生編著（台北：文史哲出版社，2001 年）。
25. 《蘇軾散文選注》，王水照、王宜瑗選注（上海：上海古籍出版社，1990 年）。
26. 《蘇軾詩集》，（宋）蘇軾撰，孔凡禮點校（北京：中華書局，1996 年）。
27. 《蘇軾詩集》，（清）馮應榴、王文誥輯注（台北：學海出版社，1985 年）。
28. 《蘇軾詩選》，陳師伯元著（台北：學海出版社，1989 年）。
29. 《蘇軾選集》，王水照（台北：萬卷樓圖書公司，1997 年）。

（二）年譜、傳記

1. 《三蘇年譜彙證》，易蘇民撰（台北：大學文選社，1969 年）。
2. 《三蘇後代研究》，舒大剛（成都：巴蜀書社，1995 年）。
3. 《三蘇傳》，曾棗莊著（台北：學海出版社，1996 年）。
4. 《宋人所撰三蘇年譜彙刊》，王水照編（上海：上海古籍出版社，1989

年）。

5. 《眉山三蘇》，陳書良主編（長沙：岳麓書社，1998 年）。
6. 《增補蘇東坡年譜會證》，王保珍（台北：國立台灣大學文學院文史叢刊，1969 年）。
7. 《蘇東坡傳》，林語堂著、宋碧雲譯（台北：遠景出版社，1988 年）。
8. 《蘇東坡新傳》，李一冰著（台北：聯經出版社，1996 年）。
9. 《蘇軾年譜》（上中下），孔凡禮撰（北京：中華書局，1998 年）。
10. 《蘇軾評傳》，曾棗莊撰（成都：四川人民出版社，1982 年）。
11. 《蘇軾評傳》，劉維崇著（台北：黎明文化事業公司，1978 年）。
12. 《蘇軾傳記研究》，賁海璣（台北：臺灣商務印書館，1969 年）。

（三）資料彙編及其他工具書

1. 《三蘇著述考》，易蘇民撰（台北：大學文選社，1969 年）。
2. 《宋人別集敘錄》，祝尚書著（北京：中華書局，1999 年）。
3. 《蘇文彙評》，曾棗莊、曾濤編（台北：文史哲出版社，1998 年）。
4. 《蘇文繫年考略》，吳雪濤著（呼和浩特：內蒙古教育，1990 年）。
5. 《蘇東坡軼事匯編》，顏中其編注（長沙：岳麓書社，1884 年）。
6. 《蘇東坡書昆陽城賦》，蘇軾書（台北：華正書局，未著出版年月）。
7. 《蘇詞彙評》，曾棗莊、曾濤編（台北：文史哲出版社，1998 年）。
8. 《蘇詩彙評》，曾棗莊、曾濤編（台北：文史哲出版社，1998 年）。
9. 《蘇軾著作版本論叢》，劉尚榮（成都：巴蜀書社，1988 年）。
10. 《蘇軾傳記資料彙編》，朱傳譽主編（台北：天一出版社，1982 年）。
11. 《蘇軾資料彙編》，四川大學中文系唐宋文學研究室編（北京：中華書局，1994 年）。
12. 《蘇軾論書畫史料》，李福順編（上海：上海人民美術出版社，1988 年）。

（四）研究專著、論文集

1. 《三蘇及其散文之研究》，陳雄勳（台北：文史哲出版社，1991 年）。
2. 《三蘇文研究》，陳雄勳（台北：三民書局，1987 年）。
3. 《三蘇文藝思想》，曾棗莊著（台北：學海出版社，1995 年）。
4. 《三蘇研究》，曾棗莊（成都：巴蜀書社，1999 年）。
5. 《天涯方草——東坡足跡行》，宋明剛、夏葉著（成都：四川文藝出版社，2001 年）。

6. 《中國第八屆蘇軾研討會論文集》，中國蘇軾研究學會編（成都：四川大學，1996年）。
7. 《中國第十三屆蘇軾學術研討會論文集》，中國蘇軾研究學會編（眉山：南方印務有限公司，2002年）。
8. 《中國第十屆蘇軾研討會論文集》，中國蘇軾研究學會編（濟南：齊魯書社，1999年）。
9. 《東坡文初探》，鄭韻蘭（台北：文津出版社，1975年）。
10. 《東坡文論叢》，蘇軾研究學會編（成都：四川文藝出版社，1986年）。
11. 《東坡研究論叢》，蘇軾研究學會編（成都：四川文藝出版社，1986年）。
12. 《東坡詩論叢》，蘇軾研究學會編（成都：四川人民出版社，1983年）。
13. 《洞庭春色賦、中山松醪賦》（中國著名碑帖選集三十三），（宋）蘇軾、吉林省博物館供稿（長春：吉林文史出版社，2000年）。
14. 《紀念蘇軾貶儋八百九十周年學術討論集》，蘇軾研究學會、儋縣人民政府合編（成都：四川大學，1991年）。
15. 《歐陽修蘇軾辭賦之比較研究》，陳韻竹（台北：文史哲出版社，1986年）。
16. 《論蘇軾的文藝心理觀》，黄鳴奮著（福州：海峽文藝，1987年）。
17. 《論蘇軾的創作經驗》，徐中玉著（上海：華東師大出版社，1981年）。
18. 《蘇辛詞比較研究》，陳師滿銘著（台北：文津出版社，1980年）。
19. 《蘇東坡文集導讀》，徐中玉著（成都：巴蜀書社，1990年）。
20. 《蘇東坡的文學理論》，游信利著（台北：臺灣學生書局，1981年）。
21. 《蘇東坡的立身與論文之道》，游信利著（台北：臺灣學生書局，1985年）。
22. 《蘇軾文學論集》，劉乃昌（濟南：齊魯書社，1982年）。
23. 《蘇軾文藝理論研究》，劉國珺著（天津：南開大學，1984年）。
24. 《蘇軾考論稿》，吳雪濤（呼和浩特：內蒙古教育，1994年）。
25. 《蘇軾的莊子學》，姜聲調（台北：文津出版社，1999年）。
26. 《蘇軾思想研究》，唐玲玲、周偉民合著（台北：文史哲出版社，1996年）。
27. 《蘇軾研究史》，曾棗莊等合著（南京：江蘇教育出版社，2001年）。
28. 《蘇軾集》（〈赤壁賦〉中國著名碑帖選集二十二），（宋）蘇軾（長春：吉林文史出版社，1999年）。

29. 《蘇軾新評》，朱靖華撰（北京：中國文學出版社，1993 年）。
30. 《蘇軾詩分期代表作研究》，江惜美著（台北：華正書局，1996 年）。
31. 《蘇軾與前赤壁賦——宋元的書法藝術》，張偉生著（上海：上海人民美術出版社，1998 年）。
32. 《蘇軾與道家道教》，鍾來因撰（台北：臺灣學生書局，1990 年）。
33. 《蘇軾論》，朱靖華（北京：京華出版社，1997 年）。
34. 《蘇軾論文藝》，顏中其（北京：北京出版社，1985 年）。
35. 《蘇軾論稿》，王水照（台北：萬卷樓圖書公司，1994 年）。
36. 《蘇軾禪詩研究》，朴永煥撰（北京：中國社會科學出版社，1995 年）。

二、辭賦之屬

（一）賦集、選注

（1）合　集

1. 《太平御覽》，（北宋）李昉等奉敕編（台北：大化書局，1977 年）。
2. 《文苑英華》，（北宋）李昉等奉敕編（前一百五十卷爲賦選，台北：新文豐出版社，1979 年）。
3. 《文選》（前十九卷爲賦選），（梁）蕭統編，（唐）李善注（台北：藝文印書館，1991 年）。
4. 《古文苑》，編者不詳，《國學基本叢書》（台北：台灣商務印書館，1968 年）。
5. 《古文辭類纂》，（清）姚鼐纂集（上海：上海古籍出版社，1998 年）。
6. 《全上古三代秦漢三國六朝文》，（清）嚴可均輯（台北：世界書局，1969 年）。
7. 《全宋文》，四川大學古籍整理研究所（成都：巴蜀書社，1994 年）。
8. 《全唐文》，（清）董誥等奉敕編（北京：中華書局，1983 年）。
9. 《宋文鑑》，（南宋）呂祖謙奉敕編、齊治平點校（北京：北京中華書局，1992 年）。
10. 《唐文粹》，（北宋）姚鉉編（台北：商務印書館，1983 年）。

（2）專　集

1. 《七十家賦鈔》，（清）張惠言輯（台北：世界書局，1984 年）。
2. 《古賦辯體》，（元）祝堯撰，影印文淵閣四庫全書，集部三百零五，總集類，冊一千三百六十六（台北：台灣商務印書館，1983 年）。

3. 《御定歷代賦彙》，（清）陳元龍編纂，《影印文淵閣四庫全書》，冊一千四百一九（台北：臺灣商務印書館據國立故宮博物院藏本影印，1983 年）。
4. 《楚辭集注》，（宋）朱熹（台北：文津出版社，1987 年）。
5. 《楚辭補注》，（東漢）王逸注，（宋）洪興祖補注（台北：長安出版社，1987 年）。
6. 《歷朝賦格》，（清）陸葇編，《四庫全書存目叢書》（台南：莊嚴出版社，1997 年）。

（3）選　注

1. 《中國歷代賦選》，尹賽夫、吳坤定、趙乃增編（山西：山西教育出版社，1991 年）。
2. 《中國歷代賦選》，畢萬忱、何沛雄、洪順隆（江蘇：江蘇教育出版社，1996 年）。
3. 《古代抒情賦精華》，何建華選注（北京：人民文學出版社，1992 年）。
4. 《全漢賦》，費振剛、胡雙寶、宗明華輯校（北京：北京大學出版社，1993 年）。
5. 《詩詞曲賦名作欣賞》，陳貽焮（台北：木鐸，1987 年）。
6. 《漢魏六朝賦選》，瞿蛻園選注（上海：上海古籍出版社，1964 年）。
7. 《賦選注》，傅隸樸（台北：正中書局，1977 年）。
8. 《歷代名賦選》，宋安華（鄭州：黃河文藝，1988 年）。
9. 《歷代名賦譯釋》，田兆民主編（哈爾濱：黑龍江人民出版社，1995 年）。
10. 《歷代抒情小賦品匯》，惠淇源（合肥：安徽教育出版社，1995 年）。
11. 《歷代抒情小賦選》，黃瑞雲（上海：上海古籍出版社，1986 年）。
12. 《歷代詠物賦選》，王巍選編（瀋陽：遼寧大學，1987 年）。
13. 《歷代賦譯釋》，李暉、于非（哈爾濱：黑龍江人民出版社，1997 年）。
14. 《歷代辭賦選》，劉禎祥、李方晨選注（長沙：湖南人民出版社，1984 年）。

（二）賦話、賦論

1. 《中國歷代賦學曲學論著選》，陳良運主編（南昌：百花洲文藝出版社，2002 年）。
2. 《文章辨體》，（明）吳訥編（台南：莊嚴文化出版社，1997 年）。

3.《文章辨體序說》，(明) 吳訥 (台北：大安出版社，1998年)。
4.《文體明辨》，(明) 徐師曾編 (台南：莊嚴文化出版社，1997年)。
5.《文體明辨序說》，(明) 徐師曾 (台北：大安出版社，1998年)。
6.《四六叢話：騷話、賦話》，(清) 孫梅 (台北：世界書局，1984年)。
7.《宋人賦論及作品散論》，何玉蘭 (成都：巴蜀書社，2002年)。
8.《雨村賦話校證》，清·李調元撰，詹杭倫、沈時蓉校證 (台北：新文豐出版社，1992年)。
9.《清代賦論研究》，詹杭倫著 (台北：臺灣學生書局，2002年)。
10.《復小齋賦話》，何沛雄編，《賦話六種》，(清) 浦銑 (香港：三聯書店，1982年)。
11.《賦品》，(清) 魏謙升，何沛雄編，《賦話六種》(香港：三聯書店，1982年)。
12.《賦概》，(清) 劉熙載，何沛雄編，《賦話六種》(香港：三聯書店，1982年)。
13.《賦話》，(清) 李調元撰 (台北：廣文書局，1971年)。
14.《賦話六種》(增訂本)，何沛雄 (香港：三聯書店，1982年)。
15.《歷代賦論輯要》，徐志嘯 (上海：復旦大學，1991年)。
16.《選堂賦話》，饒宗頤，何沛雄編，《賦話六種》(香港：三聯書店，1982年)。
17.《藝概·賦概》，(清) 劉熙載撰 (台北：華正書局，1988年)。
18.《讀賦卮言》，何沛雄編，《賦話六種》，(清) 王芑孫 (香港：三聯書店，1982年)。
19.《讀賦拾零》，何沛雄，何沛雄編，《賦話六種》(香港：三聯書店，1982年)。

(三) 賦史與賦論史

1.《中國楚辭學史》，易重廉 (長沙：湖南出版社，1991年)。
2.《中國賦論史稿》，何新文 (北京：開明出版社，1993年)。
3.《中國辭賦發展史》，郭維森、許結著 (江蘇：江蘇教育出版社，1996年)。
4.《六朝辭賦史》，王琳著 (哈爾濱：黑龍江教育出版社，1998年)。
5.《賦史》，馬積高著 (上海：上海古籍出版社，1998年)。
6.《賦史大要》，鈴木虎雄著，殷石臞譯 (台北：正中書局，1992年)。
7.《賦史述略》，高光復 (長春：東北師範大學出版社，1987年)。

8. 《魏晉南北朝賦史》，程章燦著（南京：江蘇古籍，1992年）。
9. 《辭賦流變史》，李曰剛著（台北：文津出版社，1987年）。
10. 《辭賦述略》，高光復著（長春：東北師範大學，1987年）。

（四）賦辭典

1. 《中國詩詞曲賦辭典》，何寶民主編（河南：大象出版社，1997年）。
2. 《古文鑒賞大辭典》，徐中玉主編（浙江：浙江教育出版社，1989年）。
3. 《新編詩詞曲賦辭典》，侯健、俞長江（江西：人民出版社，1989年）。
4. 《詩賦詞曲聯精鑒辭典》，李青春、桑思炳（北京：中國國際廣播出版社，1991年）。
5. 《歷代山水名勝賦鑑賞辭典》，章滄授主編（北京：中國旅遊，1998年）。
6. 《歷代賦辭典》，遲文浚、許志剛、宋緒連主編（瀋陽：遼寧人民，1992年）。
7. 《歷代辭賦鑒賞辭典》，霍旭東、趙呈元、阿芷主編（合肥：文藝出版社，1992年）。
8. 《辭賦大辭典》，霍松林主編（南京：江蘇古籍，1996年）。

（五）辭賦專著

（1）通　論

1. 《二十世紀中國文學史論文精粹·散文賦》，王鍾陵主編（石家莊：河北教育出版社，2001年）。
2. 《中國的辭賦家》，蔡義忠撰（台北：南山堂發行，1979年）。
3. 《中國賦學歷史與批評》，許結著（南京：江蘇教育出版，2001年）。
4. 《習賦椎輪記》，朱曉海著（台北：臺灣學生，1999年）。
5. 《新增賦學入門》，余丙照編（台北：廣文書局，1979年）。
6. 《詩詞歌賦》，吳宏一（台北：桂冠圖書，1988年）。
7. 《詩詞賦散論》，胡國瑞（上海：上海古籍出版社，1992年）。
8. 《詩賦詞曲概論》，丘瓊蓀（台北：台灣中華書局，1983年）。
9. 《賦》，袁濟喜著（北京：北京人民出版社，1994年）。
10. 《賦——時代投影與體制演變》，陳慶元著（桂林：廣西師範大學出版社，2000年）。

11. 《賦與駢文》，簡宗梧著（台北：臺灣書店，1998年）。
12. 《賦學》，張正體、張婷婷著（台北：臺灣學生書局，1982年）。
13. 《賦學概論》，曹明綱（上海：上海古籍出版社，1998年）。
14. 《歷代辭賦研究史料概述》，馬積高著（北京：中華書局，2001年）。
15. 《辭賦通論》，葉幼明（長沙：湖南教育，1991年）。
16. 《辭賦散論》，何新文著（北京：東方出版社，2000年）。
17. 《辭賦論集》，鄭良樹著（台北：臺灣學生書局，1998年）。
18. 《辭賦論叢》，洪順隆著（台北：文津出版社，2000年）。
19. 《辭賦學綱要》，陳去病（台北：文海出版社，1971年）。

（2）專　著

1. 《六朝賦論之創作理論與審美理論》，李翠瑛著（台北：萬卷樓，2001年）。
2. 《六朝駢賦研究》，黃水雲著（台北：文津出版社，1999年）。
3. 《先秦辭賦原論》，姜書閣（山東：齊魯書社，1989年）。
4. 《屈賦新探》，湯炳正（台北：貫雅文化事業公司，1991年）。
5. 《南朝賦闡微》，廖志強著（台北：天工出版社，1997年）。
6. 《建安辭賦之傳承與拓新》，廖國棟（高雄：復文圖書出版社，1998年）。
7. 《庾信生平及其賦之研究》，許東海（台北：文史哲，1984年）。
8. 《楚辭到漢賦的演變》，張書文著（台北：正中書局，1983年）。
9. 《楚辭研究論文集》，余崇生編（台北：學海出版社，1985年）。
10. 《楚辭新論》，張正體（台北：臺灣商務印書館，1991年）。
11. 《楚辭綜論》，徐志嘯（台北：東大圖書公司，1994年）。
12. 《楚辭類稿》，湯炳正（台北：貫雅文化事業公司，1991年）。
13. 《漢賦：唯美文學之潮》，劉斯翰（廣州：廣州文化出版社，1989年）。
14. 《漢賦之史的研究》，陶秋英（台北：新文豐出版公司，1980年）。
15. 《漢賦史論》，簡師宗梧著（台北：東大圖書公司，1993年）。
16. 《漢賦研究》，龔克昌（濟南：山東文藝出版社，1990年）。
17. 《漢賦美學》，章滄授（合肥：安徽文藝出版社，1992年）。
18. 《漢賦通義》，姜書閣（濟南：齊魯書社，1989年）。
19. 《漢賦源流與價值之商榷》，簡宗梧（台北：文史哲出版社，1980年）。

20. 《漢賦綜論》，曲德來著（瀋陽：遼寧人民，1993 年）。
21. 《漢賦縱橫》，康金聲（太原：山西人民出版社，1992 年）。
22. 《漢賦攬勝》，程章燦著（上海：上海古籍出版社，1995 年）。
23. 《漢魏六朝四十家賦述論》，高光復（哈爾濱：黑龍江人民出版社，1988 年）。
24. 《漢魏六朝賦家論略》，何沛雄（台北：台灣學生書局，1986 年）。
25. 《漢魏六朝賦論集》，何沛雄（台北：聯經出版社，1990 年）。
26. 《漢魏六朝辭賦》，曹道衡（台北：國文天地，1992 年）。
27. 《論漢賦之寫物言志傳統》曹淑娟，（台北：文津出版社，1987 年）。
28. 《魏晉詠物賦研究》，廖國棟撰（台北：文史哲出版社，1990 年）。

三、其他重要參考書目

1. 《二十四史九通政典類要合編》，黃書霖（台北：大通書局，1979 年）。
2. 《山谷集》，（宋）黃庭堅（台北：世界書局，1988 年）。
3. 《中國文學史》，孟瑤（台北：大中國圖書公司，1980 年）。
4. 《中國文學批評史》，羅根澤撰（台北：學海出版社，1990 年）。
5. 《中國文學理論史》，黃保眞、成復旺、蔡鍾翔撰（台北：洪葉文化事業，1993 年）。
6. 《中國文學理論批評發展史》，張少康、劉三富著（北京：北京大學出版社，1995 年）。
7. 《中國文學發達史》，劉大杰（台北：漢京文化事業，1992 年）。
8. 《中國古代文體概論》，褚斌杰（北京：北京大學出版社，1990 年）。
9. 《中國古典文學研究史》，郭英德等（北京：中華書局，1995 年）。
10. 《中國宋遼金元文學史》，彰正（北京：人民文學出版社，1994 年）。
11. 《中國風俗通史——宋代卷》，徐吉軍等著（上海：上海文藝出版社，2001 年）。
12. 《中國散文史》，陳柱（北京：東方出版社，1996 年）。
13. 《中國歷史地圖集》，譚其驤主編（上海：中國地圖出版社出版，1989 年）。
14. 《中國駢文史》，劉麟生（北京：東方出版社，1996 年）。
15. 《中國駢文發展史》，張仁青（台北：台灣中華書局，1970 年）。
16. 《文心雕龍》，（梁）劉勰（台北：臺灣商務印書館，1990 年）。

17. 《文章軌範》，（宋）・謝枋得（台北：台灣商務印書館，文淵閣四庫全書一千三百五十九冊）。
18. 《文章精義》，（宋）李耆卿（台北：台灣商務印書館，1983 年）。
19. 《文章體裁辭典》，金振邦著（高雄：麗文文化事業，1995 年）。
20. 《文獻通考》，（元）馬端臨（台北：世界書局，1988 年）。
21. 《王臨川集》，（宋）王安石（台北：世界書局，1988 年）。
22. 《北史》，（唐）李延壽撰（台北：臺灣商務印書館，1988 年）。
23. 《北宋文學批評資料彙編》，黃啓方編輯（台北：成文出版社，1978 年）。
24. 《北宋的古文運動》，何寄澎著（台北：幼獅出版社，1992 年）。
25. 《北宋詩文革新研究》，程杰（台北：文津出版社，1996 年）。
26. 《古文關鍵》，（宋）呂祖謙編（台北：鴻學出版社，1989 年）。
27. 《永樂大典》，（明）姚廣孝等奉敕監修（台北：世界書局影印本，1962 年）。
28. 《曲洧舊聞》，（宋）朱弁（台北：藝文印書館，1965 年）。
29. 《宋人別集敘錄》，祝尚書（北京：中華書局，1999 年）。
30. 《宋人軼事彙編》，（清）丁傳靖（台北：台灣商務印書館，1982 年）。
31. 《宋人傳記資料索引》，昌彼得等編（台北：鼎文書局，1987 年）。
32. 《宋元學案》，（明）黃宗羲著，（清）全祖望補，王梓材等校（台北：世界書局，1991 年）。
33. 《宋文六大家活動編年》，洪本健編（上海：華東師範大學出版社，1993 年）。
34. 《宋文紀事》，曾棗莊、李凱、彭君華編（成都：四川大學出版社，1995 年）。
35. 《宋文學家年譜》，曾棗莊、舒大剛著（台北：文津出版社，1999 年）。
36. 《宋代文史考論》，諸葛憶兵著（北京：中華書局，2002 年）。
37. 《宋代文學思想史》，張毅（北京：中華書局，1995 年）。
38. 《宋代文學研究叢刊》，張高評主編（高雄：麗文文化事業公司，1995 年）。
39. 《宋代文學通論》，王水照（開封：河南大學出版社，1997 年）。
40. 《宋代官制辭典》，龔延明編著（北京：中華書局，1997 年）。
41. 《宋代詩歌史論》，韓經太（長春：吉林教育出版社，1995 年）。
42. 《宋代詩學通論》，周裕鍇（成都：巴蜀書社，1997 年）。

43. 《宋史》,（元）脫脫著（台北：台灣商務印書館，1988 年）。
44. 《宋史記事本末》,（明）陳邦贍（台北：三民書局，1973 年）。
45. 《宋史翼》,（清）陸心源輯撰（北京：中華書局 1991 年）。
46. 《宋金元文學批評史》，顧易生等著（上海：上海古籍出版社，1996 年）。
47. 《宋金四家文學批評研究》，張健（台北：聯經出版事業公司，1975 年）。
48. 《宋朝燕翼詒謀錄》,（宋）王詠撰（台北：新興書局，1988 年）。
49. 《宋會要輯稿》,（清）徐松原輯，陳援庵等編（台北：世界書局，1964 年）。
50. 《宋詩紀事續補》，孔凡禮輯撰（北京：北京大學出版社，1987 年）。
51. 《宋詩話考》，郭紹虞（北京：北京中華書局，1979 年）。
52. 《兩宋文學史》，程千帆、吳新雷著（上海：上海古籍出版社，1991 年）。
53. 《庚子銷夏記》,（清）孫承澤（台北：台灣商務印書館，1983 年）。
54. 《東京夢華錄》,（宋）孟元老撰（台北：漢京文化事業公司，1984 年。
55. 《東都事略》,（宋）王稱撰（台北：文海出版社，1979 年）。
56. 《東塘集》,（宋）袁説友（台北：台灣商務印書館，1983 年）。
57. 《南齊書》,（梁）蕭子顯（台北：台灣商務印書館，1988 年）。
58. 《後山詩注補箋》,（宋）陳師道著，任淵注，冒廣生補箋（北京：中華書局 1995 年）。
59. 《昭德先生郡齋讀書志》,（宋）晁公武（台北：台灣商務印書館，1983 年）。
60. 《柳宗元集》,（唐）柳宗元（台北：漢京文化事業公司，1982 年）。
61. 《苕溪漁隱叢話後集》,（宋）胡仔（台北：中華書局，1965 年）。
62. 《唐宋八大家文鈔》,（清）張伯行（台北：藝文印書館，1965 年）。
63. 《唐宋八大家文鈔校注集評》，高海夫主編（西安：三秦出版社，1998 年）。
64. 《唐宋八大家彙評》，吳小林編（濟南：齊魯書社，1991 年）。
65. 《唐宋古文運動》，錢冬父（台北：國文天地，1991 年）。
66. 《容齋五筆》,（宋）洪邁（台北：新興書局，1988 年）。
67. 《容齋隨筆》,（宋）洪邁（台北：新興書局，1984 年）。

68. 《徐氏筆精》，（明）徐𤇥（台北：台灣學生書局，1971 年）。
69. 《能改齋漫錄》，（宋）吳曾（台北：藝文印書館），百部叢書集成之五十二第六十八函。
70. 《荊溪林下偶語》，（宋）吳子良（台北：新興書局，1988 年）。
71. 《崇文文訣》，（宋）樓昉編（台北：台灣商務印書館），文淵閣四庫全書一三五四冊。
72. 《張右史文集》，（宋）張耒（上海：上海書店，1989 年）。
73. 《梁谿漫志》，（宋）費袞撰、傅毓鈐標點（太原：山西人民出版社，1986 年）。
74. 《淮海集箋注》，（宋）秦觀，徐培均注（上海：上海古籍出版社，1994 年）。
75. 《曾鞏集》，（宋）曾鞏，陳杏珍、晁繼周點校（北京：中華書局，1998 年）。
76. 《黃山谷詩集註》，（宋）黃庭堅，（宋）任淵等注（台北：世界書局 1996 年）。
77. 《嵩山文集》，（宋）晁說之（上海：上海書店，1984 年）。
78. 《愛日齋叢鈔》，（宋）葉寘（台北：藝文印書館，1965 年）。
79. 《敬齋古今黈》，（元）李冶（北京：中華書局，1985 年）。
80. 《新唐書》，（宋）宋祁、歐陽修等著（台北：洪氏出版社，1977 年）。
81. 《詩韻集成》，陳仕華（台北：學海出版社，1993 年）。
82. 《嘉祐集箋注》，（宋）蘇洵，曾棗莊、金成禮箋注（上海：上海古籍出版社，1993 年）。
83. 《碧雞漫志》，（宋）王灼（台北：藝文印書館，1965 年）。
84. 《管錐編》，錢鍾書（北京：中華書局，1984 年）。
85. 《樂全集》，（宋）張方平（台北：台灣商務印書館，1983 年）。
86. 《歐陽文忠公集》，（宋）歐陽修撰（台北：台灣商務印書館，1967 年）。
87. 《歐陽修資料彙編》，洪本健編（北京：中華書局，1995 年）。
88. 《駢文史論》，姜書閣（北京：人民文學出版社，1986 年）。
89. 《濟南先生師友談記》，（宋）李廌（台北：藝文印書館，1965 年）。
90. 《韓昌黎文集校注》，（唐）韓愈著，（清）馬其昶校注，馬茂元編次（台北：漢京文化事業公司，1983 年）。
91. 《雞肋集》，（宋）晁補之（台北：世界書局，1988 年）。

92. 《韻語陽秋》，(宋) 葛立方 (北京：北京中華書局，1985年)。
93. 《蘇轍集》，(宋) 蘇轍撰，陳宏天、高秀芳校點 (北京：中華書局，1990年)。
94. 《續通志》，(清) 清高宗敕撰 (台北：台灣商務印書館，1987年)。
95. 《續通典》，(清) 清高宗敕撰 (台北：台灣商務印書館，1987年。
96. 《續通鑑長篇》，(宋) 李燾撰 (台北：世界書局，1961年)。
97. 《續資治通鑑》，(清) 畢沅撰 (上海：上海古籍出版社，1995年)。
98. 《續資治通鑑長編》，(宋) 李燾著，楊家駱主編 (台北：世界書局，1983年)。
99. 《欒城集》，(宋) 蘇轍，曾棗莊、馬德富校點，上海：上海古籍出版社，1987。
100. 《欒城遺言》，宋・蘇籀，台北：藝文印書館，1965。

四、論　文

(一) 蘇軾之屬

1. 《中國士人仕與隱的研究——以陶淵明詩文與東坡和陶詩爲主》，陳英姬，國立台灣師範大學國文所，碩士論文，1983年。
2. 《北宋士大夫的宦遊生活——蘇軾個案研究》，吳雅婷，國立清華大學歷史所，碩士論文，1997年。
3. 《東坡文藝創作理論研究》，黃惠菁，國立台灣師範大學國文所，碩士論文，1992年。
4. 《東坡生平及其嶺南詩研究》，張尹炫，國立成功大學歷史語言所，碩士論文，1989年。
5. 《東坡在詞風上的繼承與創新》，郭美美，國立台灣師範大學國文所，碩士論文，1990年。
6. 《東坡版本著述考》，王景鴻，國立台灣大學中文所，碩士論文，1969年。
7. 《東坡詞的風格與技巧研究》，劉曼麗，東海中文所，碩文論文，1989年。
8. 《東坡詞韻研究》，許金枝，國立台灣師範大學國文所，碩士論文，1978年。
9. 《東坡黃州經驗之探討》，蔡秀玲，輔仁大學中文所，碩士論文，1990年。
10. 《東坡詩文思想之研究》，李慕如，國立台灣師範大學國文所，博士論文，1998 年。

11. 《東坡語言風格研究》，陳逸玫，淡江大學中文所，碩士論文，1996 年。
12. 《東坡嘲戲文研究》，洪劍鵬，東海大學中文所，碩士論文，1990 年。
13. 《東坡樂府用韻考》，袁蜀君，國立台灣大學中文所，碩士論文，1970 年。
14. 《東坡樂府校訂箋注》，鄭向恆，國立台灣師範大學國文所，碩士論文，1969 年。
15. 《東坡謫黃研究》，吳淑華，文化大學中文所，碩士論文，1993 年。
16. 《東坡瓊州詩研究》，林採梅，東吳大學中文所，碩士論文，1987 年。
17. 《烏臺詩案研究》，江惜美，東吳大學中文所，碩士論文，1987 年。
18. 《歐陽修、蘇軾辭賦之比較研究》，陳韻竹，國立政治大學中文所，碩士論文，1985 年。
19. 《蘇辛詞內容與風格比較研究》，張垣鐸，國立台灣師範大學國文所，碩士論文，1979 年。
20. 《蘇辛豪放詞的形成及其成就研究》，李浚植，國立台灣師範大學國文所，碩士論文，1983 年。
21. 《蘇東坡文學之研究》，洪瑀欽，中國文化學院中文所，博士論文，1977 年。
22. 《蘇東坡的書法藝術》，盧廷清，國立台灣師範大學美研所，碩文論文，1988 年。
23. 《蘇東坡美學思想及其現代意義》，林鈺玲，國立台灣師範大學美研所，碩士論文，1995 年。
24. 《蘇東坡書法研究》，陳錚，東吳大學中文所，碩士論文，1991 年。
25. 《蘇東坡散文研究》，彭珊珊，東吳大學中文所，碩士論文，1985 年。
26. 《蘇東坡詠物詞研究》，楊麗玲，國立台灣師範大學國文所，碩士論文，1998 年。
27. 《蘇東坡詞所表現的心路歷程研究》，柳明熙，國立政治大學中文所，博士論文，1988 年。
28. 《蘇東坡黃州詞研究》，林玟玲，國立台灣大學中文所，碩士論文，1985 年。
29. 《蘇東坡與秦少游》，何金蘭，國立台灣大學中文所，碩士論文，1970 年。
30. 《蘇東坡與詩畫合一之研究》，戴麗珠，國立台灣師範大學國文所，碩士論文， 1975 年。
31. 《蘇東坡辭賦研究》，禹埈浩，韓國外國語大學校大學院中國語科，博士論文，1990 年。（韓文寫成）
32. 《蘇黃唱和詩研究》，杜卉仙，東吳大學中文所，碩士論文，1996 年。
33. 《蘇軾、黃庭堅之交游及其唱和詩》，劉雅芳，國立台灣師範大學國文所，碩士論文，2001 年。
34. 《蘇軾、蘇轍兄弟唱和詩研究》，廖志超，國立台灣師範大學國文所，碩士論文，1997 年。
35. 《蘇軾「以賦爲詩」研究》，鄭倖朱，國立成功大學中文所，碩士論文，1994 年。
36. 《蘇軾「意」、「法」觀與其「古文」創作發展之研究》，李貞慧，國立台灣大學中文所，博士論文，2002 年。
37. 《蘇軾小品文研究》，蔡造有，文化大學中文所，碩士論文，1999 年。
38. 《蘇軾之生平及其文學》，江正誠，國立台灣大學中文所，碩士論文，1972 年。
39. 《蘇軾元祐詞研究》，許錦華，國立台灣師範大學國文所，碩士論文，1997 年。
40. 《蘇軾文論及其散文藝術研究》，黃美娥，國立台灣師範大學國文所，碩士論文，1989 年。
41. 《蘇軾文學研究》，吳炎城，能仁書院中文所，碩士論文，1996 年。
42. 《蘇軾在韓國詩話中接受形態研究》，金宰用，國立台灣師範大學國文所，碩士論文，1996 年。
43. 《蘇軾和陶詩之比較研究》，宋丘龍，東海大學中文所，碩士論文，1977 年。
44. 《蘇軾和陶詩研究》，金汶洙，東海大學中文所，碩士論文，1999 年。
45. 《蘇軾杭州詩研究》，楊珮琪，國立台灣師範大學國文所，碩士論文，1999 年。
46. 《蘇軾的書信研究》，金桂台，國立台灣大學中文所，碩士論文，1996 年。
47. 《蘇軾的莊子學》，姜聲調，國立台灣師範大學國文所，博士論文，1999 年。
48. 《蘇軾政治生涯與文學的關係》，陳英姬，國立台灣師範大學國文所，博士論文，1989 年。
49. 《蘇軾記遊散文研究》，高顯瑩，東吳大學中文所，碩士論文，1991

年。
50. 《蘇軾寓言研究》，于學玉，國立高雄師範大學國文系，碩士論文，1999 年。
51. 《蘇軾策及奏議之研究》，李貞慧，國立台灣大學中文所，碩士論文，1992 年。
52. 《蘇軾黃州詩研究》，羅鳳珠，國立台灣師範大學國文所，碩士論文，1988 年。
53. 《蘇軾意內言外詞隅測》，劉師昭明，東吳大學中文所，博士論文，1994 年。
54. 《蘇軾詩詞中夢的研析》，史國興，國立台灣師範大學國文所，博士論文，1996 年。
55. 《蘇軾詩學理論及其實踐》，江惜美，東吳大學中文所，博士論文，1991 年。
56. 《蘇軾與莊子——東坡文學作品中的莊子思想》，劉智濬，輔仁大學中文所，碩士論文，1985 年。
57. 《蘇軾與黃庭堅之詩論及其比較》，林錦婷，國立中央大學中文所，碩士論文，1994 年。
58. 《蘇軾嶺南詩論析》，劉師昭明，國立台灣師範大學國文所，碩士論文，1989 年。
59. 《蘇軾禪詩研究》，朴永煥，國立成功大學歷史語言所，碩士論文，1992 年。
60. 《蘇軾題畫文學之研究》，謝惠芳，國立台灣師範大學國文所，碩士論文，1994 年。
61. 《蘇軾題畫文學研究》，衣若芬，台灣大學中文所，博士論文，1995 年。
62. 《蘇軾題畫詩藝術技巧研究》，戴伶娟，國立成功大學歷史語言所，碩士論文，1994 年。
63. 《蘇軾藝術思想研究》，鄭文倩，國立台灣大學中文所，碩士論文，1991 年。
64. 《蘇軾辭賦研究》，朴孝錫，東海大學中文研究所，碩士論文，1989 年。

（二）辭賦之屬

1. 《六朝小賦研究》，譚澎蘭，中國文化大學中文所，碩士論文，1984 年。

2. 《六朝賦之抒情傳統與藝術表現》，林麗雲，國立台灣師範大學國文所，碩士論文，1983 年。
3. 《六朝賦論研究》，李翠瑛，國立政治大學中文所，博士論文，1998 年。
4. 《六朝駢賦研究》，黃水雲，中國文化大學中文所，博士論文，1997 年。
5. 《天問研究》，高秋鳳，國立台灣師範大學國文所，博士論文，1991 年。
6. 《王勃詩賦研究》，陳錦文，中國文化大學中文所，碩士論文，1991 年。
7. 《司馬相如揚雄及其賦之研究》，簡師宗梧，國立政治大學中文所，博士論文，1975 年。
8. 《左思生平及其〈三都賦〉之研究》，高桂惠，國立政治大學中文所，碩士論文，1981 年。
9. 《江淹生平及其賦之研究》，段錚，國立政治大學中文所，碩士論文，1982 年。
10. 《宋代散文賦研究》，李瓊英，國立台灣師範大學國文所，碩士論文，1991 年。
11. 《兩漢魏晉辭賦中失志題材作品之研究》，李國熙，中國文化大學中文所，碩士論文，1985 年。
12. 《兩漢魏晉辭賦中失志題材作品之研究》，李國熙，中國文化大學中文所，碩士論文，1986 年。
13. 《明清小說運用辭賦的研究》，高桂惠，國立政治大學中文所，博士論文，1990 年。
14. 《東漢辭賦與政治》，何于菁，國立成功大學中文所，碩士論文，1998 年。
15. 《初唐賦研究》，白承錫，國立政治大學中文所，碩士論文，1994 年。
16. 《建安辭賦主題意識研究》，陳燕婷，國立成功大學中文所，碩士論文，1999 年。
17. 《洪興祖《楚辭補注》研究》，李溫良，國立成功大學中文所，碩士論文，1994 年。
18. 《唐代古賦研究》，陳成文，國立政治大學中文所，博士論文，1998 年。
19. 《唐代訪古賦研究》，王欣慧，政治大學中文所，碩士論文，1997 年。

20. 《唐律賦研究》，馬寶蓮，中國文化大學中文所，博士論文，1993 年。
21. 《唐傳奇與辭賦關係之考察》，崔末順，國立政治大學中文所，碩士論文，1997 年。
22. 《祝堯古賦辯體研究》，游適宏，國立政治大學中文所，碩士論文，1994 年。
23. 《庾信生平及其賦之研究》，許東海，國立政治大學中文所，碩士論文，1985 年。
24. 《御定歷代賦彙諷喻類賦篇之研究》，韓中慧，國立政治大學中文所，碩士論文，1985 年。
25. 《曹氏父子及其羽翼辭賦研究》，簡麗玲，國立政治大學中文所，碩士論文，1996 年。
26. 《曹植詩賦研究》，吳明津，國立成功大學中文所，碩士論文，1994 年。
27. 《郭璞之詩賦研究》，陳秀美，淡江大學中文所，碩士論文，1993 年。
28. 《陸機及其詩賦研究》，王秋傑，國立台灣大學中文所，碩士論文，1993 年。
29. 《陸機文賦研究》，金良美，國立台灣師範大學國文所，碩士論文，1993 年
30. 《敦煌賦研究》，陳世福，中國文化大學中文所，碩士論文，1986。
31. 《敦煌賦篇考探》，李蓉，東吳大學中文所，碩士論文，1987。
32. 《詠物與敘事——漢唐禽鳥賦研究》，吳儀鳳，輔仁大學中文所，博士論文，1999。
33. 《楚辭三九暨後世以九名篇擬作之研探》，高秋鳳，國立台灣師範大學國文所，碩士論文，1986。
34. 《漢代散體賦研究》，陳姿蓉，國立政治大學中文所，博士論文 1996。
35. 《漢代騷體賦研究》，王學玲，國立中央大學中文所，碩士論文，1996
36. 《漢賦的時空美感》，何筱敏，輔仁大學中文所，碩士論文，1995。
37. 《漢賦體裁與理論之研究》，朴現圭，國立台灣師範大學國文所，碩士論文，1983。
38. 《漢諷諭賦研究——漢賦家的愛與痛》，翁燕珍，國立中正大學中文所，碩士論文，1995。
39. 《漢魏六朝紀行賦研究》，張秋麗，國立政治大學中文所，碩士論文，1996 年。
40. 《齊梁詠物賦研究》，李嘉玲，國立政治大學中文所，碩士論文，1988。

41. 《潘岳、陸機辭賦之比較研究》，殷念慈，國立成功四大學中文所，碩士論文，1998 年。
42. 《論漢賦之寫物言志傳統》，曹淑娟，國立台灣師範大學國文所，碩士論文，1982 年。
43. 《鮑照辭賦研究》，陳芳汶，國立政治大學中文所，碩士論文，1996 年。
44. 《韓愈辭賦研究》，謝妙青，國立政治大學中文所，碩士論文，1995 年。
45. 《魏晉女性題材辭賦之研究》，謝月鈴，國立政治大學中文所，碩士論文，1998 年。
46. 《魏晉南北朝賦論研究》，梁承德，東吳大學中文所，博士論文，1999 年。
47. 《魏晉詠物賦研究》，廖國棟，國立政治大學中文所，博士論文，1985 年。
48. 《魏晉賦研究》，蕭湘鳳，輔仁大學中文所，碩士論文，1980 年。

五、期刊、單篇論文

（一）蘇軾之屬

1. 〈二十世紀蘇軾文論研究〉，程國賦，《暨南學報》哲社版，1999 年，頁 26～32。
2. 〈人生須臾與時空無限——蘇軾前赤壁賦主題闡釋〉，張晶，《文史知識》，1991 年，頁 30。
3. 〈入乎其內、出乎其外——蘇軾赤壁詞、賦漫談之二〉，華唐，《明道文藝》，1995 年，二二六期，頁 50～57。
4. 〈文學道俱，療饑伐病年——蘇軾的文學主張芻議〉，梅介夫，《常德師專教學與研究》，1981 年，一～二期，頁 11～21。
5. 〈「文賦雙璧」——歐陽修〈秋聲賦〉與蘇軾〈赤壁賦〉之比較研究〉，廖志超，《中興大學中文學報》，2002 年，十四期，頁 151～181。
6. 〈水月禪境，山鶴幽情——重讀蘇軾的前後〈赤壁賦〉〉，鄧紅梅，《名作欣賞》，1999 年，二期，頁 103～107。
7. 〈巧取眼前風月妙抒心中悲樂——蘇軾〈赤壁賦〉賞析〉，張覺，《明道文藝》，1998 年，二七〇期，頁 162～175。
8. 〈由蘇東坡作〈黠鼠賦〉的年齡問題引起的〉，呂叔湘，《讀書》，1982 年，七期，頁 152～154。

9. 〈自出新意不踐古人：東坡論書及其墨〉，石叔明，《故宮文物月刊》，1987 年，四期，頁 122～127。
10. 〈赤壁書畫特展簡介——江流有聲斷岸千尺〉，譚怡今，《故宮文物月刊》，1984 年，二卷，九期，頁 10～29。
11. 〈赤壁賦特展專輯〉，《故宮文物月刊》，1984，二卷，九期，頁 10～49。
12. 〈東坡〈後杞菊賦〉解——兼論蘇賦的淵源及獨創風格〉，曹慕樊，蘇軾研究會編，《東坡文論叢》（成都：四川文藝出版社），1986 年，頁 91～100。
13. 〈東坡「赤壁」三問〉，陳師滿銘，《國文天地》，1991 年，七卷，六期，頁 9～10。
14. 〈東坡「前、後赤壁賦」之比較〉，吳奕蒼，《輔大中研所學刊》，1996 年，頁 261～275。
15. 〈東坡少作〈黠鼠賦〉〉，臧克家，《光明日報》，1982 年 3 月 3 日，四版。
16. 〈東坡文談〉，徐季子，《寧波大學》（人文科學版），1996 年，三期，頁 9～13。
17. 〈東坡在黃州〉，劉師昭明，《國文天地》，1988 年 9 月，四卷，四期，頁 52～57。
18. 〈東坡前赤壁賦的人生索解〉，林士琛，《四海工專學報》，1991 年，頁 293～297。
19. 〈東坡前赤壁賦散論〉，葉百豐，《華東師範大學學報》，1982 年，一期，頁 79～81。
20. 〈東坡散文藝術探微〉，王文龍，《東坡文論叢》，蘇軾研究學會（成都：四川文藝出版社），1986 年，頁 29～48。
21. 〈東坡黃州文散論〉，劉少雄，《中國文哲研究通訊》，1995 年，三期，頁 143～158。
22. 〈近五十年（1949～1999）臺港蘇軾研究概述〉，衣若芬，《千古風流——東坡逝世九百年紀念學術研討會》（台北：洪葉文化），2001 年，頁 921～1104。
23. 〈前後〈赤壁賦〉游蹤考〉，饒學剛，蘇軾研究會編，《東坡文論叢》（成都：四川文藝出版社），1986 年，頁 115～121。
24. 〈〈後杞菊賦〉解 ——兼論蘇賦的淵源及獨創風格〉，曹慕樊，《東坡文論叢》，蘇軾研究學會（成都：四川文藝出版社），1986 年，頁 91～100。

25. 〈〈後赤壁賦〉析評〉，柯慶明，《現代文學》，1976 年，三十三期，頁 144～152。
26. 〈哲理・情感・意象・議論——蘇軾哲理詩之我見〉，王洪，《成都大學學報》，1986 年，一期，頁 13～20。
27. 〈酒趣・詩心——從蘇軾的飲酒看其文化性格〉，劉揚忠，《湖北大學學報》（哲社版），1994 年，三期，頁 84～88。
28. 〈從〈前赤壁賦〉看蘇軾與佛學〉，黃進德，《揚州師範學報》，1987 年，頁 84～89。
29. 〈從「變」到「化」——談〈赤壁賦〉中「一」與「二」的問題〉，何寄澎，《第三屆國際辭賦學學術研討會論文集》，1996 年，頁 513～517。
30. 〈從前後「赤壁賦」談蘇東坡的矛盾心境〉，黃美鈴，《中國文化月刊》，1993 年，一六四期，頁 107～111。
31. 〈從韓愈與蘇軾散文的比較看北宋古文運動的成就〉，謝桃坊，《東坡文論叢》，蘇軾研究學會（成都：四川文藝出版社），1986 年，頁 1～13。
32. 〈從蘇東坡的小學造詣看他在詩學上的表現〉，陳師新雄，《古典文學》，1985 年，七期（上），頁 531～555。
33. 〈從蘇詩的名篇看蘇軾的一生〉，陳師新雄，《孔孟月刊》，1991 年，十一期，頁 37～45。
34. 〈從蘇軾賦看其人生哲學的內部構成〉，薛亞康，《周口師範高等專科學校學報》，2001 年，四期，頁 31～34。
35. 〈淺談蘇軾小品文的風格〉，李苓，《東坡文論叢》，蘇軾研究學會（成都：四川文藝出版社），1986 年，頁 80～90。
36. 〈略談蘇軾的創作理論〉，李壯鷹，《浙江師範學院學報》，1981 年，一期，頁 46～51。
37. 〈略談蘇軾的詩歌理論〉，章楚藩，《杭州師院學報》，1986 年，四期，頁 33～40。
38. 〈最傑出的姐妹篇——蘇軾赤壁二賦〉，林恭祖，《故宮文物月刊》，1984 年，九期，頁 38～49。
39. 〈循物之理，無往而不自得——略談蘇軾的世界觀及其人生態度〉，邱俊鵬，《四川大學學報》叢刊第六輯，1980 年，頁 51～58。
40. 〈筆勢彷彿〈離騷〉經——東坡賦考論〉，楊勝寬，《中國古代・近代文學研究》，1994 年，六期，頁 240～246。
41. 〈解脫與超越——論赤壁三詠的深層意蘊〉，喻世華，《華東船舶工業學院學報》(社會科學版),2001 年,二期,頁 74～78。

42. 〈試析〈前赤壁賦〉的虛構思想〉,顧偉鋼,《名作欣賞》,1986 年,六期,頁 155～159。

43. 〈試論蘇軾的文藝思想〉,曹學偉,《四川大學學報》叢刊第六輯,1980 年,頁 67～71。

44. 〈試論蘇軾的藝術追求與人格境界的統一〉,楊勝寬,《四川大學學報》(哲社版),1995 年,二期,頁 58～61。

45. 〈詩情與哲理的交響曲——蘇軾文學散文藝術美淺探之一〉,陳華昌,《東坡文論叢》,蘇軾研究學會(成都:四川文藝出版社),1986 年,頁 14～28。

46. 〈與屈原的靈魂對話:景仰與沉思——讀蘇軾的〈屈原廟賦〉〉,王許林,《名作欣賞》,頁 30～33。

47. 〈寫我盡意,體物傳神——蘇軾美學思想札記之一〉,周裕鍇,《四川大學學報》叢刊第十五輯,1982 年,頁 82～89。

48. 〈談東坡詩的用典〉,劉乃昌,《東坡詩論叢》,蘇軾研究學會編(成都:四川人民出版社),1983 年,頁 121～138。

49. 〈談蘇軾後赤壁賦中所夢道士人數之問題〉,衣若芬,《臺大中文學報》,1994 年,六期,頁 333～353。

50. 〈論「赤壁賦」〉,徐信義,《中國學術年刊》,1991 年,頁 291～305。

51. 〈論宋賦的歷史承變與文化品格〉,許結,《社會科學戰線》,1995 年,三期,頁 170～179。

52. 〈論東坡詩畫理論及其影響〉,戴麗珠,《中華文化復興月刊》,1977 年,三期,頁 59～63。

53. 〈論蘇軾「言必中當世之過」的創作思想〉,徐中玉,《社會科學戰線》,1980 年,三期,頁 264～272。

54. 〈論蘇軾同情人民的詩歌〉,朱靖華,《文學論集》,1979 年,一期,頁 47～54。

55. 〈論蘇軾的「文理自然,姿態橫生」說〉,徐中玉,《社會科學戰線》,1981 年,四期,頁 211～218。

56. 〈論蘇軾的「自是一家」說〉,徐中玉,《學術月刊》,1981 年,五期,頁 58～64。

57. 〈論蘇軾的文藝批評觀〉,徐中玉,《華東師範大學學報》,1980 年,六期,頁 25～32。

58. 〈論蘇軾的四六文〉,尹照華,《中國古代·近代文學研究》,1997 年,二期,頁 78。

59. 〈論蘇軾的美學思想〉，王向峰，《文藝理論研究》，1985 年，四期，頁 81～88。
60. 〈論蘇軾的散文美學〉，姜光斗、顧啓，《南通師專學報》，1986 年，頁 54～61。
61. 〈論蘇軾的散文藝術〉，劉乃昌，《東岳論叢》，1986 年，頁 54～61。
62. 〈論蘇軾的賦〉，馬德富，《東坡文論叢》，蘇軾研究學會（成都：四川文藝出版社），1986 年，頁 101～114。
63. 〈論蘇軾的賦〉，馬德富，蘇軾研究會編，《東坡文論叢》（成都：四川文藝出版社），1986 年，頁 101～114。
64. 〈論蘇軾的辭賦創作〉，王許林，《中國第十三屆蘇軾學術研討會論文集》，中國蘇軾研究學會編（眉山：南方印務有限公司），2002 年，頁 421～428。
65. 〈論蘇軾散文的藝術美〉，王水照，《社會科學戰線》，1985 年，三期，頁 311～321。
66. 〈論蘇軾散文的藝術特色〉，蘇利生，《下關師專學報》，1982 年，一期，頁 1～ 7。
67. 〈論蘇軾詩的人民性〉，孫蘭廷，《內蒙古師院學報》，1981 年，二期，頁 124～131。
68. 〈縝密的藝術構思——讀蘇軾的前〈赤壁賦〉〉，吳功正，《長安》，1981 年，七期，頁 70～73。
69. 〈雕刻家的赤壁賦——簡介院藏赤壁圖器物〉，蔡玫芬，《故宮文物月刊》，1984 年，二卷，九期，頁 30～33。
70. 〈簡論蘇軾「變賦」的審美特徵〉，胡立新，《黃岡師專學報》，1999 年，二期，頁 46～51。
71. 〈黠鼠賦〉，江克謙，《語文月刊》，1991 年，八期，頁 22。
72. 〈蘇文繫年補正〉（下），周裕鍇，《四川大學學報》（哲社版），1997 年，三期，頁 58～66。
73. 〈蘇文繫年補正〉（上），周裕鍇，《四川大學學報》（哲社版），1996 年，一期，頁 64～71。
74. 〈蘇東坡的文學評論〉，陳宗敏，《中華文化復興月刊》，1974 年，六期，頁 54～55。
75. 〈蘇東坡的性格與人格〉，陳宗敏，《中華文化復興月刊》，1973 年，四期，頁 61～66。
76. 〈蘇東坡詩論〉，戴麗珠，《中華復興月刊》，1977 年，四期，頁 74～77。

77. 〈蘇東坡與賦〉，顧易生，《新亞學術集刊．賦學專輯》，1994 年，十三期，頁 415～432。
78. 〈蘇軾、黃庭堅的賦體文學〉，何玉蘭，《文史雜誌》，1999 年，八十期，頁 39～40。
79. 〈蘇軾〈前赤壁賦〉〉，吳鶴久，《語文教學通訊》，1957 年，頁 10～11。
80. 〈蘇軾〈前赤壁賦〉語法淺析〉，李炳傑，《中國語文》，1985 年，三期，頁 67～71。
81. 〈蘇軾〈洞庭春色賦〉、〈中山松醪賦〉墨跡手卷〉，段成桂，《文物》，1983 年，六期，頁 1～2。
82. 〈蘇軾「前後赤壁賦」心靈境界之探討〉，張學波，《興大中文學報》，1992 年，五期，頁 101～108。
83. 〈蘇軾「無意爲文」說略論〉，祈海文，《山東大學學報》，1996 年，四期，頁 99～102。
84. 〈蘇軾之「詩」「書」「畫」〉，劉啓華，《古今談》，1974 年，一百一十一期，頁 16～17。
85. 〈蘇軾在宋代文學革新中的領袖地位〉，姜書閣，《文學遺產》，1986 年，三期，頁 67～75。
86. 〈蘇軾赤壁二賦：最傑出的姐妹篇〉，林恭祖，《故宮文物月刊》，1984 年，二卷，九期，頁 38～49。
87. 〈蘇軾的「辭達」說〉，林俊相，《復旦學報》，1998 年，四期，頁 124～129。
88. 〈蘇軾的文章理論體系及其美學特質〉，黨聖元，《人文雜誌》，1998 年，頁 126～133。
89. 〈蘇軾的文論〉，張良志，《南寧師專學報》，1983 年，頁 12～16。
90. 〈蘇軾的文學批評〉，張健，《現代學苑》，1966 年，三期，頁 9～13。
91. 〈蘇軾的文學批評研究〉，張健，《文史哲學報》，1973 年，二十二期，頁 169～262。
92. 〈蘇軾的文藝美學思想〉，王世德，《國文天地》，1992 年，六期，頁 9～19。
93. 〈蘇軾的文藝創新精神〉，吳枝培，《南京大學學報》，1988 年，三期，頁 148～155。
94. 〈蘇軾的文藝觀〉，劉乃昌，《文史哲》，1981 年，三期，頁 36～40。
95. 〈蘇軾的風格論〉，程千帆、莫礪鋒，《成都大學學報》，1986 年，一期，頁 3～12。
96. 〈蘇軾的書法及其書論〉，江正誠，《幼獅月刊》，1976 年，二期，頁 60～64。
97. 〈蘇軾的國畫及其畫論〉（下），江正誠，《藝文誌》，1976 年，一百三十三期，頁 57～61。
98. 〈蘇軾的國畫及其畫論〉（上），江正誠，《藝文誌》，1976 年，一百三十二期，頁 54～58。
99. 〈蘇軾的崇道名作〈赤壁賦〉〉，鍾來因，《國文天地》，1992 年，六期，頁 21～29。
100. 〈蘇軾的散文美學思想〉，王文龍，《寶鷄師院學報》，1990 年，4 期，頁 57～64。
101. 〈蘇軾的散文藝術〉，陳學超，《中國古代·近代文學研究》，1981 年，六期，頁 14～16。
102. 〈蘇軾的游記文〉，黃立群，《河南大學學報》，1986 年，頁 39～41。
103. 〈蘇軾的楚辭觀及其詞賦創作〉，朴永煥，《中國典籍與文化》，1999 年，一期，頁 28～34。
104. 〈蘇軾的詩畫同體論〉，黃鳴奮，《中國古代·近代文學研究》，1985 年，頁 151～157。
105. 〈蘇軾前赤壁賦的思想根源〉，潘銘燊，（香港）《文訊》，1971 年，四期，頁 16～17。
106. 〈蘇軾前後赤壁賦研究〉，劉中和，《中國語文》，1971 年，二期，頁 54～64。
107. 〈蘇軾書簡中所論「晁君騷辭」之「晁君」考辨〉，周小兵，《古籍整理研究學刊》，2001 年，二期，頁 25～27。
108. 〈蘇軾創作中的浪漫主義及其特徵〉，張碧波，《佳木斯師專學報》，1985 年，一期，頁 41～43。
109. 〈蘇軾散文的寫作藝術〉，徐惠元，《山東大學學報》，1984 年，四期，頁 65～70。
110. 〈蘇軾著述生前編刻情況考略〉，曾棗莊，《中華文史論叢》，1984 年，四期，頁 71～78。
111. 〈蘇軾傳神論美學思想的幾個特點〉，艾陀，《東北師大學報》，1983 年，五期，頁 9～16。
112. 〈蘇軾詩論〉，王士博，《吉林大學社會學報》，1981 年，一期，頁 13～29。

113. 〈蘇軾對陶淵明〈閑情賦〉評價之正解〉，張子剛，《延安大學學報》（社會科學版），2001 年，三期，頁 58～59。

114. 〈蘇軾熙寧科舉之議的意義〉，孫民，《中國第十三屆蘇軾學術研討會論文集》，中國蘇軾研究學會編（眉山：南方印務有限公司），2002 年。

115. 〈蘇軾與〈赤壁賦〉——〈蘇軾在黃州〉之二〉，饒學剛，《長江文藝》，1981 年，十期，頁 65。

116. 〈蘇軾與章惇之交遊及相關詩文考論〉，劉師昭明，《國立編譯館刊》，1998 年，一期，頁 137～183。

117. 〈蘇軾談「錢」及其「了然」說〉，王夢鷗，《東方雜誌》，1984 年，十一期，頁 26～28。

118. 〈蘇軾論文藝創造的自由境界〉，張惠民，《汕頭大學學報》，1989 年，四期，頁 48～57。

119. 〈蘇軾論藝術的「自然」美〉，張德文，《中國文化月刊》，1991 年，一四一期，頁 64～73。

120. 〈蘇軾賦的散體特徵及其形成〉，何國棟，《蘭州大學學報》，1998 年，頁 122～128。

121. 〈蘇軾賦作數量及其編年考略〉，廖志超，《中國第十三屆蘇軾學術研討會論文集》，中國蘇軾研究學會編（眉山：南方印務有限公司），2002 年，頁 485～512。

122. 〈蘇軾賦觀及其相關的問題〉，簡師宗梧，《千古風流——東坡逝世九百年紀念學術研討會論文》（台北：洪葉出版社），2001 年，頁 799～818。

123. 〈蘇賦簡論〉，李博，《東坡研究論叢》，蘇軾研究學會編（成都：四川文藝出版社），1986 年，頁 134～143。

124. 〈讀東坡〈赤壁賦〉漫記〉，左成文，《錦州師範學院學報》，1981 年，一期，頁 74～76。

125. 〈讀後赤壁賦——由「追蹤前遊」意圖之逐漸破滅談起〉，黃奕珍，《宋代文學研究叢刊》，1997 年，三期，頁 647～663。

126. 〈讀蘇軾文論札記〉，劉國珺，《南開學報》，1984 年，二期，頁 48～53。

（二）辭賦之屬

（1）論文集

1. 《文史哲》（首屆國際賦學術討論會論文專輯），山東：文史哲編委會，1990 年，五期。

2. 《新亞學術集刊・賦學專輯》（第二屆國際賦學術討論會論文），鄺行健主編，香港：香港中文大學新亞書院，1994 年，十三期。
3. 《第三屆國際辭賦學學術研討會論文集》，政治大學文學院編，台北：國立政治大學，1996 年。
4. 《辭賦文學論集》（第四屆國際賦學術討論會論文），南京大學中文系主編，南京：江蘇教育出版社，1999 年。
5. 《賦學研究論文集》，馬積高、萬光治主編，成都：八蜀書社，1991 年。
6. 《近二十年（1971～1990）大陸地區賦學研究發展現況與評估》，簡師宗梧主持（計畫編號：NSC 83～0301～H～004～064～I2）。
7. 《近五年（1991～1995）中外賦學研究評述》，簡師宗梧主持（計畫編號：NSC　86～2417～H～004～014）。
8. 《宋代辭賦研究》，廖國棟、詹杭倫，國立成功大學延攬大陸地區專業人士來臺研究成果報告，2002 年。

（2）單篇論文

1. 〈《昭明文選》賦體分類初探〉，楊利成，《新亞學術集刊・賦學專輯》，1994 年，十三期，頁 307～319。
2. 〈《賦譜》與唐賦的演變〉，陳萬成，《辭賦文學論集》，1999 年，頁 559～578。
3. 〈「人何世而弗新，世何人之能故」——魏晉南北朝辭賦中的生命主題〉，何新文，《第三屆國際辭賦學學術研討會論文集》，1996 年，頁 15～34。
4. 〈「自成一片風華景象」——台灣三部漢賦論著評述〉，何新文，《文學遺產》，1992 年，二期，頁 106～109。
5. 〈「辭」、「賦」關係新證〉，李立信，《新亞學術集刊・賦學專輯》，1994 年，十三期，頁 51～63。
6. 〈1991～1995 年中外賦學研究述評〉，簡師宗梧，《辭賦文學論集》，1999 年，頁 769～790。
7. 〈一種過渡的折衷狀態——詩、賦、駢文、散文的相互消長〉，張國風，《中國人民大學學報》，1995 年，頁 72～75。
8. 〈十年漢賦研究綜述〉，章滄授，《文學遺產》，1992 年，三期，頁 118～125。
9. 〈也談〈洛神賦〉和〈神女賦〉〉，李華年，《貴州民族學院學報》社科版，1994 年，頁 70～75。

10. 〈中國辭賦流變全程考察〉，許結，《學術月刊》，1994 年，六期，頁 86～95。

11. 〈中晚唐賦體創作趨向新議〉，王基倫，《第三屆國際辭賦學學術研討會論文集》，1996 年，頁 889～906。

12. 〈五十年來台灣賦學研究論著總目一九四九～一九九八〉，王學玲，《漢學研究通訊》，總七十七期，2001 年，頁 217～232。

13. 〈元明清辭賦的歷史地位〉，葉幼明，《新亞學術集刊・賦學專輯》，1994 年，十三期，頁 320～334。

14. 〈六朝紀行賦繁榮之鳥瞰〉，于浴賢，《辭賦文學論集》，1999 年，頁 386～402。

15. 〈六朝詩賦合流現象之一考察——賦語言功能之轉變〉，高莉芬，《第三屆國際辭賦學學術研討會論文集》，1996 年，頁 187～206。

16. 〈文賦的形成及其時代內涵——兼論歐陽修的歷史作用〉，張宏生，《辭賦文學論集》，1999 年，頁 592～608。

17. 〈文變染乎世情——談魏晉南北朝賦風的轉變〉，龔克昌，《文史哲》，1990 年，五期，頁 39～44。

18. 〈王勃「寒梧棲鳳賦」與唐代律賦發展〉，馬寶蓮，《國文天地》，1993 年，十一期，頁 32～39。

19. 〈王禹偁的辭賦觀和辭賦創作〉，王延梯、肖培，《齊魯學刊》，1997 年，三期，頁 65～71。

20. 〈主刺言理亦是賦家之事——論唐代諷刺小賦在賦史上的地位〉，田耕宇，《賦學研究論文集》，1991 年，頁 177～189。

21. 〈北宋散文賦類型論——以詠物、諷諭爲例〉，顧柔利，《黃埔學報》，1999 年，三十六期，頁 1～14。

22. 〈北宋賦家的人文素養——從溫柔敦厚觀北宋諷諭賦〉，顧柔利，《黃埔學報》，1999 年，三十八期，頁 43～58。

23. 〈古律之辯與賦體之爭——論後期賦學嬗變之理論軌跡〉，許結，《第三屆國際辭賦學學術研討會論文集》，1996 年，頁 69～88。

24. 〈古賦與文賦芻論〉，萬光治，《第三屆國際辭賦學學術研討會論文集》，1996 年，頁 369～383。

25. 〈生鏽的文學主環：賦〉，簡師宗梧，《國文天地》，1998 年，六期，頁 7～11。

26. 〈合纂組以成文，列錦繡而爲質——論漢大賦的形式美〉，尹砥廷著，《吉首大學學報》社科版，1993 年，頁 27～34。

27. 〈宋人《離騷》辨體——從宋人對《騷》類作品的選評出發〉，徐寶余，《蒙古師範高等專科學校學報》，2001 年，五期，頁 36～40。
28. 〈宋玉神女賦與曹植洛神賦的比較研究〉，高師秋鳳，《師大國文學報》，1997 年，二十六期，頁 61。
29. 〈宋賦家的生命安頓——從託物寄興觀北宋詠物賦〉，顧柔利，《黃埔學報》，1999 年，三十七期，頁 73～95。
30. 〈李調元和他的《雨村賦話》〉，詹杭倫，《新亞學術集刊・賦學專輯》，1994 年，十三期，頁 335～347。
31. 〈兩宋賦述略〉，霍旭東，《社科縱橫》，1999 年，五期，頁 33～37。
32. 〈和諧統一、自由通脫的初唐賦——初唐賦特徵及其成因述論〉，于浴賢，《第三屆國際辭賦學學術研討會論文集》，1996 年，頁 335～348。
33. 〈明代「唐無賦」說辨析——兼論明賦創作與復古思潮〉，許結，《文學遺產》，1994 年，四期，頁 77～85。
34. 〈近二十年大陸賦學文獻整理的新進展〉，何新文，《辭賦文學論集》，1999 年，頁 750～768。
35. 〈近十年辭賦研究述評〉，李生龍，《賦學研究論文集》，1991 年，頁 323～337。
36. 〈律賦與八股文〉，鄺健行，《文史哲》，1990 年，五期，頁 68～73。
37. 〈柳宗元貶謫期創作騷怨精神——兼論南貶作家的創作傾向及其特點〉，戴偉華，《文學遺產》，1994 年，四期，頁 44～52。
38. 〈柳宗元辭賦的思想評價〉，高海夫，《唐代文學論叢》第四輯，西安：陝西人民出版社，1983 年，頁 179～195。
39. 〈唐代的科舉制度與詩賦體制研究〉，張正體，《中華文化復興月刊》，1987 年，一期，頁 25～37。
40. 〈唐代律賦的形成、發展和程式特點〉，曹明綱，《學術研究》，1994 年，四期，頁 115～119。
41. 〈唐代律賦對科舉考試的黏附與偏離〉，鄺健行，《新亞學術集刊・賦學專輯》，1994 年，十三期，頁 399～414。
42. 〈唐代進士科試詩賦的開始及其相關問題〉，羅聯添，《中國歷史學會史學集刊》，1985 年，十七期，頁 9～20。
43. 〈唐宋賦地位論略〉，萬光治，《文史哲》，1990 年，五期，頁 92～95。
44. 〈唐宋賦的詩化與散文化〉，尹占華，《西北師大學報》哲社版，1999 年，頁 9～14。

45. 〈唐宋賦學批評述要〉，王以憲，《江西師範大學學報》（哲學社會科學版），1998 年，三期，頁 78～83。
46. 〈祝堯《古賦辯體》的賦論〉，鄧國光，《新亞學術集刊．賦學專輯》，1994 年，十三期，頁 363～381。
47. 〈從《漢書．藝文志．詩賦略》所錄早期作家之籍貫、身份推測賦體之來源〉，周祖譔，《新亞學術集刊．賦學專輯》，1994 年，十三期，頁 73～78。
48. 〈從「士不遇」到「歸去來」——試論兩漢辭賦對京城的趨附與偏離〉，廖國棟，《第三屆國際辭賦學學術研討會論文集》，1996 年，頁 763～788。
49. 〈從「和賦」看賦的文體屬性〉，李立信，《第三屆國際辭賦學學術研討會論文集》，1996 年，頁 685～697。
50. 〈從「變」到「化」——談〈赤壁賦〉中「一」與「二」的問題〉，何寄澎，《第三屆國際辭賦學學術研討會論文集》，1996 年，頁 513～517。
51. 〈從文學描繪到描繪性文體的產生——散體賦文體特徵探索〉，萬光治，《北京師範大學學報》，1988 年，四期，頁 47～55。
52. 〈從杜牧阿房宮賦看晚唐到宋初賦的發展〉，廖雲仙，《勤益學報》，1996 年，十三期，頁 455～462。
53. 〈從漢到唐貴遊活動的轉型與賦體變化之考察〉，簡師宗梧，《中國古典文學研究》，1999 年，一期，頁 59～78。
54. 〈晚唐舉業與詩賦格樣〉，王夢鷗，《東方雜誌》，九期，頁 50～55。
55. 〈略論楚辭體作品在漢代的流變〉，郭建勛，《中國韻文學刊》，四期，頁 75～80。
56. 〈略論漢代騷體賦和散體賦的特點〉，何沛雄，《第三屆國際辭賦學學術研討會論文集》，1996 年，頁 559～582。
57. 〈略論賦與詩的關係〉，馬積高，《社會科學戰線》，1992 年，一期，頁 265～271。
58. 〈略論韓愈辭賦〉，龔克昌，《文史哲》，1992 年，三期，頁 31～37。
59. 〈陸機賦論探微〉，曹虹，《古代文學理論研究》第十七輯，上海：上海古籍出版社，1995 年，頁 1～17。
60. 〈楚辭的名義、編集與流傳〉，吳宏一，《辭賦文學論集》，1999 年，頁 112～125。
61. 〈試論唐代詠物賦的雜文化〉，高光復，《第三屆國際辭賦學學術研討會論文集》，1996 年，頁 519～532。

62. 〈試論唐賦之發展及其特色〉，簡師宗梧，《第二屆國際唐代學術會議論文集》，台北：文津出版社，1993 年，頁 109～127。
63. 〈試論秦觀的賦作賦論及其與詞的關係〉，徐培均，《第三屆國際辭賦學學術研討會論文集》，1996 年，頁 1015～1027。
64. 〈試論曹植的辭賦〉，呂美勤，《中國韻文學刊》，四期，頁 66～74 。
65. 〈漢人觀念中的「辭」與「賦」〉，郭見勛，《賦學研究論文集》，1991 年，頁 209～220。
66. 〈漢賦問答體初探〉，何沛雄，《新亞學術集刊・賦學專輯》，1994 年，十三期，頁 43～50。
67. 〈漢賦源流試探〉，畢庶春，《賦學研究論文集》，1991 年，頁 27～37。
68. 〈暮年辭賦動江關——庾信鄉關之賦評述〉，于浴賢，《新亞學術集刊・賦學專輯》，1994 年，第十三期，頁 7～15。
69. 〈編輯《歷代辭賦總彙》芻議〉，馬積高，《文史哲》，1990 年，五期，頁 98～103。
70. 〈論〈洛神賦〉對六朝賦壇的投映〉，洪順隆，《新亞學術集刊・賦學專輯》，1994 年，十三期，頁 91～114。
71. 〈論「不歌而誦謂之賦」〉，駱玉明，《文學遺產》，1983 年，二期，頁 36～41。
72. 〈論四傑辭賦與唐初文風〉，高光復，《文史哲》，1990 年，五期，頁 95～98。
73. 〈論宋人的辭賦觀與創作實踐〉，何玉蘭，《四川師範大學學報》，1993 年，一期，頁 54～59。
74. 〈論宋賦諸體〉，曾棗莊，《陰山學刊》，1999 年，一期，頁 1～8。
75. 〈論李白賦對六朝文風的因革〉，許東海，《第三屆國際辭賦學學術研討會論文集》，1996 年，頁 305～334。
76. 〈論柳宗元辭賦對屈賦的繼承與發展〉，劉洪仁，《四川師範大學學報》，1996 年，一 期，頁 62～69。
77. 〈論唐宋賦的尚理傾向〉，曹明綱，《賦學研究論文集》，1991 年，頁 247～258。
78. 〈論散體賦的文體因素〉，萬光治，《天府新論》，1989 年，頁 90～96。
79. 〈論漢魏六朝俳諧滑稽之賦及賦體文的內容與型式〉，蘇瑞隆，《第三屆國際辭賦學學術研討會論文集》，1996 年，頁 621～656。

80. 〈論賦的源流及其影響〉，馬積高，《中國韻文學刊》，一期，頁 55～64。

81. 〈論賦對宋詞的影響〉，劉乃昌，《文史哲》，1990 年，五期，頁 84～86。

82. 〈論賦與駢文〉，馬積高，《新亞學術集刊．賦學專輯》，1994 年，十三期，頁 153～161。

83. 〈論賦體的源流〉，康達維（美），《賦學研究論文集》，1991 年，頁 14～26。

84. 〈賦在中國文學史上的地位〉，郭紹虞，《照隅室古典文學論集上編》，上海：上海古籍出版社，1983 年，頁 80～87。

85. 〈賦的現代作用與實用價值〉，梁佳蘿，《新亞學術集刊．賦學專輯》，1994 年，十三期，頁 183～196。

86. 〈賦與賦學研究的命運〉（代序），萬光治，《賦學研究論文集》，1991 年，頁 1～25。

87. 〈賦論流變考略〉，蔡鍾翔，《第三屆國際辭賦學學術研討會論文集》，1996 年，頁 533～547。

88. 〈賦學研究的回顧與展望——略論八十年代四部賦學論著〉，許結，《賦學研究論文集》，1991 年，頁 303～322。

89. 〈聲律與情境——中古辭賦詩化論〉，許結，《江漢論壇》，1996 年，一期，頁 69～72。

90. 〈魏晉六朝賦中戲劇型式對話的轉變〉，蘇瑞隆，《文史哲》，1995 年，頁 89～93。

91. 〈魏晉南北朝賦的憂思精神〉，吳兆路，《復旦學報》社科版，1992 年，頁 71～75。

92. 〈辭、賦關係新證〉，李立信，《新亞學術集刊．賦學專輯》，1994 年，十三期，頁 51～63。

93. 〈辭與賦〉，費振剛，《文史知識》，1984 年，十二期，頁 9～15。

94. 〈辭賦的源流、類型及特點〉，程千帆，《文史知識》，1992 年，三期，頁 10～15。

圖一　蘇文忠公策杖圖（元・趙孟頫繪　故宮博物院藏）

圖二　《東坡七集》書影（中華書局聚珍仿宋版印）

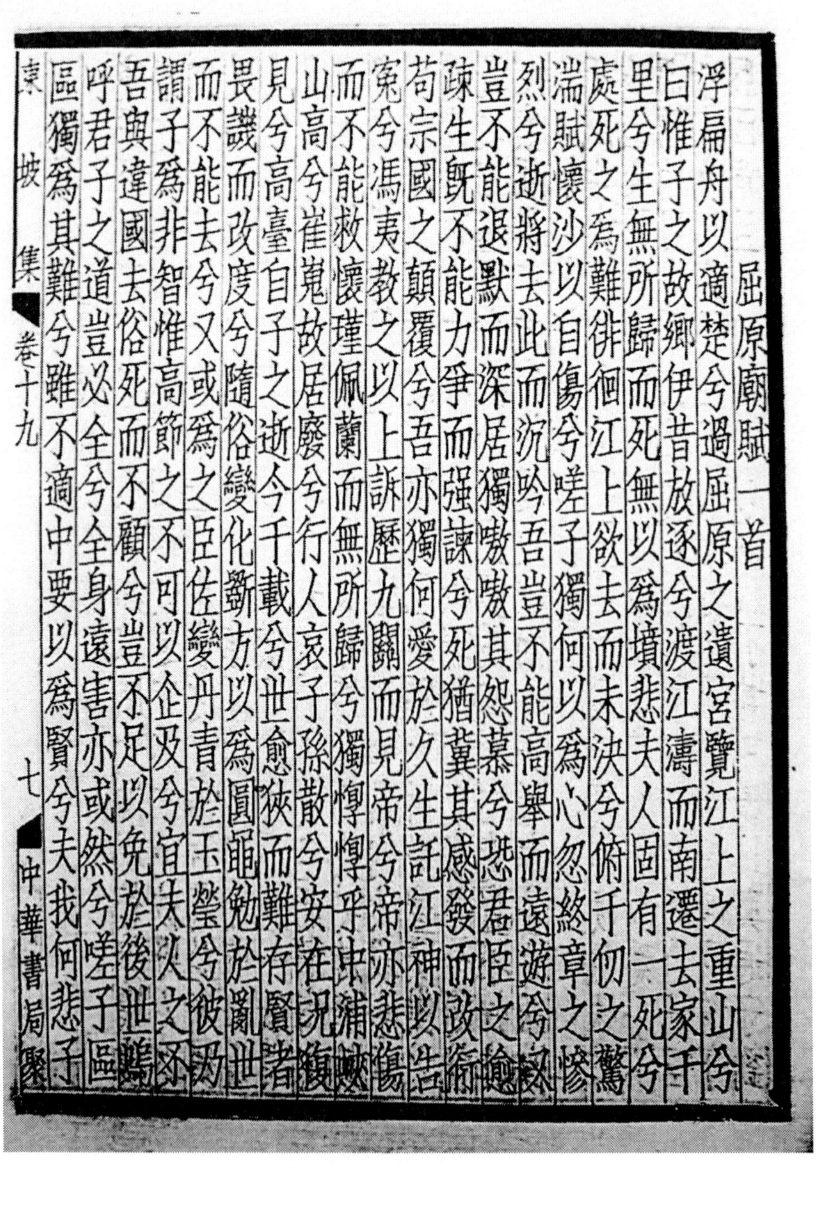

屈原廟賦一首

浮扁舟以適楚兮過屈原之遺宮覽江上之重山兮曰惟子之故鄉伊昔放逐兮渡江濤而南遷去家千里兮生無所歸而死無以爲墳悲夫人固有一死兮處死之爲難徘徊江上欲去而未決兮俯千仞之驚湍賦懷沙以自傷兮嗟子獨何以爲心忽終章之慘烈兮逝將去此而沉吟吾豈不能高舉而遠遊兮又豈不能退默而深居獨嗷嗷其怨慕兮恐君臣之愈疎生既不能力爭而強諫兮死猶冀其感發而改行苟宗國之顛覆兮吾亦獨何愛於久生託江神以告寃兮馮夷教之以上訴歷九關而見帝兮帝亦悲傷而不能救懷瑾佩蘭而無所歸兮獨惸惸乎中浦峽山高兮崔嵬故居廢兮行人哀子孫散兮安在況復見兮高臺自子之逝今千載兮世愈狹而難存賢者畏譏而改度兮隨俗變化斲方以爲圓黽勉於亂世而不能去兮又或爲之臣佐變丹青於玉瑩兮彼乃謂子爲非智惟高節之不可以企及兮宜夫人之不吾與違國去俗死而不顧兮豈不足以免於後世嗚呼君子之道豈必全兮全身遠害亦或然兮嗟子區區獨爲其難兮雖不適中要以爲賢兮夫我何悲子

東坡集　卷十九　七　中華書局聚

圖三　《東坡全集》書影（影印文淵閣四庫全書）

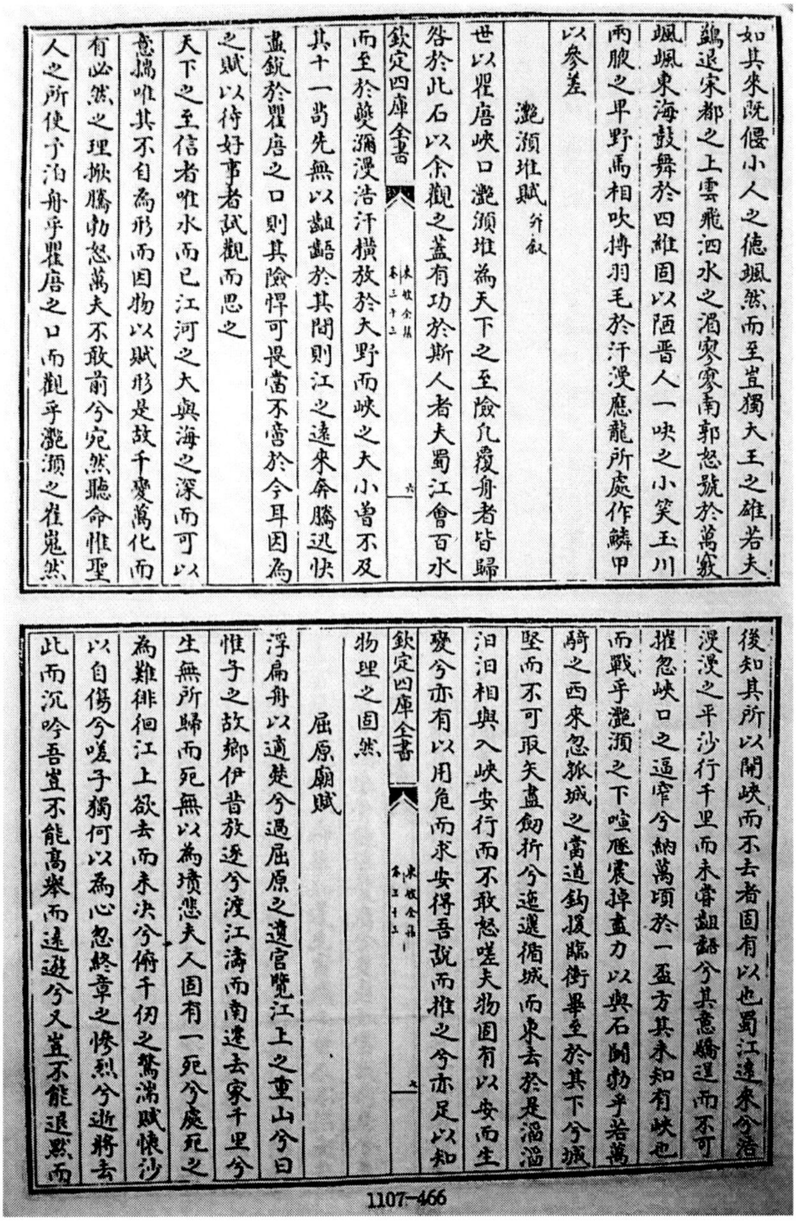

如其來既僂小人之德颯然而至豈獨大王之雄若夫
鷁退宋都之上雲飛泗水之湄寥寥南郭怒號於萬竅
颯颯東海鼓舞於四維固以陋晉人一吷之小笑玉川
兩腋之乘野馬相吹搏羽毛於汗漫應龍所處作鱗甲
以參差

灩澦堆賦并敘

世以瞿唐峽口灩澦堆為天下之至險凡覆舟者皆歸
咎於此石以余觀之蓋有功於斯人者夫蜀江會百水

欽定四庫全書　東坡全集 卷三十三　六

而至於夔瀰漫浩汗橫放於大野而峽之大小曾不及
其十一苟先無以齟齬於其間則江之遠來奔騰迅快
盡鋭於瞿唐之口則其險悍可畏當不啻於今耳因為
之賦以待好事者試觀而思之

天下之至信者唯水而已江河之大與海之深而可以
意揣唯其不自為形而因物以賦形是故千變萬化而
有必然之理掀騰勃怒萬夫不敢前兮宛然聽命惟聖
人之所使予泊舟乎瞿唐之口而觀乎灩澦之崔嵬然
後知其所以開峽而不去者固有以也蜀江遠來兮浩
漫漫之平沙行千里而未嘗齟齬兮其意驕逞而不可
摧忽峽口之逼窄兮納萬頃於一盃方其未知有峽也
而戰乎灩澦之下喧豗震掉盡力以與石鬬勃乎若萬
騎之西來忽孤城之當道鉤援臨衝畢至於其下兮城
堅而不可取矢盡劒折兮迤邐循城而東去於是滔滔
汩汩相與入峽安行而不敢怒嗟夫物固有以安而生
變兮亦有以用危而求安得吾說而推之兮亦足以知
物理之固然

欽定四庫全書　東坡全集 卷三十三　七

屈原廟賦

浮扁舟以適楚兮過屈原之遺宮覽江上之重山兮曰
惟子之故鄉伊昔放逐兮渡江濤而南遷去家千里兮
生無所歸而死無以為墳悲夫人固有一死兮處死之
為難徘徊江上欲去而未決兮俯千仞之驚湍賦懷沙
以自傷兮嗟子獨何以為心忽終章之慘烈兮逝將去
此而沉吟吾豈不能高舉而遠遊兮又豈不能退默而

1107-466

圖四　《重編東坡先生外集》書影（浙江圖書館藏）

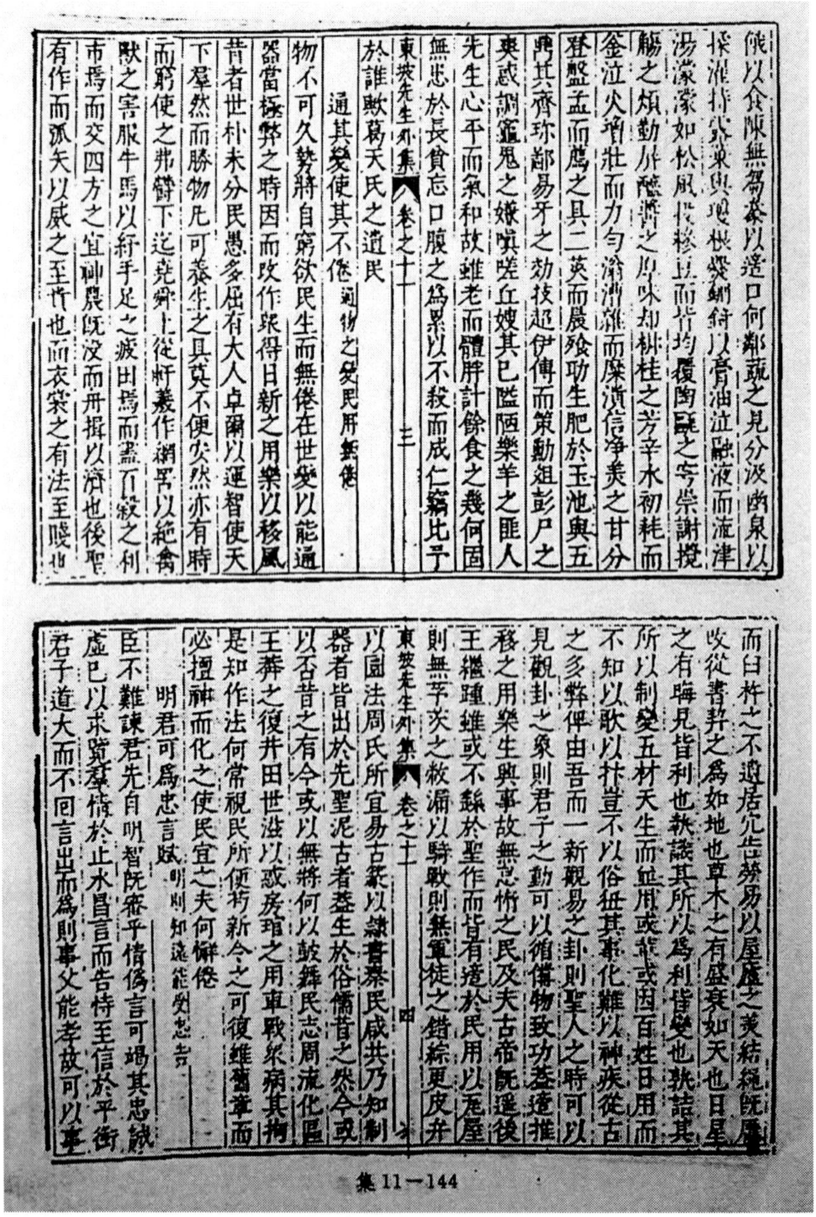

饑以食陳無爲參以適口何鄰蔬之見分汲幽泉以
揉濯摶我麪與瓊根鬱蝌蚪以膏油泣融液而流津
湯濛濛如松風投移豆而皆均覆陶甌之穹崇謝攪
觴之煩勤屏醯醬之厚味却椒桂之芳辛水初耗而
釜泣火增壯而力匀滃滃灌而糜潰信淨美之甘分
登盤盂而薦之具二英而晨飧功生肥於玉池與五
藏其齊珍鄙易牙之效技超伊傳而策勳沮彭尸之
爽惑調竈鬼之嫉嗔嗟丘嫂其已隘陋樂羊之匪人
先生心平而氣和故雖老而體胖計餘食之幾何固
無患於長貧忘口腹之爲累以不殺而成仁竊比予

東坡先生外集　八　卷之十一　三

於誰歟葛天氏之遺民

通其變使其不倦　通物之變民用無倦

物不可久勢將自窮欲民生而無倦在世變以能通
器當極弊之時因而改作衆得日新之用樂以移風
昔者世朴未分民愚多屈有大人卓爾以運智使天
下犖然而勝物凡可養生之具莫不便安然亦有時
而窮使之弗馴下迄堯舜上從軒羲作網罟以絕禽
獸之害服牛馬以紓手足之疲由焉而盡百穀之利
市焉而交四方之宜神農既沒而冊揖以濟也後聖
有作而弧矢以威之至皆也而衣裳之有法至暖也
而臼杵之不遺居冗告勞易以屋廬之美結繩既厭
改從書契之爲如地也草木之有盛衰如天也日星
之有晦見皆利也孰議其所以爲利皆變也孰詰其
所以制變五材天生而並用或革或因百姓日用而
不知以歌以抃豈不以俗狃其事化難以神疾從古
之多弊俾由吾而一新觀易之卦則聖人之時可以
見觀卦之象則君子之勤可以循備物致功益適推
移之用樂生興事故無怠惰之民及夫古帝既遠後
王繼踵雖或不繇於聖作而皆有適於民用以庇屋
則無茅茨之敝漏以騎戰則無軍徒之錯綜更皮弁

東坡先生外集　八　卷之十一　四

以園法周氏所宜易古篆以隸書秦民咸共乃知制
器者皆出於先聖泥古者益生於俗儒昔之然今或
以否昔之有今或以無將何以鼓舞民志周流化區
王莽之復井田世滋以惑房琯之用車戰衆病其拘
是知作法何常視民所便苟新令之可復雖舊章而
必擅神而化之使民宜之夫何懈倦

明君可爲忠言賦　明則知遠能受忠告

臣不難諫君先自明智既審乎情僞言可竭其忠誠
虛已以求覽羣情於止水昌言而告恃至信於平衡
君子道大而不回言出而爲則事父能孝故可以事

集11－144

圖五　蘇軾書〈昆陽城賦〉（華正書局出版）

圖六　蘇軾書前〈赤壁賦〉（故宮博物院藏）

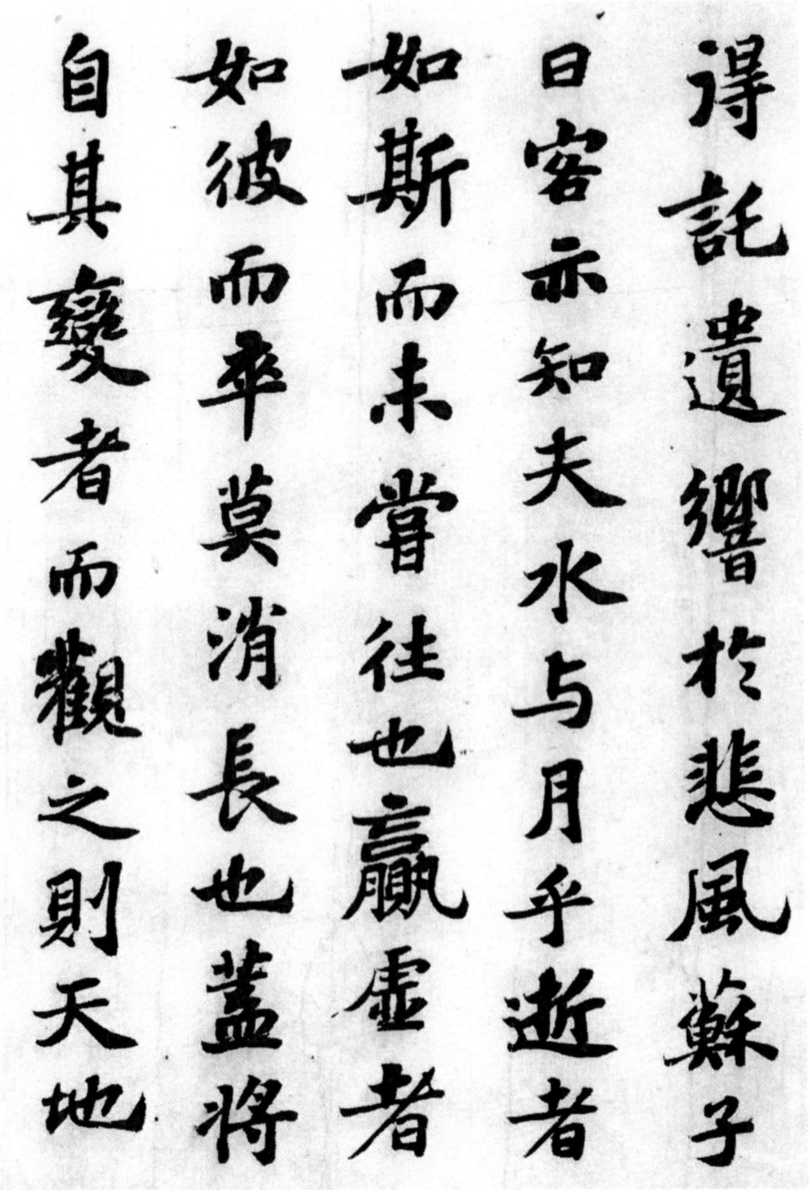

得託遺響於悲風蘇子
曰客亦知夫水与月乎逝者
如斯而未嘗往也贏虛者
如彼而卒莫消長也蓋將
自其變者而觀之則天地

圖七　蘇軾書〈洞庭春色賦〉（吉林博物館藏）

圖八　蘇軾書〈中山松醪賦〉（吉林博物館藏）

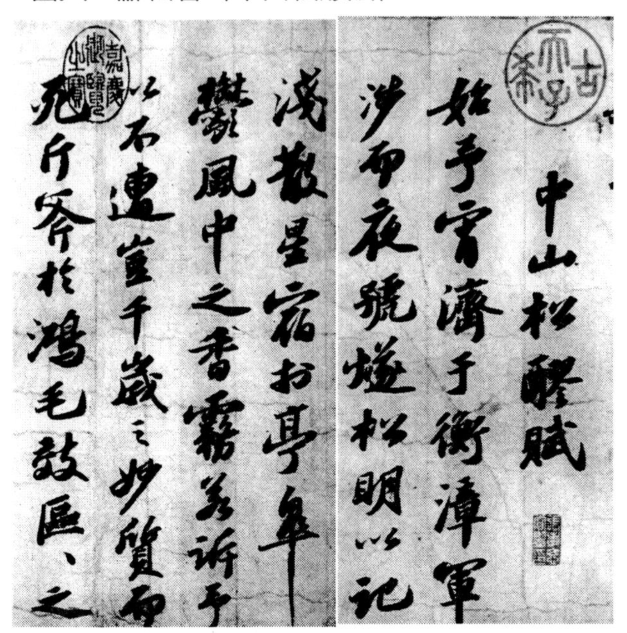

圖九　蘇軾書陶淵明〈歸去來兮辭〉